REGIÃO FICÇÕES ETC.

A marca FSC® é a garantia de que a madeira utilizada na fabricação do papel deste livro provém de florestas que foram gerenciadas de maneira ambientalmente correta, socialmente justa e economicamente viável, além de outras fontes de origem controlada.

ZULMIRA RIBEIRO TAVARES

REGIÃO FICÇÕES ETC.

Posfácio
Augusto Massi

COMPANHIA DAS LETRAS

Copyright © 2012 by Zulmira Ribeiro Tavares
Copyright do posfácio © 2012 by Augusto Massi

Grafia atualizada segundo o Acordo Ortográfico da Língua Portuguesa de 1990, que entrou em vigor no Brasil em 2009.

Capa
Victor Burton sobre detalhe de *Progressões crescentes e decrescentes com vermelho e laranja*, de Antonio Maluf, década de 1960, acrílica sobre madeira, 58,4 × 29,7 cm. Coleção de Zulmira Ribeiro Tavares. Reprodução de Renato Parada.

Preparação
Ciça Caropreso

Revisão
Ana Luiza Couto
Luciana Baraldi

Os personagens e as situações desta obra são reais apenas no universo da ficção; não se referem a pessoas e fatos concretos, e sobre eles não emitem opinião.

Dados Internacionais de Catalogação na Publicação (CIP)
(Câmara Brasileira do Livro, SP, Brasil)

Tavares, Zulmira Ribeiro
  Região/ Zulmira Ribeiro Tavares. — 1ª ed. — São Paulo: Companhia das Letras, 2012.

  ISBN 978-85-359-2191-5

  1. Ficção brasileira I. Título.

12-12435   CDD-869.93

Índice para catálogo sistemático:
1. Ficção : Literatura brasileira 869.93

[2012]
Todos os direitos desta edição reservados à
EDITORA SCHWARCZ S.A.
Rua Bandeira Paulista, 702, cj. 32
04532-002 — São Paulo — SP
Telefone: (11) 3707-3500
Fax: (11) 3707-3501
www.companhiadasletras.com.br
www.blogdacompanhia.com.br

Sumário

I. TERMOS DE COMPARAÇÃO, 11

A curiosa metamorfose pop do sr. Plácido, 13
A Coisa em Si, 21
A sua medida, 30
O conto da Velha Cativa Dentro do Pote, 40
Realidade/realidade, 49
Ócio, óculos e ovos de codorna, 69
O senso comum e o bichinho roedor, 76

II. O JAPONÊS DOS OLHOS REDONDOS, 95

O tapa-olho do olho mágico, 97
O japonês dos olhos redondos, 115
O homem do relógio da luz, 129
Primeira aula prática de filosofia, 139
Cai fora, 145

Passamento, 163

O Gordo e o Magro e Coisa Nenhuma, 165

O pai solteiro diante da técnica e da moral, 167

A trilha do sapo, 169

III. O MANDRIL, 189

O mandril, 191

1.

O mandril, 194

Bruxismo, 196

Coelho: coelhos, 198

Lixeiras afáveis, 200

2.

Um homem e seu pires, 202

Larvas e prodígios, 203

Pequena história do Brasil pelo cinema, 205

3.

Plácido e as mentiras, 208

Plácido, o mau fisionomista, 209

Plácido, o abstêmio, 210

4.

Primeiro e único poema de amor, 212

A trambolha, 214

Os olhos secos, 216

5.

O cadete e o cometa de Halley, 220

Crescendo (e dançando) para a carreira militar, 222

6.
A emancipação do espírito, 226
Mocinha moringa, 228
Matrona de Vila Oratório, 230
A reserva, 231
De volta. De frente, 232
Álibi, 233
Lágrima de Zircônia, 235
Desencantamento, 237

7.
Uma quase pomba, 240
Os moradores do 104 e os seus criados, 243

Torre de Pisa, 247

1.
Torre de Pisa, 250
Gado holandês, 252
Ferrovias — fundões, 253
A perfeita coleção, 255

2.
Natureza-morta com animação, 258
A matriarca transformista, 260
Histórias do céu e da terra, 263

3.
Exercícios no palco, 266
O futuro, 267
A noite correndo sob a janela, 269

4.

2 leões, 272

Si(Pi)fões e serafins, 273

5.

Humanidade(s), 276

O espólio de um homem público, 278

IV. O TIO PAULISTA, 281

O Tio Paulista e a Mata Atlântica, 283

O Tio Paulista e um algo a mais, 285

O Tio Paulista e as almas, 287

V. REGIÃO, 289

VI. DOIS NARIZES, 307

Dois narizes — um estudo, 309

Posfácio

Prosa de fronteira,

AUGUSTO MASSI, 335

REGIÃO

I. TERMOS DE COMPARAÇÃO

Primeira parte do livro publicado originalmente pela editora Perspectiva, em 1974, volume que trazia conto, poesia e ensaio. *Termos de comparação* recebeu o prêmio Revelação em Literatura pela Associação Paulista dos Críticos de Arte (APCA).

A curiosa metamorfose pop
do sr. Plácido

Na loja de eletrodomésticos onde é o gerente, o sr. Plácido ouviu soar o relógio. O amigo do sr. Plácido, entendido em arte, disse a ele:

— A Bienal fecha domingo. Você já foi?

O sr. Plácido avisou em casa:

— A Bienal fecha domingo. Vou hoje lá; aproveito que tenho a tarde livre.

A senhora do sr. Plácido respondeu-lhe:

— Morreu o Tancredo Carvalho. O enterro é às cinco da tarde. Não atrase.

"O Tancredo!"

"A sua idade!"

— E do quê?

— Enfisema pulmonar — disse a senhora do sr. Plácido.

O sr. Plácido ficou muito impressionado.

— Lembre-se também do "recipiente" — ajuntou ainda a senhora do sr. Plácido. — Compre logo para não esquecer.

— O "recipiente"!?

— Para o exame amanhã. Compre de plástico, que é mais leve e barato.

"O penico!"

— Não desista — disse o amigo entendido em arte. — Vá assim mesmo. Dá tempo.

— Mas estou tão por fora de tudo! — lamentou-se o sr. Plácido. Pensou: "Onde será que o encontro? E de plástico?"

— Escute — disse-lhe o amigo —, não se preocupe. Isso é que é o bom. Chegar à Bienal inocente.

— Como assim? — estranhou o sr. Plácido.

— Veja tudo com olhos de criança.

— Quando eu era criança — disse o sr. Plácido — detestava museus.

— Mas a Bienal é outra coisa!

O amigo do sr. Plácido ficou calado por muito tempo.

O sr. Plácido percebeu que cometera uma gafe séria.

Esperou.

Por fim o amigo do sr. Plácido disse pacientemente:

— Não procure na Bienal a eternidade dos museus e dos mármores. Busque o "provisório", o "precário", o "perecível".

— Como? — disse o sr. Plácido; e começou a transpirar um pouco. Pensou no Tancredo. "Teria alguma relação com a arte, o enfisema?"

— Arte é vida! — disse o amigo entendido em arte.

"Bom, o Tancredo estava morto."

— A arte — ajuntou o amigo — e a vida não estão mais separadas por um abismo; a arte cá, limpinha, asséptica, quadrada; a vida lá, turbulenta, suja, não senhor, são uma coisa só. Os limites entre a arte e a não arte foram borrados.

O sr. Plácido indagou timidamente:

— Mas então para quê?

— Para que o quê?

— A arte; ou a vida, tanto faz; digo, para que duas coisas se são uma só?

O amigo se calou por muito tempo. O sr. Plácido estava tranquilo. "Fui inteligente, sem dúvida."

— Veja — disse por fim o amigo entendido em arte, pacientemente: — O que tem você aí na loja, diante dos olhos?

O sr. Plácido enumerou:

— Geladeiras, máquinas de lavar roupa, rádios, televisores, ventiladores.

— É suficiente. E lá fora na rua?

O sr. Plácido enumerou:

— Gente, automóveis, prédios.

— Sinais de trânsito — ajudou o amigo —, anúncios, cartazes, vitrinas. Você não mencionou o principal.

— É — aquiesceu o sr. Plácido.

— Tudo isso você sabe como se chama? — perguntou o amigo do sr. Plácido. (Referia-se ao principal.)

O sr. Plácido permaneceu calado.

— Folclore Urbano! E aqui dentro, na loja, os eletrodomésticos, bem, esses eu os denominaria assim, mais por minha conta, sabe, Vegetação Urbana!

O sr. Plácido permaneceu calado.

— Tudo isso está na Bienal, entende? Noutro contexto a coisa salta aos olhos!

— Que coisa? — estranhou o sr. Plácido.

— A vida — respondeu o amigo.

O sr. Plácido ficou muito impressionado.

— Veja ainda — apontou o amigo entendido em arte —, o que é isto? e isso? e aquilo? e aquele outro? — e mostrou com o dedo os desenhos feitos no lado interno da porta do lavatório.

— Todo dia mando apagar e todo dia voltam — disse o sr. Plácido. — Gostaria de saber quem os faz. Não são maus.

— Estão na Bienal! — ajuntou triunfante o amigo.

— Como?

— Noutro contexto. Bem, mas não quero me adiantar muito. Vá. Vá inocente. Espere. Volte.

— Estou atrasado já — disse o sr. Plácido.

— Não seja passivo, entendeu?

O sr. Plácido pensou na porta do lavatório e ficou vermelho. Talvez a morte do Tancredo o estivesse impedindo de pensar com clareza.

— Atue! Coautoria. Mexa em tudo o que for para mexer! Participe. Adeus.

———

— É para criança ou adulto? — perguntou o vendedor.

O sr. Plácido teve pejo.

— Para criança — respondeu. Imediatamente pensou: "Não vou caber".

— Que cor prefere?

— Rosa — disse o sr. Plácido para não deixar mesmo nenhuma pista. — O senhor tem caixa?

— Não — disse o vendedor. — Mas embrulhamos de maneira que a forma, o sentido do objeto, entende, desapareça completamente. Ninguém vai saber.

— Obrigado — disse o sr. Plácido. — É que devo ir ainda à Bienal e a um enterro antes de voltar para casa.

———

— Caro Plácido! Na Bienal e com um penico na mão!

— Ele jurou que o significado desapareceria.

— Nunca, meu caro Plácido. Os significados deslocam-se, transformam-se, mas não perecem.

— Você é um acadêmico — disse o sr. Plácido. — Busca a "eternidade dos mármores". Claro que perecem.

Sentiu que dominava o assunto. Contudo era preciso não saber demais. Manter um certo grau de inocência.

— E para onde vai você com esse significado pela mão, ainda que mal pergunte?

— Daqui para um enterro. Você poderia me ajudar? Como faço com isso?

— Pegue ali dois catálogos do pavilhão americano que são os mais graúdos. Ponha o negócio no meio.

— Escorrega.

— Meu caro Plácido! Não se vence sem luta. Não se substituem significados na maciota. Faça assim.

— Agora não posso mexer.

— Como?

— Participar. O braço ficou preso. Não quero ser passivo.

— Claro Plácido! Que faz você em um enterro com catálogos do pavilhão americano?

— Nada. Qualquer coisa que eu fizer, o penico aparece.

— Que delicioso nonsense, meu caro Plácido! Que delicioso nonsense! Esteve na Bienal?

— É.

— Gostou? Acha que arte é denúncia?

— Procuro manter a inocência.

— Ah.

— O "olhar das crianças", sabe, essa história toda.

— Seja mais explícito, meu caro Plácido. Exemplifique.

— Não posso, já disse. Se lhe passar o catálogo, o penico vai junto.

— E ele insiste! Simplesmente delicioso! Britânico o humor! Nunca o supus!

"De enfisema pulmonar e na minha idade."

———

— Cor rosa e tamanho infantil! Mas Plácido! Onde tem você a cabeça?

— Se o problema é o traseiro, que interessa a você a cabeça?

— O teu amigo entendido em arte subverte a ordem das coisas! Você, por você, nunca me daria uma resposta dessas!

"De fato o equilíbrio é precário. Há um descompasso grande demais entre as duas partes: a minha e a outra. Mas quem busca a estabilidade dos 'mármores e museus'? A 'paz dos túmulos' é para quem já se foi. Estive na Bienal. E isso não se apaga numa vida."

— Vou fechar a porta. Concentre-se e relaxe.

"Esta mulher não diz mais coisa com coisa! Como é possível? Se me concentro, não relaxo. Se relaxo, caio. É preciso ficar alerta. Algo deve cair, bem sei. Porém não eu: de mim. Devo, muito ao contrário, para que tal se dê, procurar manter-me a todo o custo."

— Mas que faz você balançando o corpo de lá para cá? São fezes para exame, homem, isto é Ciência com C maiúsculo, não se trata de uma brincadeira. Veja se se concentra. Disso pode depender a sua vida, pense no Tancredo.

"Não consigo acertar, não consigo acertar; foi tolice, foi tolice, não há nenhuma correspondência. A Timidez Vencida em 12 Lições. Se fosse verdade não teria feito o que fiz. Fui longe demais, reconheço. De um lado, rosa e tamanho infantil, de outro, eu no ramo dos eletrodomésticos. E com a idade do Tancredo. A idade do Tancredo. Um abismo; nenhum contato. Mas... não, não é verdade; ainda que mal... deu, coube. Os limites foram borrados. Uma coisa só. Uma coisa só."

Pela primeira vez em sua vida o sr. Plácido se observa. Agora, neste momento. Inclinado para a frente, despido da cintura para baixo, as pernas finas e cabeludas ligeiramente abertas, as nádegas imensas e brancas apoiadas na pequena e leve circunferência rosa. Tem ele a impressão de ser este o único apoio para o seu corpo, que os seus pés mal tocam o chão; paira. Dois pares de aspas, como frágeis mãos, colhem-no por baixo, delicadamente, pelas nádegas e guardam-no consigo. Novos limites? Não pode evitar. Exatamente como descreve o catálogo. Está no catálogo. Colhido pelas aspas como dentro de uma cápsula, aguarda a revelação; uma revelação de ponta-cabeça; mas que, se vier, fugirá imediatamente a este estado de graça, pois que de pronto será encaminhada ao laboratório para exame. Arte e ciência. Arte e não arte! Os limites depostos outra vez? As respostas acham-se retidas dentro da cápsula com o sr. Plácido. O sinal da revelação ainda é apenas o roxo na sua fisionomia congesta. O sinal é esforço, mas esforço suspenso, sem quase apoio, roxo, roxo solferino. A suspensão é auréola: o plástico rosa, frio e leve. Um precário estado de graça iluminado pelos antípodas: roxo violento, rosa tênue. Duas cores, ou uma: dois tons, ou um

puro
perfeito
objeto
Pop.

A Coisa em Si

*

A inteligência estava ali diante dele como um grande animal em repouso; ou uma pedra, vasta, arredondada nos cantos e na qual se desenhasse uma disposição de músculos implantados.

Fora e diante dele esta enorme matéria; o brilho da chuva percorre-a como a um dorso de animal, a uma rocha; empresta-lhe o brilho e a luminosidade do dia e do instante.

O homem que distingue esta forma tranquila e vasta, esta fisionomia na pedra, é um homem de estatura média e gestos comedidos, responde pelo nome de Jarbas Toledo, a esta hora da tarde senta-se diante da janela; escuta a chuva, a intervalos regulares levanta os olhos do livro e a vê.

Sua perplexidade diante da vida há tempos é um nome, vários nomes. Suas mãos bem tratadas percorreram livros que de maneira organizada e consistente contornaram ou deram forma àqueles mesmos problemas que em sua juventude — afastada e remota como uma dessas depressões de terra (quase um valo) em que muita planta, galho e folha despregada acumulou-se trazida pela água da chuva: um lixo primaveril e pluvial... falávamos de sua juventude —, àqueles mesmos problemas que na juventude antes de terem um nome ou um tratamento foram o espantado reconhecimento de alguma perplexidade vinda da infância e dos seus começos.

Pois que este homem teve sonhos paralelos à sua infância: assíduos a ela e como ela, claros.

Esqueçamos o seu nome, sua idade, o jornal para o qual trabalha, o número de livros que já editou — sua idade, sessenta e dois anos —, sua postura tranquila diante da janela. Esqueçamos seu rosto tratado, os detalhes que o distinguem de outros rostos, a roupa que o veste, o convívio que dele temos, sua vizinhança.

Deixemos ficar conosco unicamente sua respiração.

Estamos dentro de um dos seus sonhos: Jarbas menino joga bola com a irmã. O jardim é grande; o jardim de sua casa na avenida Paulista, quase uma chácara ao tempo das chácaras na avenida Paulista. É o próprio jardim crescido inteiro de dentro do sonho, não algum outro que se lhe assemelhe; o mesmo. A bola vem e vai, aos poucos incha, aumenta, incha sempre à medida que é jogada de um lado para outro. "Nós estamos jogando a lua!", grita a irmã.

O sonho apaga-se.

Ele continua diante da janela; lê e o único ruído que produz é o das páginas ao serem viradas. Sua respiração não é mais ouvida nem pela mãe. Ninguém está tão próximo a ele para auscultar-lhe o peito ou tomar-lhe a respiração dos lábios.

Está, porém, bem vivo. Com o livro nas mãos medita sobre alguma nova teoria do conhecimento. Move as páginas sem pressa — sua perplexidade é hoje a sua maneira de sobrevivência — um longo trato — um cálculo.

Sua respiração, porém, já teve formas menos tranquilas e mais audíveis.

Ouçam como é a única coisa sonora no quarto — não neste — no outro — em que há muitos anos debruçou-se sobre o corpo de certa mulher desconhecida. Tentou ser simples então. Mas o trato com as palavras já começara a trabalhar nele; disse a si mesmo várias vezes numa voz interior que procurava imitar o compasso da de seu professor de ginástica pelo rádio: "O orgasmo é festivo e simples — uma coisa rápida — festiva e simples". Mas como o trato com as palavras já se lhe tornara um hábito, já beirava o ofício, dessas cogitações surgiram outras, como um cubo de dentro do outro, no momento mesmo em que o desejo crescia:

"Uma puta é: uma mulher alegre-alegre, sem-vergonha e de lábios pintados."

"Uma prostituta é: uma sem-vergonhice cheia de cálculo sentada à beira da cama."

"Uma meretriz é uma vítima da sociedade. Tem ar muito digno, olhos pisados e não serve mais para o uso." (Haveria alguma associação por contiguidade entre "meretriz" e "imperatriz"?) Pois a meretriz que ele distinguia recostava-se lânguida em um divã e suas vestes lembravam a de uma imperatriz em negativo: branco, preto, roto, cinza.

"Uma meretriz não dá mais no couro."

No homem, naquele em que as palavras já crescem insidiosas e dominam, a expressão popular, o dito chulo, são o pequeno tributo falso que paga na tentativa de obtenção de uma parcela de humanidade comum.

Hoje em dia, por exemplo, podemos ver o sr. Jarbas torcendo animadamente para o time de futebol Corinthians ou introduzindo astutamente, em uma conferência, um dito gaiato.

Aquele dia, lembramos, enquanto o seu desejo crescia festivo, mas não tanto, porquanto as conotações a que o levava o termo "prostituta" e o mais o impediam de levar a cabo satisfatoriamente ato tão simples — enquanto seu desejo descrevia sobre o corpo da mulher ("puta", "prostituta" ou "meretriz", o sr. Jarbas nunca esclareceu posteriormente na sua biografia editada com grande êxito pela "Cultura" a que termo a mulher mais se ajustava) vários e insistentes voos de reconhecimento — alguém, alguma companheira impaciente da ocupante do quarto, quem sabe, jogou para dentro, pela janela, uma enorme caixa de pó de arroz que veio a estatelar-se no chão com grande ruído, desdobrando nuvens seguidas de pó.

E isso constituiu naturalmente o fim de uma bem urdida teia de associações — não só de palavras como de estímulos nervosos.

Ultimamente acontece — tem acontecido com certa frequência a Jarbas — o contrário. É estranho. E de certa maneira constrangedor.

Quando discorre sobre filosofia, por exemplo. Ainda outro dia sobre Kant, os pós-kantianos e "A Coisa em Si". Trabalhou diligente e arduamente no assunto, estabelecendo uma cadeia de considerações inteligentes.

Mas curioso! Por mais que se esforce ele não consegue ver "A Coisa em Si" como uma abstração; a vê como uma mulher cheia de corpo, particularmente antipática, seios fartos, traz ela os braços um pouco afastados do corpo e ligeiramente estendidos em direção a ele numa atitude simultaneamente protetora, implorativa e indulgente. Sobre o amplo colo, jaz um colar de pérolas de quatro voltas que apesar da distância Jarbas distingue claramente, pérola por pérola. "A Coisa em Si" está penteada com esmero, o cabelo preso por laquê. Seu corpo, à medida que o percorremos de cima para baixo, diminui, estreita-se, vindo a terminar em minúsculos sapatinhos de salto, de verniz preto, colocados quase paralelos. O da esquerda está posto um pouquinho para o lado — como se posasse ela para uma fotografia.

Os pés da "Coisa em Si" porém não pousam em nada. "A Coisa em Si" fica recuada, à distância, e paira —,como se não obedecesse às leis da gravidade — um pouco acima da linha do horizonte. Jarbas pressente que ela pertença a associações várias, como: à extinta Legião de Decência (EE. UU.), ao Exército da Salvação, à Liga das Senhoras Católicas, à Sociedade em Socorro da Mãe Solteira, à As Alegres Mãezinhas em Prol de um Santo Lar, e a muitas outras siglas que lhe fulguram na mente e que "A Coisa em Si" recusa simplesmente explicar. Tem plenamente esse direito, uma vez que é uma autêntica coisa em si.

Jarbas ainda lê. Faz anotações ao lado da página com uma letra miúda e regular. Não se permite anotações como: "Excepcional!", "Inteligentíssimo"! As anotações que faz rezam assim: "Reconsiderar", "Rever". O mais que se permite no campo da anotação afetiva é: "Prenhe de possibilidades".

Talvez ainda enquanto Jarbas leia, escute a chuva e anote pensamentos, possam ser desfeitas algumas dúvidas sobre sua virilidade, caso as houver.

Referimo-nos naturalmente ao salão da sra. Weber.

A sra. Weber não é alemã. É, bem ao contrário — se nos permitem a expressão —, pernambucana; e nem de Recife. Apesar das ancas largas e das pernas um tanto curtas, os cabelos louros e os olhos azuis fazem-na muitas vezes passar por europeia. Isto, é claro, depois que passou a assinar Weber.

Em sua rápida passagem pela Europa com o sr. Weber, a sra. Weber aprendeu rudimentos de alemão, aperfeiçoou o seu francês. Leu muito, e posto seu amor à literatura, ao teatro, e também um pouco ao cinema, sejam autênticos, percebe-se que a sra. Weber, na impossibilidade de os utilizar melhor, os emprega à guisa de adorno; um requinte; um mimo.

Enquanto o sr. Weber foi vivo, não foi possível à sra. Weber ter seu salão literário.

Por vários motivos. Um deles, e o mais ponderável, é que nos momentos de extrema satisfação o sr. Weber costumava dar palmadinhas nas ancas da mulher, e essa satisfação ocorreu não só frequentemente como também na presença de pessoas menos íntimas. O sr. Weber também costumava palitar os dentes em público com a mesma atenção, o mesmo zelo, a mesma testa franzida e preocupada com que os atuais amigos da sra. Weber discutem, por exemplo, o significado nos Estados Unidos da "pop-art".

O contato que o sr. Weber, em suas primeiras andanças pelo interior como caixeiro-viajante, teve com sitiantes e pequenos fazendeiros, fez com que para a sra. Weber fosse sempre penoso ouvi-lo falar o português. Daí talvez tenha advindo o seu esforço em aprender a língua do marido; esforço nunca satisfatoriamente logrado nem suficientemente louvado pelo sr. Weber.

O sr. Weber ao morrer deixou para a mulher razoável fortuna. Rapidamente foram esquecidos todos os penosos detalhes sobre o sr. Weber. Ficou a ela, além do sobrenome e da fortuna, a conquista literária arduamente adquirida. Não é uma mentira, repetimos, esse já mencionado amor da sra. Weber à literatura. Mas não chega a ser o seu feitio.

Diríamos que: à falta do que fazer com os seus conhecimentos, ela os traz como um desses broches ousados que prendem o decote bem à altura dos seios ou nas costas um pouco abaixo da cintura.

O salão da sra. Weber é frequentado por europeus e brasileiros. Ela, com seus cabelos louros e suas ancas largas e dolentes, facilmente estabelece um elo entre ambos os grupos à medida que passa oferecendo chá, café, uísque ou uma pinguinha de Caruaru atualmente muito em voga nos círculos intelectuais e que se intitula bastante expressivamente: Chorando na Rampa.

Quando Jarbas Toledo toca a campainha, é festivamente recebido já no vestíbulo.

É espantoso. Ainda não compreendemos. Como esse homem comedido, que pesa todas as suas palavras, que anda asseado demais, que tem as unhas limpas demais, polidas e esmaltadas — cujo corpo raras vezes recebeu o sol —, pois bem, é espantoso como de um simples tilintar de xícaras e pires de café, oferecimentos de cigarros ou bebidas, citações, explanações e discussão sobre "tudo" o que seja literatura, o Sr. Jarbas tenha, com esses elementos apenas — partindo daí, exatamente desse ponto —, dormido com um número tão grande de mulheres a começar da própria sra. Weber. Mulheres que como a sra. Weber usam a sua erudição entre os seios, à altura dos ombros ou tristemente presa entre os cabelos à guisa de farolete ou estrela indicadora.

Como é que esse homem — que já temos alguma dificuldade simplesmente em imaginar, pela manhã, nu e distraído sob o chuveiro —, como é que esse homem discreto, que ouve atentamente a sra. Weber, a refuta, a contesta, a ilustra com a sua sabedoria, como consegue — por que passe? daí, exatamente desse ponto, frisamos — passar com tanta segurança para a cama, executar o que dele se espera com a precisão de uma frase brilhante e bem-acabada e em seguida sair pelo outro lado já pronto: vestido, discreto, palrador, não propriamente enamorado; esquecido, cavalheiro; como?

Tolices afinal. Cogitações sem a menor importância. Revelam apenas que o sr. Jarbas viveu organizadamente na maturidade. Que teve um ofício, que o exerceu; que usufruiu do meio propiciado pelo seu trabalho.

Porém já não se acha perto da janela. Ninguém se acha perto da janela.

Morreu ontem e será enterrado hoje.

Ao pé da sepultura sou o indicado para fazer o seu necrológio.

Visto-me inteiramente de negro.

Alguém roça por mim; empurra-me. Recuo com medo de cair no buraco que está sendo cavado; assemelha-se a um valo; a uma depressão mais funda. Chove ainda, e pequenos regos formam-se e retardam o trabalho do coveiro. A água arrasta porções de terra, folhas, galhos, fragmentos difíceis de serem distinguidos. Depois, à medida que a cova se aprofunda, torna-se mesmo impossível perceber na sombra o que seja; o caixão que acaba de ser colocado, confundo-o com o próprio fundo da cova. Coisas a que não posso dar nomes, pois não as discrimino.

Isso há um mês.

Hoje ainda me acho imóvel e no mesmo lugar.

Supervisiono a última etapa na execução do seu túmulo. Uma pedra de mármore escuro, vasta e retangular é colocada sobre o lugar em que estão enterrados os seus despojos.

Dele independe, como agora suas palavras (sou o seu editor e também o seu testamenteiro), dele se destaca.

Um pouco de sol a ilumina.

Sim, foi um trabalho feliz esse mármore recortado.

A esta simplicidade e concisão, ao acabamento sem arestas, arredondado nos cantos, chamaríamos a sua inteligência, a que o sol oblíquo de inverno por momentos empresta a aparência da verdade.

A sua medida

Uma vez uma criatura viva. (Um menino de seis anos.) Tão viva que todos os ruídos do dia ela os guardava na concha do ouvido para os ter de novo à noite. Os ruídos da noite, por sua vez, subiam degrau por degrau, lanço por lanço, a escada, ou escapavam de sob os móveis e aconchegavam-se sob as suas cobertas.

Dos ruídos diurnos e noturnos, da sua mescla miúda e trabalhada, formavam-se os sonhos do menino. Na sua cabeça redonda e bem plantada no tronco, o seu nome colocava-se na fronte como um pequeno anúncio: André Alcides de Andrade. Dele, os sonhos partiam, as asas graciosas e desdobradas, antigas embarcações aéreas vislumbradas nas fotografias amarelecidas. Sonhos montados com cola, armações leves de taquara e seda. Sonhos que se aprumavam receosos e oblíquos na cabeceira da cama antes de alçarem voo para — à medida que a noite avançava — tornarem-se esplêndidos e iridescentes.

Uma vez uma criatura viva. (Um homem de quarenta e seis anos.) Criatura tão viva quanto a outra, porém nesta, em um movimento invertido, os ruídos do dia recuavam todos, escoavam-se pela concha de seu ouvido para que a distância lhes tornasse visível o contorno.

À noite os ruídos costumeiros passavam a inaudíveis. Um degrau, mais um degrau, e mais um e um, tão baixo na escala dos sons.

A atenção com que esse homem observava os ruídos do dia à distância, a extrema concentração e a extrema consideração a qualquer pormenor davam a esses ruídos a possibilidade de se transformarem também eles em coisas: coisas partidas do dia passado, reerguidas e montadas em uma armação leve porém consistente, coisas que pairavam diante dos olhos do homem até quase o amanhecer.

Os ruídos noturnos apenas estavam na mescla de tudo; formas espezinhadas, pequenos insetos de cujo corpo escorresse alguma resina modeladora e liame para as claras e recortadas figuras do dia.

Esse homem, tinham-no por escritor; nem famoso nem bom. Na sua cabeça pesada, quase calva, na pele escura e esticada, o seu nome inteiro: Antunes Afonso de Azevedo, colocava-se como modesta faixa, os dizeres pintados em fazenda grosseira. Um dístico que ele não recusava e que pouco o explicava.

Escrevia com obstinação, com tenacidade. Aplicava o ouvido, ouvia e voltava a escrever,

... e voltando a escrever começava a ver. Via todo um

mundo, todo um mundo velho que lhe aparecia sempre como limiar de uma nova paisagem. Sua casa, seu Volkswagen de segunda mão, o banheiro de ladrilhos desiguais e encanamentos antigos onde um homem sonha e evacua com igual precaução; a sessão de cinema às dez, aos sábados: as coxas de sua mulher ajeitadas a custo e apressadamente na cinta antes de partirem. Sua mulher: seu buço apontando escuro sobre o lábio, uma sinistra aurora pelo avesso, sua menopausa apontando precoce, uma ameaça ainda distante porém certa; a conversa costumeira da mulher com as próprias entranhas, o suave ronronar de suas entranhas, a eventual iluminação intestina a que são dadas as mulheres — às vezes, apesar de tudo — debruçadas tristes em um futuro masculino e incertas, ainda que perseverantes, no seu papel de "incentivadoras". O jornal, os companheiros do jornal, seu nome, seu nome escrito na faixa de pano grosseiro flutuando sobre o jornal, sobre os livros, desgracioso o nome, porém de certo peso o tecido, dessas faixas compridas como aquelas com que nos pianos o teclado fica protegido do pó: afinal, respeitável em sua queda surda e posse sobre algum corpo.

Esse homem penosamente abrira caminho escrevendo, penosamente conseguira manter o seu nome nas citações, mantê-lo lembrado, ainda que de forma secundária.

O mundo do seu living contrafeito e "moderno", das poltronas desgastadas nos braços, dos serões com os outros escritores, da meticulosa conversa avançando passo a passo por entre os verbetes do momento. Esse mundo no qual fazia amor com a mulher contado pelas batidas do relógio — o velho pêndulo de lá para cá: ritmo ou métrica na cópula? —, nesse mundo em que sua causa já estava ganha — era um escritor menor, seja dita a verdade, porém de reputação firmada —, nesse mundo estava sempre disposto a descobrir, a despir as conhecidas formas que o habitavam, em outras: quais? que profunda felicidade? que coragem? quando?

E por isso escrevia ele e voltava a escrever. Agora, neste quarto fresco, cercado pela paisagem de Campos do Jordão, antes pressentindo do que realmente sentindo o cheiro dos pinheiros, ele persistia em escutar. O quê? — O dia que se fora: suas dispersas imagens e fisionomias, seus sons, seus ruídos menores.

———

A mulher abriu a porta com cuidado, ficou parada atrás da cadeira. Desde que haviam subido a serra e o pequeno carro passara brilhante de sol sob o dístico onde se lia "Bem-vindo à Montanha", começara ela a sentir algum desassossego.

Haviam-se instalado em uma pensão — poderia mesmo ser chamada de hotelzinho — em Capivari. Os hóspedes encontravam-se a todo o instante, ao cruzarem pela única sala onde, à noite, se achava sempre acesa a lareira. De dia, quando o tempo estava bom, sentavam-se diante do hotel, enfileirados em espreguiçadeiras, recebendo o sol.

Antunes voltou-se na cadeira: — Então, Cristina? — perguntou, sem que nada em sua voz revelasse curiosidade ou impaciência. Os olhos mortiços, a pele frouxa só ao redor da boca; tirou um lenço do bolso e enxugou cuidadosamente os lábios.

Cristina disse apenas: — Eu já vou me deitar. Você se importaria de continuar escrevendo na sala? Não tem mais ninguém lá embaixo, todos já foram dormir. Você sabe, não consigo pegar no sono com luz acesa.

Antunes bocejou e abriu as janelas do quarto. O cheiro dos pinheiros vinha tão forte agora, fazia doce pressão em seu peito, empurrava-o para o fundo do quarto. Contra o céu limpo, divisou o contorno de duas araucárias. — Não vou mais escrever hoje — disse ele por fim, reunindo as folhas de papel. Suas mãos eram pequenas, desagradavelmente macias, as folhas escorregavam.

Cristina olhou-se no espelho. Nada a protegeria da morte certa e da velhice. Nada. Em Campos o soubera. Que importava a todos os que passavam diariamente, de lá para cá, em frente ao hotel, que seu marido escrevesse? Os que passavam não tinham profissão nem nome, preocupavam-se apenas em se queimar, montar, encontravam-se aos bandos pelos morros — dançava-se nos hotéis, no clube —, compravam "Lembranças de Campos do Jordão". Os serões de sua casa, quando do primeiro andar, pois havia dias em que não descia, ouvia a voz do marido e a dos amigos conversando; os vernissages, os diz que me diz que do jornal, as eventuais telefonadas: "É da casa de Antunes A. de Azevedo, o escritor?" — tudo isso e mais São Paulo dissolviam-se como chuva miúda, a casa mesma minada pelas chuvas, o amor submisso realizado sob as cobertas ou falsamente "erótico" e "livre" no tapete da sala, o desgaste dos cantos da sala, os quadros "inteligentes" enfileirados "tortos" na parede, as amigas, os jantarecos, os papos "atualizados", onde estava tudo isso, e como bastaria agora para a proteger?

Sua pele já era flácida. Quem se importaria com sua pele, com o sangue único, de percurso único que a coloria?

Se ele — pensou Cristina — ainda fosse um escritor realmente famoso, então talvez ela se achasse protegida mesmo ali em Campos. Lançaria contra o sol e o vento, e o ridiculamente doce aroma dos pinheiros, lançaria bem contra o céu, este céu metálico e frio, o nome do marido: uma estrela de primeira grandeza; uma afirmação de ambas as existências. Ela erguida voluptuosa no penhoar inflado, arrastada pelos ares feito cauda de cometa.

— Sabe, Antunes — disse Cristina devagar, sem olhá-lo —, você passou o dia todo escrevendo, não sei se soube... toda a vila comenta... sabe, o menino, aquele da pensão Suíça que vinha brincar aqui com os filhos do italiano, meu Deus, morreu arrastado pelo cavalo. Caiu do cavalo, o pé ficou preso no estribo, ele veio batendo com a cabeça, primeiro na terra, depois no asfalto. A mãe está feito louca. O pai vinha justo hoje de São Paulo. Deve ter chegado às oito. Você pode imaginar...

Antunes não se moveu. Fitava-a ainda.

— Aquele menino — repetiu Cristina —, aquele engraçado de cabelos meio crespos. Não me diga que não sabe qual é. Você o chamou outro dia para ver o helicóptero no céu, não se lembra?

Antunes virou-se e fechou a janela. — Me disseram na hora do almoço. Um perigo — continuou —, coitada, pobre criança. Se eu tivesse um filho, nunca o deixaria andar em cavalos alugados. Um perigo. — A voz condescendia em responder e comentar; nada acrescentava. Caminhou devagar para pegar o pijama.

— Seu nojento!

Antunes entreparou e voltou-se mais uma vez para a mulher.

— Nojento. Nojento. Nojento — repetiu Cristina quase gritando. — Eu sei. Eu sei a que raça você pertence. Está aí com esse ar de mosca morta, esse ar de palerma. Não me diz nada. Nunca me diz nada. Não sente nada. Exceto, naturalmente, às vezes, azia. Seu idiota! Eu sei. O menino morre, se arrebenta todo, que horror, meu Deus, que horror enorme, você continua dormindo em pé. Mas, ah! eu te conheço, meu velho. Eu te conheço! Ele te serve bem! É a tua medida. A tua medida! Você vai escrever um conto depois. Um poema, quem sabe. Vai falar dele, seu sem-vergonha! Um conto cheio de sutilezas, arrepios, nada da gosma escura que deve ter se espalhado daquela cabeça, hein? Eu sei. Aí está você feito um palerma cozinhando em banho-maria suas palavrinhas cuidadas. Mas ninguém precisa delas, entendeu? Ninguém. Ninguém. O menino morreu, morreu de vez, morreu de todo, será que você não atina? Meu Deus, mas que horror enorme!

Chorava desesperadamente, convulsivamente. Sentou-se na cama. Chorava com o corpo também, a cama rangia, chorava com extrema violência, as mãos espalmadas nos joelhos.

Antunes aproximou-se e lhe tocou de leve nos ombros.

O choro redobrou de violência. Chorava como uma mulher se permite chorar. Como uma mulher casada há muitos anos e já não muito nova se permite chorar. Chorava sem pudor. Mas não chorava o menino, ou quem sabe? Como água de enxurrada o seu choro misturava de roldão figuras próximas e distantes, fazia rodopiar as poltronas desbotadas do living, descia pelos morros, levava muita coisa: fragmentos de sol, sustos mesquinhos, todos os vidros da farmácia da vila iluminada à noite feito enorme e grotesco brilhante, risadas, risadas, carregava a temporada de inverno bem alto, arrastada pelas águas e erguida como um troféu, postiça como um desses gorrinhos de turista de muita cores... e lá ia.

Chorava enfim a sua traição para com o marido. Pois que o traíra. A palavra era pesada e de mau gosto. No seu meio a coisa não teria sido descrita assim. Muitas outras palavras seriam aventadas antes: "frustração", "liberdade", "ele, ela, ele, ela". Pois sim. Mas o traíra. Era isso. A palavra tinha pingentes, ouropéis, era feia, desgraciosa. "Traição", muito bem, a palavra cabia inteirinha em um "tango argentino", não em um bem dançado naturalmente, quando então o que é vulgar adelgaça-se e ganha o movimento breve da elipse: o do tango intangível; cabia era em um maldançado, em um muito mal-acabado. Traíra-o com um sujeitinho, um turista. Traíra-o no quarto de outra pensão igualzinha àquela, quase um quarto de hotel. No peso do corpo do homem vinha todo o sol de Campos, todo o calor fazendo-a dormir despreocupada. Dormia a sono solto e chorava hoje e arrastava o seu sono de ontem boiando nas águas, já disforme e inchado.

Amara-o, e no momento em que mais o abraçava tocara aquele mundo inacessível, galante e fácil, erguera nos braços uma "temporada na serra", era "uma senhora fazendo sua estação". Abraçava e era abraçada pelas montanhas. — "No auge do inverno há geada, parece que se está na Suíça, verdade." — Abraçava os pequenos cafés tocados pelo último sol da tarde, pendurados nas montanhas; abraçava os conhecidos encontrados nas compras comuns na vila (quase somente os hóspedes da pensão, quem mais a conheceria?), abraçava-os, protegiam-na eles com palavras casuais, as mais casuais, as mais corriqueiras.

E Cristina chorava. "Ele" acreditara nela. ("Ele" morava há muitos anos em Abernéssia na condição de ex--doente; algumas costelas a menos faziam-no andar com o ombro esquerdo descaído, o corpo inclinado curiosamente para a frente, como se estivesse sempre na iminência de perder o passo no meio do salão e arrastar alguma dama consigo; o que o marcava de infinito encanto; com o melancólico sentimento do "precário" e do "provisório". Em todas as temporadas, como quem sai de prolongada hibernação, deslocava-se de Abernéssia para Capivari, vestido pelo último figurino da vila. "Ah, essas meninas loucas por sol, por vadiagem e cheias de manha!" Pegara uma, uma autêntica turista, dessas que só querem passear, "não tão menina assim, é verdade, mas que classe!" — Seu gorro bordado deslizava em sua cabeça enquanto andava — "Bem-vinda, bem-vinda à montanha!").

Cristina passou a soluçar baixinho, a resmungar, a mastigar palavras incompreensíveis.

Antunes ouvia de maneira extremamente clara os cascos do cavalo.

A cabeça rodava, batia no asfalto e abria-se como uma caixa de surpresas para a luz.

Ele via os olhos do menino saltando fora resplendentes do dia, vertiginosamente enxergando o azul... até quando?

Antunes escutava com atenção, com a mais concentrada atenção, o grito prolongado, o relincho, os cascos.

Quando o menino soubera? E quando deixara de tudo saber? Quando o céu se encurtara finalmente e caíra dobrado sobre o seu corpo?

E ele via — via sempre —, via a cabeça iridescente, coalhada de azul, rolando no asfalto; com extrema concentração escutava ainda os ruídos diurnos, então já diuturnos: o seu mais entranhado desespero — a sua medida.

O conto da Velha Cativa
Dentro do Pote

O céu é baixo, vermelho e curvo. Começa no beiral do telhado, descreve um semicírculo e termina adiante no limite do muro. O chão é de terra batida. À direita há uma plantação de folhas aromáticas: erva-cidreira, hortelã-pimenta, guaco e mastruço. À esquerda uma horta com tomates, alface e cenoura. Há também capim-gordura crescendo perto do muro onde a sombra é maior, uma pitangueira e um abacateiro ainda pequeno.

No peitoril da janela, um pote de barro. Seu bojo descreve curva semelhante à do céu: também vermelha, baixa também; interrompida abruptamente. No interior do pote, porém, a curva se faz úmida, escura e fresca; no fundo encontra-se um pouco de terra molhada mais a semente de uma planta. As mãos da velha cercam o pote. Seu olhar detém-se no horizonte: a linha que divide o muro e o céu. Circunda cada uma das suas íris aquilo que se convencionou chamar halo senil; o contorno da íris por isso se faz menos nítido; os olhos surgem ligeiramente embaçados e ganharam uma tonalidade azul; embaçamento semelhante ao do sol nos dias prenunciadores de muito calor; semelhante ao observado na lua nas noites abafadiças, sem aragem.

Encostada à parede perto da janela, está uma mesa tosca, de verniz riscado. Dentro da gaveta encontra-se um par de óculos fora de uso. Uma das lentes é muito mais grossa que a outra e apresenta uma racha oblíqua em toda a sua extensão; a armação é antiga, de tartaruga, e uma das hastes acha-se quase solta pela falta de um dos pinos.

São os óculos da velha e estão quebrados há três anos.

Um dia a velha disse:

— Quando estiverem todos crescidinhos — e apontou com o dedo as suas quatro últimas crianças brincando no quintal —, então vou ter muito tempo para ler.

Nenhum dos filhos mandou consertar os óculos porque quando eles se quebraram já se declarara na velha o processo de esclerose e ela quase não lia.

A esclerose está dentro do seu corpo, arbusto esgalhado e branco; ramifica-se, atinge a ponta dos dedos, chega à raiz dos cabelos; mas o seu avançar é a redução progressiva do movimento; é a retenção das coisas, emaranhadas, na desordem. Antes que esse processo impeça que reconheçamos qualquer ponto de partida, qualquer direção nos pertences da velha, antes que esses pertences se desarticulem numa crescente omissão, cada qual desligado de um reconhecimento no outro, passo à seguinte enumeração:

A velha chama-se Ana Leocádia Araújo.

Completa amanhã oitenta e oito anos.

Nasceu na cidade de Santos, lá cresceu, criou-se e viveu os primeiros anos de casada. Pariu dezenove vezes; catorze filhos seus estão vivos; criou quase todos e só teve um desmancho e dois abortos. Depois da última gravidez seus cabelos tornaram-se secos e quebradiços, encresparam-se.

Usa até hoje matinê, saias largas mais compridas do que vestem as senhoras da mesma idade e tem um pequeno Patek Philippe de ouro, preso por corrente e oculto no bolso interno da saia.

O ouvido esquerdo da velha é como um caramujo: guarda dentro o ruído do mar; como um caramujo, duro e fechado. Assim, quando a velha apoia a cabeça no seu ouvido esquerdo, escuta apenas o ruído do mar, aquele do litoral paulista: espraiado. Há uma certa reverberação nesse ruído e dentro dele, à semelhança de conchas entrechocando-se, muitas vozes vêm juntas, sobem como vagas, batem-lhe no lado esquerdo da cabeça; mas nada se despedaça ou decompõe, nenhum som se destaca o bastante para ser percebido como oração articulada. Expectativa só; nenhum descanso. Por isso a velha unicamente se apoia ao ouvido esquerdo quando, ao se inclinar muito para o lado, corre o risco de cair. Isso se dá geralmente à noite, ao ficar de joelhos por muito tempo diante do oratório com a Imagem do Coração de Jesus, rezando para os mortos-parentes. Um joelho resvala e para não escorregar de vez ela cola a cabeça ao seu ouvido esquerdo; duro a ponto de lhe amparar a cabeça, empurrá-la e mantê-la no centro, e não permitir que se incline definitivamente na posição do sono; ou do tombo.

O ouvido direito da velha foi que recebeu a primeira

aragem da serra paulista. Na ocasião, disse-lhe o marido, comerciante atacadista muito conceituado na praça:

— Leocádia, cubra o rosto com o xale, cuidado com o frio.

A Serra do Mar e a neblina, as duas primeiras coisas a serem temidas na viagem: por úmidas e obsedantes ambas; branca uma, escura a outra.

O que se movimenta é a viagem do litoral à serra e o que se detém e se enreda é a mata e a neblina. Dessa oposição nasceu para a velha (então moça, então moça!) a confusa noção de que o mundo ainda não lhe havia sido explicado por inteiro na linha distendida ao nível do mar, rente à espuma. Seria preciso ler muito. Mas... o quê?

— Leocádia — disse o marido, observando o pequeno livro de capa escura e papel-bíblia no regaço dela —, não se atenha a esse gênero de leituras. Além de pernicioso leva ao ócio. O romance francês!

Foi na subida da serra que o ouvido esquerdo começou a endurecer. Pouco no início. Quase nada.

Disse o marido:

— Não se preocupe, Leocádia, é a altura! Feche os olhos e respire fundo. Assim. Encoste a cabeça; não olhe pela janela do trem que dá vertigem. Sai, menino, sua mãe não se sente bem. Deixa que eu guardo o livro, Leocádia. Pode cair no chão.

— Por que a vista dói tanto agora quando leio as palavras, Juca? Será que preciso de óculos?

— É fraqueza do parto, depois passa, Leocádia. Está melhor?

— Tem muito vento, fecha a janela.

O ouvido esquerdo só repete. Palavras? Mas seria então uma leitura em voz alta; ainda que conhecida. Não; repete é o mar.

O ouvido direito, tão doce e receptivo. O lóbulo da orelha, rosado pelo frio. O marido sopra-lhe (ela lhe sente o hálito no lóbulo):

— São Paulo, Leocádia, vê?

Ela vê e ouve. E está forte agora, de pé no meio da estação. Vê para o futuro, lançada. O futuro rompe-se como os túneis na viagem romperam a serra, na ponta sempre a luz, e mais outra; clara como focos sucessivos que incidissem sobre uma página destacando as letras.

— Vê, Leocádia?

Passada a primeira excitação da viagem, porém, necessário se faz reconhecer que ver e enxergar não é propriamente ler; não exige a mesma atenção. Parir incessantemente os filhos, por sua vez, é desatender a esse foco exigente de atenção, assim como fazê-los crescer, vê-los vingar ou se fazerem mofinos. Os parentes mais ricos cruzavam o oceano duas vezes — ida e volta — cada três anos. Ouvi-los também é se encontrar dispersa entre os objetos que trazem da Europa; como o ruge-ruge da seda, as suas vozes; como a deposição de pesadas peças de ouro sobre a mesa da sala, as suas pausas. Quedar-se, ainda que alerta, entre a sua fala e o seu silêncio é desatender sempre e mais a esse foco exigente de atenção.

Mesmo a leitura do jornal é intermitente.

No ano em que completou cinquenta anos, a velha (então madura, então madura!), um dia, durante a leitura de *O Diário da Cidade*, pensou agudamente e por algum tempo nas dragas; na época anterior à das docas de Santos, nos pontões onde os navios então eram atracados. Para os navios aportarem, muitas vezes foi necessário dragar o fundo da água. Pensar na penosa desobstrução de uma área de água, pensar em um tempo anterior ao das docas, em um tão remoto tempo portuário, obrigar-se a percorrer pela imaginação o caminho anterior ao de sua primeira viagem, da serra para o litoral, da idade madura para a quase meninice, precipitada pela serra, cegada por cada núcleo de luz no fim de cada túnel, a vegetação litorânea assomando à cabeça, depois a praia, o cheiro de maresia, o mar, finalmente o lodo... a essa vertical queda da imaginação abaixo do nível do mar dá-se uma direção e se a nomeia: o início da preferência do que ainda não se conhece pelo que já se fez conhecido. (O bafo de noroeste no rosto, rente a um pontão.)

— Não consigo me concentrar, Juca, este bafo de calor no rosto.

— É a menopausa, Leocádia; não se esforce. De cá o jornal; confunde.

— Espera, Juca, as fotografias, quem são?

— Todas sufragistas, Leocádia, não vê pelo jeito?

— Sufragistas!

A palavra feito uma saia arregaçada sem pudor, melhor dito, "arreganhada" sem pudor; muita coisa se movimenta com ela, muita coisa se descoloca; o miolo dessa "Europa Não Visitada" não mais é apenas a deposição de seda e ouro na região portuária, depois na mesa, sob o lustre da sala. É muito principalmente outra coisa, desconhecida, escuro esse miolo, um nó, um começo de desenredamento.

— Desceu com a francesa no porto de Santos e montou casa para ela. A mulher já sabe.

— Mas não, Juca, eu pergunto é sobre as sufragistas.

— As sufragistas!

Um nó, um redemoinho o centro desta "Europa Não Visitada". A desobstrução para se chegar a ela, muito mais cedo teria que ter sido o seu início.

O navio, o lodo, a draga.

A desobstrução do fundo, uma outra ordem, inversa, de desobstrução. Pensar tão agudamente no lodo sendo aos poucos dragado; deter-se nele tão agudamente, essa a forma mais espessa e opressiva da imaginação caída abaixo do nível do mar, a primeira e mais séria aderência ao passado.

Mas a esclerose propriamente se anuncia clara: opaca e branca; vem rente à madrugada, de dentro da neblina na manhã paulista. A Maria Cabreira caminha por toda São Paulo dentro da neblina. A cabra que arrasta por uma corda tem um pequeno sino no pescoço. Param ambas diante da velha.

— Quem é você?

— A Maria Cabreira, Donana Leocádia.

— É a Maria Cabreira, mamãe!

— Que é que você veio fazer aqui?

— Donana, o seu copo de leite de cabra.

— Mas, mamãe, o seu copo diário de leite de cabra!

— Não quero.

— Meu Deus, mamãe, e por quê?

— Cheira à cabra.

— Donana, vamos, faz ficar forte.

— Fortifica, mamãe.

— Não quero. Cheira à cabra.

— Vamos mamãe, veja, branquinho.

— Donana, olha, branquinho.

— Você também cheira à cabra.

— Mamãe!

— Não reparo, não, dona Cotinha. É a idade.

A idade!

Ela entendeu. Olha direto, em frente, para os olhos da cabra. É preciso ficar alerta e não mais permitir que a memória resvale; pois este foi o primeiro vão, a primeira fenda, por onde, de início, irão escapar as coisas apenas triviais: a cabra, a cabreira. Dão-lhe as costas agora, reencontram a neblina paulista, somem na igual brancura opaca.

Quando a manhã se tiver erguido completamente e o sol ganhar a coloração generosa de algum fruto amadurecido na faixa litorânea, aqui no planalto o único resíduo de neblina, o único nódulo branco não dissolvido pelo calor, já então fará parte inequívoca da natureza da velha.

Existem várias qualificações, vários nomes para esta espessa zona branca, não penetrada de luz: "demissão", "deslembrança", "omissão", "tradição", "relembrança" — e nos dias prenunciadores de muito calor o próprio sol absorverá — como faz hoje, véspera do dia em que a velha deve completar oitenta e oito anos — certa dose do branco na forma de embaçamento. À sua volta então se formará assim como um halo semelhante àquele observado na lua nas noites abafadiças, sem aragem, semelhante ao que circunda a íris de um olho e lhe empresta vaga tonalidade azul, borrando-lhe o contorno: fenômeno este ao qual se convencionou chamar: "halo senil".

Entre as mãos da velha continua retido o pote de barro.

Pelo traçado da curva, o pote vem a limitar (tanto quanto unir) o que do lado externo se faz: "mormaço", "marasmo", "branco cego", "vermelho ex-abrupto"; e no interno: "escuro", "umidade", início de um deslocamento ainda apenas cativo, na condição de semente.

E porque "cativo/cativeiro" é tanto "persuasão" quanto "aprisionamento".

E porque é o "conto" a primeira forma da persuasão, aprisionamento de uma extensão percorrida e ganha no impulso ágil da inventividade rente ao plano da infância: como "fábula", "embuste", "peta", "patranha", "lenda".

E porque da velha sou eu o descendente direto mais remoto: menos que infância ainda menos que semente, declaro:

— deste relato contido em um só espaço — declaro-o o conto:

O conto da Velha Cativa Dentro do Pote.

Realidade/realidade

Seis e meia da tarde do ano de 1940. Verão na praia de São Vicente. O sol quase na linha do horizonte. Helena completa nove anos neste exato momento do século. Caminha pela praia, sua sombra se alonga, encomprida-se na areia, é muitas vezes o tamanho dela, Helena. Quantas? Assim como sua idade se acha contida no século por uma dízima periódica, o desdobramento de sua sombra se estende sempre uma vez mais além do último ponto em que o olhar de Helena procura fixá-la.

Quando uma criança é colocada de chofre contra o século a que pertence, a desproporção do fato pode acarretar vários e curiosos fenômenos de percepção, entre outros aquele que transmite a impressão de se tornar ele, o século, incomensurável, no exato momento em que a criança, no caso Helena, delimita a sua pouca idade com precisão, os dois pés plantados firmemente na areia. Pois que já não caminha agora. Observa apenas:

Próximo ao primeiro limite em que a sua sombra avança uma fração além de si mesma, encontra-se deitado um homem, os braços estendidos abertos. Helena aponta o dedo na sua direção e diz para a empregada que a acompanha:

— Olha, Joana, um homem tomando banho de sol.

Há coisas singulares, porém, neste particular banho de sol; coisas que Helena anota cuidadosamente:

1. O dia acha-se quase no fim: seis e meia da tarde.

2. O homem acha-se deitado de maneira diversa daquela observada por Helena em pessoas que se expõem usualmente ao sol, ou seja: a cabeça está mais baixa que o tronco, os pés na direção da cidade, a cabeça na direção do mar, a maré chega-lhe aos cabelos.

3. Finalmente o sol não lhe toca as faces, seus raios correm sobre elas, lhe são quase paralelos, não oblíquos ou perpendiculares. À sua luz (ainda que indireta, isto é assombroso!), suas faces não ganham nenhum tom vermelho, dourado, rosa que seja. Fazem-se mais e mais azuis! Azuis!

A empregada adianta-se um passo e grita para Helena:

— Mas é um afogado! Um afogado! O mar jogou o corpo dele na praia!

———

De seu quarto, aquela noite, Helena escuta a mãe recapitular o acontecimento para o pai. Enumera a mãe:

1. As pessoas que tomam banho de sol não o tomam às seis e meia da tarde.

2. Não se deitam com a cabeça mais baixo que os pés, perto da água, para que a maré venha e a cubra.

3. Suas frontes não se fazem azuis (azuis!), e sim vermelhas.

E a mãe conclui:

— Helena não tem ainda bem noção do que seja a realidade.

O pai aventa:

— A visibilidade àquela hora não é nada boa. Os volumes de luz e de sombra se confundem. Tudo se toma difuso. É a hora em que os míopes enxergam menos ainda. Helena não será míope? Você precisa levá-la ao oculista. Lembre-se que em nossa família há quatro casos de miopia.

A mãe insiste:

— Helena descreveu-me pormenorizadamente aquilo que de início julgou ser um banho de sol. Só quando Joana gritou que se deu conta.

———

Engano.

Quando a empregada gritou, Helena se deu conta foi de que o que observava era o negativo de um banho de sol.

Porque as coisas estavam dispostas ao contrário.

O pai um dia lhe explicou:

— Observe, Helena, quando uma fotografia é revelada as coisas todas do negativo passam para o outro lado.

Helena perguntou-lhe:

— Qual lado?

O pai hesitou:

— O da vida mesmo, ora. Onde as coisas são realmente, de fato.

O pai continuou:

— Veja o negativo desta fotografia sua: os seus olhos estão brancos e vazios como dois furos, também a sua boca. O cabelo, está vendo, no negativo parece um punhado de nuvem. Quando a fotografia for revelada, os claros e escuros trocarão de lugar. Seus olhos, lábios e cabelos é que ficarão acentuados. Assim como está, nem dá para se reconhecer você, não é mesmo?

Helena respondeu-lhe; obediente e obstinada:

— Eu nem me reconheço em negativo.

———

A empregada e Helena deram ainda alguns passos na direção do homem antes que a empregada de súbito estancasse, lhe agarrasse o braço com uma das mãos e com a outra lhe tapasse os olhos. A empregada gritou-lhe:

— Não, não olhe, não olhe. Sua mãe não vai gostar.

Por uma fração de segundo, a Helena foi interceptada qualquer visão da praia. Como se estivesse no interior de uma câmara escura. Pôde apenas escutar com redobrada atenção o ruído do mar: igual a si mesmo, desmedido em sua repetição.

O pai um dia lhe explicou as várias etapas necessárias para uma imagem passar de negativa a positiva. Falou-lhe entre outras coisas do líquido formado pelos agentes químicos do qual emerge finalmente a imagem positiva. A esta fase final dá-se o nome de revelação.

Na fração de tempo em que os seus olhos ficaram cobertos, no escuro, da quantidade de água do mar represada por sua audição, vagarosamente emergiu o seguinte quadro assim constituído:

Onze e meia da manhã do ano de 1940. Verão na praia de São Vicente. O sol quase no meridiano. Ele ofusca e ofende as pupilas de Helena como a pressão das mãos de Joana contra o seu globo ocular. Um homem acha-se deitado na areia, os braços abertos. A cabeça um pouco mais alta que os pés devido à natural inclinação da praia, a cabeça na direção da cidade, os pés na direção do mar. Uma onda vem e chega a lhe tocar os pés. Os raios do sol, quase perpendiculares a ele, batem-lhe nas faces. Estas se fazem mais e mais rubras. Depois ganham uma pesada e quente tonalidade castanha.

A Helena foi assim dada a imagem exata de um homem que toma banho de sol. A imagem correta, sem inversão, de como o fato se passa mesmo.

Helena arranca a mão da empregada de seus olhos

— Me larga, Joana! Eu quero ver!

E ela vê:

— Um afogado, Joana! Um afogado que o mar jogou na praia!

———

A mãe diz ainda ao pai aquela noite:

— De qualquer forma vou levá-la ao oculista.

O pai lembra:

— Um morto! Meu Deus, ela viu um morto! Aquilo não lhe terá "causado impressão"?

A mãe responde:

— Ela ainda não sabe o que é a vida.

O pai indaga:

— E será que ela gostou do presente?

— Mas se foi ela mesmo que escolheu! Espero que a máquina dure em suas mãos. De manhã perdeu três fotos por falta de cuidado.

———

A miopia de Helena é de dois graus em cada olho, porém só aos doze anos se manifestou claramente e foi preciso que passasse a usar óculos com regularidade. As lentes dos óculos impedem que o seu olho se encaixe perfeitamente na objetiva da máquina. Há um pequeno hiato, uma distância entre o olho e a objetiva, o que não lhe permite absoluta precisão na escolha do ângulo e do foco, fato que muito a aborrece. Também a irrita ter de usar sempre óculos, agora que se torna moça. Às vezes, durante alguma reunião, tira-os por instantes e os coloca de lado. Os ruídos vários: tinir de copos, risadas, fragmentos de falas e de melodias, bater de portas, arrastar de passos, perdem o seu contorno preciso, uma vez que os objetos que lhes dão origem — copos, bocas, vitrolas, pés, recuam e caem fora de foco — fazem-se os ruídos, autônomos, desvinculados, e, nesse desprendimento, ao confluírem para o ouvido de Helena, mesclam-se formando espessa massa de sons, surda e igual a si mesma; como o ruído do mar. Dessa quantidade sonora, então, fluida como água, emerge uma outra ordem de imagens, nítidas e brilhantes, recém-deflagradas na retina:

Imagens pertencentes ao verão. Carregadas de luz, iniciando-se sempre claras para virem a terminar em um pesado tom castanho. A vegetação da faixa litorânea paulista destaca-se complexa e profusa, entremeada aos materiais de construção do casario mais antigo da cidade praiana de São Vicente: telhados de telha-vã, madeirame, vime, azulejo. Aos poucos, à medida que perduram as imagens, o madeirame carrega-se de umidade, o tom vermelho das telhas ensombrece, o vime estala e se rompe, a brisa marinha deixa de soprar, há marasmo e mormaço na manutenção das cores mais quentes e escuras, assim como das formas mais ricas de folhagem, fruto ou azulejo. Existe contudo um determinado instante na duração de tais imagens em que se torna difícil decidir se uma tonalidade mais quente de vermelho ou ocre pertence ao âmbito dos seres que amadurecem ou daqueles que apodrecem. Na raiz dessa primeira hesitação plástica, insinuam-se então várias outras ordens de bifurcações e dúvidas, o que produz assim como que uma vibração, uma tensão peculiar na ordenação dos elementos da imagem, tornando-se difícil para Helena a compreensão de cada figura como um todo. E é quando a sua vista principia a doer e ela constata que deve voltar a pôr os óculos.

Helena cresceu um pouco mais e o oculista da família explicou-lhe:

— As lentes de contato estão cada vez mais aperfeiçoadas. Quanto mais alto o grau de miopia, isto é, quanto menor a curvatura do olho, mais fácil a sua adaptação às lentes. A sua miopia não é o que se chama "miopia magna". É pouca.

Helena perguntou-lhe:

— Então vai ser difícil eu me habituar a elas?

O oculista respondeu-lhe:

— Ah, isso depende,

Helena esperou.

— ... de tantos fatores! Da sensibilidade do seu olho, da sua força de vontade, do polimento perfeito das lentes. Tudo na vida é uma questão de equilíbrio. As lentes devem ficar flutuando no líquido lacrimal. Se flutuam demais, porém, soltam-se do olho e caem fora. Se flutuam de menos, grudam no olho, você sente um ardor, o que significa que está deixando de haver passagem adequada do líquido. As lentes mais aperfeiçoadas são aquelas que recobrem apenas a íris. Estas você pode usar o dia inteiro. Agora, se você quiser lentes de contato para praticar esporte, deve escolher as maiores, que abarcam uma parte maior do globo ocular, são mais seguras, você não corre o risco de perdê-las.

— Não — diz Helena. — Não é para praticar esporte.

———

Gilbert lhe fala quase gritando:

— Se você se dedica à fotografia por esporte, então nunca, nunca, compreendeu, chegará a fazer nada que preste. A fotografia é uma arte, não copia as coisas, "inventa-as" de novo, certo?

— Certo — diz Helena.

Estão ambos fechados no laboratório do estúdio de fotografia de Gilbert, francês radicado no Brasil há dez anos. Gilbert agita suas compridas mãos molhadas diante do rosto de Helena, respinga-a toda. O peculiar odor do líquido de revelação acentua-se. Se Helena não estivesse tão apaixonada por Gilbert, talvez constatasse simplesmente que o laboratório fede. Mas Helena vem de uma família em que os fatos (determinado grupo de fatos) ganham nomes cada vez mais brandos, leves e cheios de arabescos antes de virem a lume.

— Gilbert — ousa Helena, timidamente —, a realidade, o real, o que você pensa...

— A arte fotográfica — arremata Gilbert — é a arte do nosso tempo, aquela que melhor capta o real.

— Mas, Gilbert, o real mesmo, quero dizer, para ser captado, precisa antes estar bem claro, quero dizer, a gente precisa saber onde ele está, isto é...

Gilbert aproxima o seu rosto bruscamente do de Helena e o peculiar odor se acentua, se acentua.

———

Helena, com a mesma obstinação com que resolveu que se acostumaria às lentes de contato, que conseguiria a adequada aderência em suas íris das duas tênues membranas de plástico, decidiu que perderia o seu hímen antes do casamento, isso por lealdade a Gilbert e à arte fotográfica; em suma: por seu amor na pesquisa do real.

Em 1952 em São Paulo tal plano revela audácia. Particularmente sendo a família de Helena aquela que é. Se é verdade — como já foi dito — que nela (a família) determinada classe de fatos ganha nomes mais e mais esmaecidos, trabalhados como leves peças de renda antes de serem enunciados, outro grupo é nomeado por ordem inversa.

Uma vez, por exemplo — pouco antes de uma tão temerária decisão —, Helena discutiu com o avô sobre a lei Afonso Arinos.

O avô sentava-se na praia em uma cadeira de vime e olhava implacavelmente o mar na linha do horizonte.

Helena explicou-lhe pormenorizadamente o que ela entendia por justiça social, onde, entre outros fatores, devia estar entendida a abolição de qualquer discriminação racial, tal qual prescreve a mencionada lei.

O avô responde-lhe simplesmente:

— Um negro é um negro.

Helena procura se acalmar. Aponta para a linha do horizonte:

— Agora veja, vovô, não lhe parece que a justiça é assim, hum, assim como a linha do horizonte, perfeitamente equilibrada, cobre por igual as necessidades de cada indivíduo, nem um pouquinho torta, nem um pouquinho para cá, nem meio cambaia ou para baixo...

O avô grita:

— Mas de que fala você? De que fala você afinal de contas? E se surge um navio e vai a pique, daqui eu não o vejo torto? A linha do horizonte é bem próxima em São Vicente, a água não se agita, não perde o equilíbrio?

— Mas não, vovô, a metáfora dizia respeito só à linha do horizonte, o senhor não entendeu, era em sentido figurado. Era só a linha do horizonte, não tinha que entrar navio nenhum.

— E se não tinha que entrar navio nenhum por que é que tinha que entrar a linha do horizonte em uma conversa sobre negros, hein? Numa conversa sobre negros só entram negros. Um negro é um negro.

— Mas não, avô, o senhor não entendeu a metáfora.

— Mas com mil demônios, quem se interessa pela metáfora? Quando eu me formei na faculdade do Largo São Francisco, me interessava a metáfora para namoro, sim, discurseira, farra, muito bem. Quando fui tomar conta da fazenda do seu bisavô, logo depois de formado, quer me fazer o favor de dizer pra que é que serviu a metáfora, hein? Foi isso que fez o café crescer? Foi com a metáfora que o seu tio-avô Deodorico se elegeu senador, hein?

— Mas pelo amor de Deus, vovô, esquece a metáfora. Eu quis apenas lhe lembrar que agora, pela lei Afonso Arinos, um negro tem mais bem assegurados os seus direitos sociais. Iguais aos de um branco.

O avô berra:

— E quer me fazer o favor de dizer onde estão eles, esses famosos direitos, que não os vejo? Na linha do horizonte? É água o que eu vejo na linha do horizonte, entendeu, Helena, e se você vê outra coisa além de água é porque a sua cabeça está cheia de metáforas.

Helena retém o choro porque qualquer "excesso ocular" perturbaria o equilíbrio entre as lentes de contato e a sua íris. Com as lentes de contato Helena acha-se sempre de sobreaviso; um pouco mais do que o usual. (Contraditoriamente, as lentes, que imitam mais do que os óculos uma visão natural, tiram a essa mesma visão a espontaneidade de suas manifestações.)

— O senhor está querendo me humilhar. Fala em metáforas todo o tempo porque sabe muito bem que o grupo de arte Corretiva, ao qual pertenço, nega validade à metáfora. A procura do real abomina a metáfora.

— Bem diz o seu pai que você está cada vez mais esquisita, nem parece mulher. Este seu grupo de arte, afinal de contas, o que é que faz, se procura o real por que é que se mete com negros? Por que não fotografa marinhas? Que "cousa" mais bela que o mar, minha filha, mais profunda e verdadeira? Por que não faz como o seu pai, que sempre fotografou marinhas?

— Mas não é possível, vovô, estamos falando de negros!

— Um negro é um negro e isso me basta!

— Pois se um negro é um negro, saiba que tem ele os mesmos direitos que o senhor.

— Nada, entende, Helena, nada me obrigaria a sentar aqui na praia lado a lado com um negro fedido! Sim, um negro fedido!

Helena procura se controlar:

— Os negros, assim como os brancos, exalam o seu cheiro próprio. Um peculiar odor. Nossa aceitação do seu cheiro, assim como o do nosso por eles, viria de um maior convívio entre ambos os grupos.

— Fedido! — grita o avô.

E encerra a conversa.

———

— Não se aborreça — consolou-a Gilbert um dia. — Sua família não pode compreender bem tudo o que você diz porque se acha presa à sua perspectiva de classe.

Helena revê o avô com o traseiro firmemente assentado na cadeira de vime; como se estivesse ele, o traseiro, cimentado à cadeira para todo o sempre. E depois, pela proximidade de áreas, vê o seu próprio, e daí passa, ainda por proximidade — rapidamente —, à região vizinha. Os três: o traseiro do avô, o seu, mais a região vizinha, lhe aparecem envoltos em uma luminosidade difusa mas persistente — aquela espécie de reverberação que se observa na auréola dos santos ou na areia molhada, batida pelos raios de sol, próxima à última onda. É então que se decide. Tem agora absoluta certeza de que, uma vez o hímen rompido, cairá decididamente fora de sua perspectiva de classe; como um peixe que escapa pelo buraco maior da rede e se lança ao mar alto. De volta; ao real.

— As analogias são sempre muito perigosas — adverte Gilbert. — Quanto às metáforas...

— Eu sei, eu sei.

— Será, Helena? Você me parece tão sem paciência ultimamente. Você já avaliou como é arriscado qualquer tratamento simbólico da realidade? Você tem bastante certeza do que quer?

— Absoluta — confirma Helena.

— Querida! — Gilbert fica muito vermelho; depois pálido. Procura controlar a voz. — Muito bem, pode ser hoje mesmo à noite, então. Antes não dá, porque tem sempre gente batendo no laboratório, você sabe, mesmo quando não responde ninguém o pessoal vai e bate no quarto para ver se estou. Depois que a turma das seis tiver deixado o estúdio, está certo? — (pausa) — Lembre-se, você é livre. Não quero exercer nenhuma pressão sobre você. Para mim você é sujeito, não objeto. Há psicólogos que dizem... que dizem... que para certo tipo de mulheres a inteligência do parceiro atua assim como um afrodisíaco. Você tem certeza que o meu intelecto, para você...

— ... Não é um afrodisíaco, pode ficar sossegado. Estou simplesmente interessada nas tuas pernas. Nunca na minha vida dei com um homem de pernas tão brancas e cabeludas. Isso me fascina!

— Você às vezes me choca, Helena! Não sente nada por mim? Por que fala deste jeito?

Helena não responde. Está trancada na sua ironia e na sua inexperiência. A solidão que a cerca é fina e solta como areia, ameaça entrar pela pele. É preciso defender-se sempre. Contrair os poros de forma que a epiderme se mantenha escorregadia e lisa; como a de um seixo. Por um único orifício deve haver passagem; para que se possa estabelecer o livre trânsito entre ela e o mundo. O mundo! O grande mundo!

———

— O mundo é grande! — suspira o ginecologista. E fica quieto.

"Aonde será que ele quer chegar?", pensa Helena.

— Muito grande! — volta a insistir.

Depois se faz silêncio absoluto na sala. Helena sente que uma sonolência se irradia do centro mesmo do seu nervosismo, ameaça-a como a solidão. Inclina-se ligeiramente para trás na cadeira. Apoia a cabeça no espaldar e fecha os olhos.

... e tudo tão relativo! — continua o ginecologista.

Helena abre os olhos.

— Sim?

— Não tema, minha filha — prossegue o médico. —

Nós daremos um jeito nisso. A culpa não é de ninguém. Onde está o moço?

— Na França.

— Na França!

— É francês.

— É francês! — O ginecologista parece subitamente desorientado — E ele volta?

— Oh, sim. Foi para a última exposição da "Corretiva" na Europa.

— Como?

— Cor-re-ti-va. Uma "corrente... estética que procura, que procura corrigir as deformações que um eu, insuficientemente objetivado, introduz no real".

— !?

— Uma corrente fotográfica.

— Ah, é fotógrafo.

A irritação de Helena possui um tocante traço de melancolia e renúncia. Encapsulada. Mal chega ao rosto.

— Muito bem! — O ginecologista esfrega as mãos. — Temos, então, um fotógrafo francês.

— Pois é... Agora o senhor poderia me explicar...

— Claro, claro, minha filha. Gostaria apenas que o moço estivesse presente. Seria mais fácil, explicando também para ele, ajudar vocês dois a saírem do, do... impasse. A propósito, desculpe-me a indiscrição, pretendem se casar?

— Não.

— Não?

— Não.

— Ah, certo, perfeitamente. Então... cuidadinho! — E o ginecologista acena-lhe com um dedo maroto.

Helena sente pânico. Enorme. "Faz-se de muito engraçado", pensa Helena, "porque não tem útero. Ou perspectiva de classe; ou qualquer outra coisa. É isto: clinica no vácuo."

Contudo, do vácuo onde clinicava, o ginecologista no momento seguinte articula de forma bastante clara:

— Trata-se de um caso de "hímen complacente". Não é o moço que tem pouca potência. A senhora é que tem "*o* hímen".

— Meu Deus do céu! Mas o que é isto?

— Calma, minha filha, ora, ora! Sente-se! Isso não é defeito, calma. É... um jeito do hímen ser. Resolve-se mais dia, menos dia. Não com o moço na França, é claro!, ah, ah!

— Complacente!

— Por que tanto susto, minha filha? Um hímen elástico, flexível, não se rompe logo justamente devido à sua flexibilidade, à sua *afabilidade*, permita-me dizer assim; é complacente para com o pênis. Recua sempre um pouco. Por isso a senhora ainda não foi penetrada. Por isso ainda não houve nada. A senhora continua virgem — termina o ginecologista não sem uma pontinha de orgulho. — Ah, ah! Virgenzinha ainda! — E acena-lhe outra vez com o dedo.

"Meu Deus! Virgem e complacente!"

———

— Procurei sempre ser o mais complacente possível com você — diz-lhe a mãe, chorosa. — E seu pai também. Por que nunca dá certo?

Helena não responde; há muitos anos não responde.

Pensa: "Por isso nunca pude cair fora, em definitivo. A complacência é... é quase como a compreensão, também se amolda, e todavia... — Olha para os pais sentados lado a lado — "se eu avanço, eles recuam, se eu avanço mais, eles recuam também mais, contudo nunca saem do caminho".

A mãe está falando:

— Quando eu morrer, Helena...

Helena se assusta. Escuta o ruído do mar. A janela bate. Helena vai e a fecha.

— O mar está de ressaca hoje, mamãe, a espuma está suja, cor de barro.

— Nunca dá certo, Helena, nunca dá. Por que você volta todo fim de mês? Por que pensa que precisa sempre descer aqui para a praia? Quando eu morrer...

A morte da mãe e do pai. Deveria ser tão simples. Mas por que então estão os dois ali, confusos dentro da própria velhice?

O século avança em tumulto.

— Não entendo você, não entendo você, Helena. Deus é testemunha de que sempre quis conversar com você. Por que se cala?

— Sim, você desce de São Paulo, Helena, para quê? Por que se cala? Por que não alegra um pouco sua mãe? — diz-lhe o pai. — Os jornais escreveram que a última exposição fotográfica foi um sucesso. Conte.

— Quanta gente de sociedade, hein, Helena? Se o seu avô fosse vivo. Ele só pegou o tempo da Corretiva quando você se dava com aquele grupo esquisito, lembra-se do francês? Nunca me pareceu um moço muito certo da cabeça. Tinha medo que você quisesse se casar com ele.

— Ela nunca quis casar com ninguém! — suspira o pai.

— Ele fedia — explica Helena.

— Helena, que maneira de dizer as coisas! Explicar as coisas assim, desse modo, por essa circunstância! Além disso não poderia escolher outra palavra, dizer "mau cheiro" ou outra coisa qualquer? — exclama o pai.

— Seu pai, papai, sempre disse "fedor".

— Oh! — (pausa) — Um grande homem. Truculento. Velha cepa. Educado em fazenda. Você tem uma memória, Helena! Você se lembra quando?

— Quando falava de negros.

— Ah — diz a mãe —, os negros.

— Sim, os negros. Mas ele, Gilbert, é que fedia... a fotografias, a laboratório. Não sabia manter nenhuma distância. Uma coisa só, as fotos, o mundo, e por isso ele fedia.

Helena levanta-se diante dos pais. Olha-os com a perfeição óptica que lhe proporcionam as novas lentes de contato, compradas uma semana antes. Flutuantes. Flutuam perfeitamente no líquido lacrimal. Olha-os de dentro do engenho do homem. De dentro do seu olho treinado; impecável.

O século avança em tumulto.

Os pais a olham por sua vez com seus olhos inseguros, de pontos infinitesimais, seus olhos de grânulos de areia.

Ah, a paisagem da faixa litorânea. Helena sabe, não a dominou, não a dominou apesar de tudo. O casario mais antigo interfere, o madeirame apodrecido, o cheiro de maresia. Por que o século lhe devolve, nove vezes em dez, a intervalos regulares, latejando, sempre a figura do banhista deitado na praia? Por quê? Por que o sol escurece? Por que as faces do homem empalidecem? Por quê? Por quê? Por que ter que esquadrinhar a imagem, parte por parte, discuti-la consigo mesma? Por quê? Ter de verificar a posição do corpo, medir a relação da cabeça em face do mar, a altura dos pés em relação à cabeça, a posição da cabeça em relação à cidade; medir mais e mais a intensidade dos azuis? Por que ter que caminhar para o centro da morte por dentro da inversão, da profunda inversão da imagem? Por que ter que descobrir a morte arrancando-a do fundo falso de uma figura solar? Arrancando-a como se arranca uma raiz (uma raiz com o futuro de antemão decepado), arrancando-a com os seus dedos instrumentais, habituados à perfeição da máquina? Com o seu olho treinado? Por quê? Por quê? Por quê?

———

O século chega a termo.

Helena senta-se na praia em uma pequena cadeira, leve estrutura de alumínio e plástico, olha implacavelmente o mar. Atrás, a faixa de prédios interrompe a visão da serra. Mais atrás, no planalto, São Paulo, o trabalho. Seis e meia da tarde do ano de 1999. Não há descanso no corpo de Helena, todavia, nem queda. Seu corpo também é uma estrutura pequena e leve; dominada. Não parece a idade que tem! Não parece a idade que tem! A rendição do século pesa em sua nuca, mas ela não se volta, não expõe o rosto para a crua e violenta claridade do fim. Um homem pode ter as marcas do século assinaladas fundas como cicatrizes e mesmo assim exibi-las com orgulho. Não ainda uma mulher. Sua luta tem que começar de dentro, na simulação. Bem dentro, com o útero amordaçado para que não grite e o bico dos seios sempre friccionados para que permaneçam eréteis. Sua luta ainda é como a tessitura negra em um negro e que ainda adere aos ossos e ao crânio de seu dono, cola-se aos seus músculos, às coxas, apanha-o pela virilha, ainda é tão luzidia como aquele seixo frio e sem poros em que Helena tornou sua pele.

A sua pele!

Às vezes, submersa na água represada na memória, a sua pele, à semelhança de uma superfície fotográfica, esboça, revela as mais variadas imagens. Como fixá-las porém, como lhes descobrir a lei?

Realidade, realidade.

Ócio, óculos e ovos de codorna

Fico estupefato.

— Mas o que são e para o que servem?

Minha irmã responde:

— São ovos de codorna, para aperitivos, para coquetéis. Por favor, Henrique, não se faça mais ingênuo do que já é.

Estamos no supermercado. Examino-os cuidadosamente, ali embrulhados em plástico, pequenos, a casca pintada de castanho. Verdadeiramente incrível! E as codornas, que espécie de aves viriam a ser, afinal de contas?

— Joana, o que é uma codorna?

Penso em demasia. Tenho-me por intelectual. Verdade seja dita: escrevo muito pouco. É que estou constantemente tomado — por assim dizer — de uma certa vasta "difusa má consciência".

Joana responde:

— A codorna é uma espécie de pombo.

Simplesmente ridículo. "Uma espécie de pombo!" Roça o maneirismo o hábito de se comer ovos tão pequenos. Sobretudo de codornas.

Penso em demasia, este o meu mal. Não sou como o meu pai.

Meu pai sempre disse: "Eu me fiz por mim mesmo".

Graças a uma incapacidade constitucional de meu pai em se assombrar diante do mundo, aliada a todo um sutil jogo de interdependências "quase" familiares com que soem se cercar as velhas famílias nos velhos sistemas (assim como uma rede fina, flexível e indestrutível; a rede desdobra-se, estende-se, a bola salta, pula, mas nunca cai fora a bola, tampouco se fura a rede), graças às duas circunstâncias, meu pai construiu a sua fortuna. Graças à sua fortuna eu tenho o meu lazer. Portanto: Penso. Conclusão? Divirjo radicalmente de meu pai. A razão dessa tão vasta "difusa má consciência" talvez tenha como ponto de partida o seguinte:

Meu pai, que sempre se levantou às sete da manhã, nunca se deitou depois da uma, não fuma e não bebe, meu pai, graças a seus hábitos regulares e à sua tranquilidade característica — nunca olhou para os lados —, construiu passo a passo a "sua vida sem mácula". Desde menino eu o soube "impoluto". Agora vejam: Quando eu visito a sua indústria, eu penso: "O mundo capitalista, bah!". Mas como quase sempre eu me dirijo à sua indústria para que me avalize um título, não me sinto assim nada tranquilo. A razão não é a óbvia, como poderiam concluir. Aliás, poucas coisas no mundo seriam óbvias.

Atenção:

Poriam as codornas ovos por motivos óbvios?

— O preço da dúzia está escrito embaixo do pacote, moço.

— Henrique, você me faz passar cada vexame! Não saio mais com você se é para continuar dizendo besteira em voz alta.

— Este o teu mal, Joana. Alguma vez te ocorreu extrair de um ovo de codorna alguma outra coisa além de uma gema?

Joana responde:

— Nunca na minha vida comprei ovos de codorna.

Não me contenho:

— Este o teu mal, Joana, este o teu mal! "Nunca", sempre! Da vida, nunca, nada! Garanto como ainda é virgem!

Joana está a pique de chorar. Positivamente não me interessa a possível resposta. Dou meia-volta e apanho todos os pacotinhos de ovos de codorna existentes na prateleira; coloco-os cuidadosamente no carro.

— Saiba, Joana, que compro estes ovos levado simplesmente pela minha sadia curiosidade de intelectual, sem peias nem preconceitos. Compro-os, portanto, livremente. Saiba ainda que não me rendo a toda esta maquinação, a este conluio de apelos de venda, a todas essas falsas necessidades criadas por uma sociedade podre. (Realizo amplo movimento giratório com o braço, traço com o dedo um círculo incandescente que abarca o teto, o chão e engloba todas as seções do supermercado.) Veja por exemplo ali adiante:

Joana olha na direção do meu dedo.

— Ali está meia dúzia de abacaxis, já meio passados,

colocados a custo de pé e encimados pelo quê? Responda-me, Joana, pelo quê, hein?

Joana silencia.

— Se você não tem peito bastante para dizer em voz alta, Joana, encimados pelo quê, digo eu: encimados pelo mais nauseabundo e descarado cartaz: "Sensacional Festival do Abacaxi Japonês! Última oportunidade!". Você atentou bem, Joana, no tamanho das letras, na cor vermelha, na exclamação, nos dizeres? E que faço eu, Joana? Que faço eu diante de tal desfaçatez?

Joana abaixa a cabeça e não responde. Parece que vai chorar.

— Compro ovos de codorna em vez, minha cara, entendeu? Simplesmente! Li-vre-men-te!

— Henrique, quanto à minha virgindade...

— Pelo amor de Deus, Joana! Se você ainda fosse um batráquio, quando então toda e qualquer discussão sobre o estado das suas membranas adquiriria cunho de necessidade!, como você sabe num batráquio as membranas... Joana, por favor, não chore. Eu estava brincando. Tenho absoluta certeza de que não é mais virgem; acho que é até bastante experiente. Vamos! Uma garota já formada e que trabalha!

— Que trabalha, aí está, Henrique, o que você não faz.

Este o meu mal. Bondoso demais. Um banana, o que eu sou. Nem por um momento acreditei que ela fosse experiente, menti por pura generosidade e ela me paga dessa forma. Penso em demasia. Daí o meu mal, ou melhor, o meu bem, quero dizer, a minha bondade. Quanto a esta minha tão "difusa má consciência", poderíamos considerá-la assim como um hímen que precisaria ser rompido, uma escrupulosidade vã, que me impede a ação e que me dissocia da verdadeira moral, e do mundo!

Ou não?

Saio com Joana e é isto. Ela atrapalha o bom andamento do meu raciocínio. Falava do meu pai. E do óbvio. É verdade, o meu pai me sustenta. Mas o meu desassossego não surgiria porque o meu pai me sustenta. Isso seria o óbvio. E o óbvio pouco me interessa, se é que existe. Surgiria antes porque eu penso graças a meu pai — que não pensa. Nunca se desviou ele, nunca se distraiu. Atentou sempre nos mínimos detalhes. Cultivou a sobriedade e as amizades sólidas. Se foi pouco casto, o foi com hora marcada. Soube ser solene como um sino de campanário quando as circunstâncias o exigiram. Pior: creu piamente na sua própria solenidade como nem mesmo um sino de campanário com todas as suas sonoridades deduzidas jamais sonhou crer. O resultado aí está: construiu a sua fortuna; presenteou-me com o meu lazer. Joana diz que eu sou é ocioso. Mentira. O ócio é como um cachorro sarnento que se coça ao sol. Só serve para ele mesmo. Mas, ah, o lazer! O lazer é uma forma bojuda, repleta, lateja carregadinha de futuro, ressona mas é com um olho aberto! Espreita!

— Henrique, a moça da caixa está lhe dando a nota. Eu acho que passou.

— Passou o quê?

— Acho que foi demais. A carteira aí, veja, não tem dinheiro para tudo isso.

Joana perde o jeito à toa. Falta-lhe *aplomb*, finura. Observem-me:

— Verdade!? Minha senhora, o que faremos? Qual a providência?

— Tem que tirar o excesso, só isso. Oh, que amolação; tem que prestar mais atenção, moço! Seu João, nota anulada! Moço, assine aqui, e aqui agora, ponha o seu nome ali e o endereço.

— Que vexame, Henrique! Foram os ovos, naturalmente. Vamos, bota os ovos aí em cima da mesa.

— Que indecência de linguagem é essa agora, Joana? Nem que eu quisesse, que não sou calhorda, muito menos codorna; nem prosaico.

— Absurdo o que você é, absurdo!

— Tá ficando histérica, Joana? Tiro é o açúcar e olhe lá, viu?

(Já estou perdendo a paciência com a virgindade de Joana!)

Como custa a se sair do supermercado. E se entra tão fácil.

— Sabe, Joana, está decidido; não acompanho mais você aqui nem que mamãe me implore. É a última vez.

— Deixa de bobagem, Henrique, e me abre a porta do carro; me dá uma ajuda, assim não, arre, como você é desastrado.

Linda esta tarde de outono. Côncava e polida; como o peso de um fruto de chumbo. Quase a noite. As lentes dos óculos estão embaçadas pelo frio. Tiro os óculos para limpá-las e tudo à minha volta borra-se de vez; e fica um pouco mais luminoso o que já continha luz em seu núcleo; e difuso.

Ponho de novo os óculos.

Através de uma oração lógica, caminha-se como por uma avenida. Pode-se por ela passar como passa um carro em alta velocidade. Abrem-se todas as janelas (cuidado, Joana, os cabelos, os óculos voam!), há ventilação, a cor sobe no rosto, quase o movimento da pessoa mesma; imita a contração muscular; mas a carne está inerte. Avança-se, porém por trás e pelos lados restaram pedaços de paisagem, escaparam, caíram, nunca mais voltarão a ser o que talvez foram antes do carro atravessá-la, o conjunto escapa. Ou ficam estes pedaços como coisa pisoteada, bicho ou gente que se atropelou e do qual se foge, se foge.

Estava muito aquecido, há pouco, no supermercado. Talvez eu me haja excedido ou, quem sabe, tenhamos lá ficado por muito tempo.

É possível, em suma, que as codornas ponham mesmo ovos por motivos óbvios. E que, em consequência, tudo o mais imediatamente se ponha — por reação em cadeia — a desovar óbvia e docemente sobre si mesmo, num movimento incoercível, necessário e contínuo.

Há quem nisso creia.

Há quem mesmo o afirme.

Destes é o reino dos céus.

O senso comum e o bichinho roedor

O par de sapatos encontrava-se perto da porta, coloca-do perpendicularmente em relação à parede do quarto, um pé paralelo ao outro, separados aproximadamente por uma distância de uns três centímetros. Para não ter que os mover do lugar ao examiná-los, abaixou-se e se pôs de gatas, a ca-beça quase ao nível dos sapatos: ambos achavam-se perfei-tamente engraxados, tanto que ao aproximar o rosto de um pé, depois do outro, viu por duas vezes, refletido de maneira bastante nítida na superfície polida, o próprio nariz. No pé direito porém, à altura da biqueira, para o observador atento — como era o caso — fazia-se perceptível um pequeno ar-ranhão de forma irregular, assim como um rabisco; também o cadarço estava um nadinha gasto em uma das extremida-des. Além do mais, conforme a luz vinda da janela incidisse sobre o par, percebia-se sobre o couro uma fina camada de poeira; afastou mais o corpo para o lado de modo a não obs-truir a luz e tornou a olhar: na superfície do pé esquerdo, movia-se agora um novelozinho de pó. Aquilo bastou para lhe dar assim como uma espécie de vertigem; uma angústia.

———

— Nome?

— Felipe Arantes.

— Idade?

— Trinta e três anos.

— Estado civil?

— Casado.

— Filhos?

— Um menino de três anos.

— Profissão?

— Redator publicitário.

— Pressão, coração, estado geral, perfeitos. A vertigem atribuo-a às circunstâncias especiais.

— ?

— Possivelmente tenha permanecido de gatas, com a cabeça mais baixa que o tronco, um tempo demasiado. Quanto às circunstâncias especiais, aconselho-o um especialista. Sou apenas o clínico geral.

———

O guarda-pó branco do analista absorvia e refletia a iluminação da sala, envolvendo ele, analista, em um halo de luz.

— O senhor é um perfeccionista; portanto um neurótico. Ah, não é deste mundo!

— Quem?

— Quem, não. "Que": a perfeição, meu caro senhor Arantes. Como lhe dizer? Procure mais aproximar-se do senso comum.

———

O Senso Comum!

Como pudera ter sido tão tolo, e por tanto tempo?

O Senso Comum! O Senso Comum e a Média por acaso seriam uma só coisa? A Média não seria assim, vejamos, o "comportamento" do Senso Comum ou a "peculiaridade" do Senso Comum? Isso lhe parecia bastante acertado, contudo lembrava-se: ainda há três anos, por ocasião do nascimento de seu filho, o pediatra da criança advertira seriamente sua mulher:

— Vera, eu a conheço desde pequena, ouça o conselho que lhe dou: nada de pesar o bebê após cada mamada e depois confrontar o peso obtido com o da tabela. Você acabará maluca à toa. Pois tenha isto em mente: o peso da tabela refere-se ao bebê médio e o peso da balança, ao seu filho. Porém veja a diferença — e aí o pediatra ergueu para o alto um dedo afunilado, longo e até certo ponto triste —: o seu bebê é um bebê *concreto*, e o bebê médio, um bebê *abstrato*; um é *carne*; o outro, *algarismo*. Percebe bem a diferença, Vera? Uma abstração, uma abstração! Prometa-me que nunca fará isso! Repito: o seu bebê é um bebê específico, único, grita, chora, faz xixi — e com suas mãos tristes e aristocráticas deu delicadamente alguns cutucões na barriga da criança, puxou-lhe ambas as orelhas de leve, fez "tum-tum, tum-

-tum" várias vezes com a boca enquanto balançava-lhe o pênis pequenino de lá para cá. — Agora veja: o seu bebê, por ser o seu bebê, terá um desenvolvimento todo seu, particular, entende? Agora veja: o bebê médio não é bebê único nenhum, é uma, é uma espécie de divisão, de soma, você não entenderia se eu lhe explicasse estatística, de súmula de vários bebês; o que vale dizer: é bebê-nenhum!

E como arremate às suas palavras, o pediatra, sempre tristemente — tinha os lábios arroxeados, as extremidades frias e uma fronte demasiadamente ampla —, picou a tabela em vários pedacinhos e jogou-a no cesto das fraldas. Condescendeu depois em dar um tapinha no queixo de Vera: — Minha cara, o bebê médio foi inventado para os especialistas como eu, não para os leigos como você.

— Portanto — concluiu Felipe —, a Média não poderia ser o Senso Comum, uma vez que o Senso Comum lhe fora aconselhado, a ele, leigo, por um especialista e a Média considerada útil "apenas" para os especialistas.

Fechou os olhos firmemente; tentou enxergar o Senso Comum. Pressionou fortemente ambas as mãos sobre as pálpebras fechadas para ver se conseguia uma maior concentração. Sobre a tela escura de suas pálpebras, passou então em revoada um bando de borboletas coloridas; ascenderam, desapareceram na parte posterior. A seguir a tela viu-se invadida por uma infinidade de pequenas flores pisca-pisca e de estrelinhas com pontas irregulares de tamanhos diversos. Afrouxou um pouco a pressão das mãos. Continuou, porém, de olhos fechados. Flores e estrelas desvaneceram-se lentamente, a tela escura esgarçou-se e ele viu o parque do Ibirapuera em uma clara manhã de domingo. O lago estava coalhado de barquinhos, o trem que fazia a volta ao parque passou várias vezes defronte de seu rosto, indo e vindo repleto de crianças barulhentas e pais excitados. No playground crianças brincavam na barra, no balanço, na gangorra. Estavam todos: o sorveteiro, a avó, o homem dos balões coloridos... Passou bem perto do rosto de Felipe um rosto de pai; a proximidade — Felipe via os detalhes — deixava visível a transpiração de sua testa, ele mastigava qualquer coisa com a boca fechada, tinha uma fisionomia contraída, absorta e, de certa maneira, importante, fazia a intervalos regulares um gesto inexplicável com o braço direito sempre da mesma maneira. Felipe recuou um pouco, entendeu, viu o pai a incitar o filho a subir na barra; outros pais cercavam a barra fazendo os mesmos gestos ou dizendo coisas assim: "mais — mais — outra vez — não — agora — vê? — o outro é menorzinho e não tem medo — espera — não disse? — outro dia — não tenho troco — cuidado com o pé na cabeça de sua irmã — outra vez". Felipe recuou mais e abarcou tudo de golpe: a copa das árvores, o movimento sem rumo dos namorados, uma folha de jornal arrastada pelo vento, perdida, um grito, agudo e estúpido, de quem sofreu *pouco porém* com *nitidez.*

Ali se acharia o Senso Comum? — Ah, quase tinha caído, mas ninguém o faria de bobo! A imaginação estava era a lhe pregar peças! Tentava lhe passar uma imagem estereotipada do senso comum como sendo o próprio senso comum!

Deteve-se:

Os Estereótipos *seriam* o Senso Comum?

— Evite os *estereótipos* — disse-lhe o chefe da redação.

— Cuidado — avisou-lhe o *layout man* —, não queira impressionar o chefe da redação se fazendo de muito original. Ele não topa vedetismo. E depois os clientes são todos muito desconfiados, sabe, uma raça de reacionários. Tenha bom senso.

— Mas ele me mandou evitar os estereótipos.

— Quem? O Pires? Mas é claro. Estou é lhe dizendo para ter bom senso. Não o estou aconselhando a fazer porcarias.

O Bom Senso seria o Senso Comum então? Mas o *comum* seria *bom* até quando, até quando, exatamente em que grau... No que dizia respeito aos estereótipos...

O analista tirou os óculos, limpou-os no guarda-pó. Sorriu com desenvoltura. O pano do guarda-pó ondulou, soltando uma porção de frechazinhas luminosas.

— Não se torture tanto. Não se preocupe tanto com o significado das palavras. Não planeje em demasia. Viva mais ao sabor do momento!

Ao Sabor do Momento!

Virou rapidamente a esquina. Desviou-se a tempo de um moleque que vinha em direção contrária. Pareceu-lhe apanhar no ar um palavrão inaudível. O asfalto queimava. O ar quente bateu-lhe em cheio no rosto. Nenhum sabor no momento.

Deixou de engraxar tão amiúde os sapatos, o que lhe provocava alguma ansiedade, porém as circunstâncias impunham toda uma nova ordem de coisas; ou mais exatamente: uma relativa desordem:

Não foi mais jantar regularmente em casa.

Não bebeu apenas aos sábados e vésperas de feriados.

Teve algumas aventuras sexuais sumamente insatisfatórias.

"O Sabor do Momento", porém, ia sempre à frente, corria, corria, uma enorme bolha impulsionada; ondulava feito nádegas de meretriz e tinha todas as cores do arco-íris.

———

Vera admoestou-o:

Você ainda acaba doente! Aonde pretende chegar com esta corrida toda? Viu no que deu o Macedo? Está ameaçado de úlcera!

Seriam duas da madrugada; estavam ambos na copa. Uma barata espiou por baixo da geladeira.

Vera gritou: — Mata!

Felipe jogou o chinelo, a barata escapou para a sala de jantar.

Felipe gritou: — São como as palavras! A nojenta! Têm patas por todos os lados e fogem!

— Você está bêbado!

— E se a gente consegue pôr o pé em cima, nem por isso, nem por isso, é a mesma porcaria por todos os lados!

— Você está bêbado! Bêbado! — Vera começou a chorar cada vez mais alto, a cabeça encostada na mesa de fórmica, os pés encolhidos sob a cadeira. — Você perdeu completamente o senso comum!

Felipe gritou por cima do choro de Vera:

— Não disse? São umas safadas, elas, todas, sem exceção. E o que é que você tem que estar aí a falar nisso agora, a estas horas? Hein? Me diga! É hora? É hora por acaso? Que mania é esta de estar querendo sempre interpretar tudo o que faço, de procurar causa para tudo? Por que não procura ser um pouco menos complicada, se meter menos na minha vida e viver mais, mais, ao sabor do momento?

Vera enxugou o rosto com o dorso da mão; ficou muito séria. Então falou:

— E eu que pensei que você quisesse fazer do nosso casamento um casamento perfeito!

— Você leu o livro?!

— ?!

———

"*O casamento perfeito*"!

O analista tinha razão. De fato era um perfeccionista.

O livro fora comprado um mês antes do casamento. Volume de quatrocentas páginas, papel *couché*, capa nas cores: azul, roxo, amarelo; em vibrante vermelho: *O casamento perfeito*; em corpo menor: *Guia sexual para uma união feliz*; em cinza contrastante: "Dr. Erik Thomason, ex-diretor da clínica ginecológica de Chicago". O volume abria-se com um prefácio de agradecimento: ao incentivo de sua esposa, Nancy, às suas inteligentes críticas, sem as quais provavelmente não teria sido possível levar a cabo a obra; à atenta leitura dos originais e às muitas sugestões de seus assistentes, dr. Oswald Ratckif e dr. Tullerman; ao paciente e inestimável trabalho de revisão de sua secretária, Miss Célia Alcott, que também datilografara os originais. Enfim os agradecimentos ao pastor James Clark, rabino A. Golderman e padre Taylor, sobre assuntos de doutrina. Vinha ainda o prefácio do tradutor destinado ao "povo brasileiro desejoso de abdicar de velhos preconceitos" e no qual, entre outras coisas, dizia ser aquele um dos poucos tratados capazes de conduzir a união do homem e da mulher de "forma hígida", por conseguinte livro de esclarecimento, de Ciência Sexual, que jamais poderia interessar aos libidinosos. E no qual se concluía: "Se a verdade vence nos países da Europa, por que também não em nossa pátria? Assim façamos da verdade o nosso fanal e caminhemos confiantes".

O livro continha ainda quarenta ilustrações extremamente detalhadas, com flechas em várias direções para que fossem evitadas confusões de sentido.

Continha: sessenta excertos dos autores os mais variados, colocados no fim de cada capítulo em um espaço intitulado: "Pequena pausa". Trechos de Spinoza, Lutero, Dante, Camille Mauclair, S. H. Ribbing (Higiene sexual), Omar Haleby, J.-J. Rousseau, Santo Agostinho, Leonardo da Vinci, Balzac, Mme. de Staël etc., etc. "A mulher é um ser débil, que, uma vez casada, deve sacrificar ao marido a sua vontade e, em retribuição, o marido deve sacrificar-lhe seu egoísmo", Balzac: *Memórias de dois recém-casados*. "Prazer equivale à perfeição": Spinoza. "A esposa mais casta pode ser a mais voluptuosa", Paulo Silentiaire: *Epigramas gregos de amor*. "Para seres humanos o perfume é quase tão importante quanto a oração, o asseio pessoal, a água e o exercício corporal", Omar Haleby: *El Ktab*. Cada "Pequena pausa" intercalava-se a períodos extremamente minuciosos e técnicos. Havia por exemplo um esquema preciso e claro sobre as diversas posições do coito, distribuído da seguinte maneira: à esquerda, descrição da postura; a seguir maior ou menor viabilidade de sua execução; no meio, quando seria ou não aconselhável o seu uso; finalmente à direita, o provável grau de orgasmo alcançado.

O dr. E. Thomason trabalhava, além disso, com uma quantidade enorme de material coligido, e sua honestidade científica levava-o às vezes por caminhos surpreendentes, nunca porém gratuitos; certas frases aparentemente esvoaçantes em relação à matéria exposta, tais como "Os morcegos copulam no outono", logo mais, entretanto, iriam se revelar altamente produtivas para com todo o desenvolvimento de um raciocínio. Outras como "Os espermatozoides devem flutuar em direção ascendente, isto é, em direção dos ovários; é muito provável que a corrente capilar minore a velocidade do movimento de avanço" deixavam entrever as possibilidades que teria o autor como prosador de qualidade, não tivessem predominado os seus pendores de cientista.

O plano para se levar a contento a realização do "Casamento perfeito", ou do "Supercasamento", como também o chamava o dr. E. Thomason, tinha sido traçado com rigor e minúcia. Porém — e aí, neste ponto, colocava-se a dúvida —, caso todas as etapas fossem executadas exatamente como mandava o livro, desde a criação e manutenção (diária) de um "clima psicológico favorável" até a execução perfeita de algum pequeno detalhe técnico, restaria tempo, ou simplesmente energia (ou simplesmente espaço mental), para o exercício de qualquer outra atividade?

Certas expressões, como "zonas erógenas da mulher", preocuparam-no tanto que Felipe chegou a sonhar inúmeras vezes com a seguinte cena: via assim como que uma enorme praça com um coreto no centro. Diga-se de passagem, nunca o coreto tocava música alguma; os músicos sempre se apresentavam em posição de descanso, os instrumentos sobre os joelhos, imóveis; a série de caminhos desenhados na grama apontava várias direções contraditórias, umas anulando as outras. A última ocasião em que teve tal sonho, acordou gritando.

———

— É evidente demais! — disse o analista. — Mas está absolutamente evidente! Diga-me, por quanto tempo ainda tentou seguir os conselhos de tal opúsculo?

— Não se trata de um opúsculo, e sim de um alentado volume.

— Pois bem! Por quanto tempo?

Não respondeu.

———

Bom, o que o levara a insistir sem esmorecimento, a insistir, fora sem dúvida a frase colocada por três vezes no livro, em lugares diferentes, quiçá à guisa de estribilho: "Ai daquele! Ai daquele que tendo despertado o desejo em sua mulher não for capaz de levá-la ao fim da caminhada. Pois terá de viver ao lado de uma criatura não apenas cheia de tensões, mas traumatizada: *de uma neurótica*".

———

— Doutor, serei eu o neurótico?

— Como disse?

— O homem sempre ejacula de uma maneira ou de outra, como sabe. Não há problema nem precisa haver livro. É simples.

— Senhor Arantes, esteve sempre tão interessado assim no sexo; digo, nenhum outro assunto o apaixonou de igual maneira?

— Foi respondendo: "Deus", quando enxergou em ligeiro movimento ascencional diante do rosto, o par de sapatos, cada pé colocado paralelamente em relação ao outro, ambos engraxados com perfeição. Falou:

— Sim; política.

— Pertence a algum partido?

— Não cheguei a me inscrever no partido comunista.

— E por quê?

Não respondeu.

———

Alguém na roda era trotskista e dizia o porquê.

Outro fazia poemas sem pontuação, adjetivos e maiúsculas e dizia o porquê.

Apesar dos temas não convergirem, houve briga. O trotskista foi chamado "Trocista", ao que respondeu chamando o fazedor de poemas de "Léxico dos Indigentes".

Eram, então, todos muito jovens e espirituosos.

Um ventinho frio, na madrugada, arrepiou os guardanapos de papel sobre a mesa. Foi pedida outra rodada de chopes.

— Agora, você, Felipe, não banque o cínico. Você acredita na ação política, não acredita?

— Política *é* ação.

— Então o que é que está esperando?

— Este aí é assim. Pois se você se preocupa tanto com as palavras, por que não escreve de uma vez? Se mexa, ande! Por que não colabora no jornal?

— Vou deixar a biblioteca da reitoria, sabe, peguei um emprego em publicidade.

— Ah! muito bem! Publicidade! O reduto das vocações frustradas! Me diga: você acredita na ação política?

Ficou muito irritado. Sempre falavam de política naquele jeito difuso, com aquele calor e imprecisão. Por isso antes preferia executar um texto publicitário a ficar discutindo; muito mais. O texto não passaria de um mero reflexo na economia, um *efeito* apenas; no entanto destacava-se como peça autônoma, uma encantadora engenhoca lubrificada e até certo ponto autorregulativa — brilhava agora perfeitamente acabada, ali sobre a palma de sua mão.

— Seu Arantes, infelizmente nossa hora está praticamente esgotada.

O guarda-pó do analista achava-se sujo de tinta no cotovelo, o que o tornava tocantemente vulnerável e humano; quase se poderia acreditar no senso comum como em uma palpável realidade.

— Diga-me, porém, antes de ir embora. O senhor sempre discorreu assim sobre textos publicitários, com essa ânsia, essa ânsia... hum... como... como se falasse em Deus?

———

"Quantas patas tem uma barata? Digo, uma palavra?"

"Incontáveis."

"Em que direção caminha?"

"De lado."

"Com qual?"

"Com cada."

— Seu Felipe, repito: Não precisamos de vedetas ou prima-donas aqui na Publiform. Me diga: o que pretendeu com este texto? Faz um esforço danado para ser diferente e original, não é?

— O senhor se engana. Não houve esforço nenhum. Isso me veio, por assim dizer, ao sabor do momento.

— Não diga! E o senhor acredita que este "sabor do momento" nos ajudará em alguma campanha? Acredita mesmo vender algum dicionário Imbrex com esta gracinha cifrada? Hein? Acredita?

———

"Realmente o senso comum me foge. Não se prescinde de um certo planejamento nas coisas; é o que constato."

———

Vera veio vindo, veio vindo, abriu a porta.

— Vera, meu bem, mas que rosto tão esquisito é esse?

— É a nova maquilagem de branco modelado em branco, meu bem.

— E que pernas tão brancas são essas?

— São as novas meias brancas de renda branca, meu bem.

— E de onde você chega assim, já não diria esquisita, porém tão branca?

— Fui ao vernissage na galeria Blum.

— Que tal?

— Bom, havia os abstratos.

— Como o bebê médio?

— Que você disse?

— Nada. Não existem. Não choram. Não fazem xixi. Exceto, naturalmente, para o especialista.

— Bom, você quer ou não me ouvir?

— Vera, desculpe, fico nervoso em ver você mexendo esses lábios tão redondos e brancos nessa superfície tão branca, só isso.

— Felipe, você está cada vez mais por fora. E depois não havia só os abstratos, sabe. O importante mesmo foi o *happening*!

— Eu não disse? Não disse que tudo, até o "sabor do momento" deve ser planejado?

———

Planejamento.

Eis a palavra que sempre lhe deu certa tranquilidade; assemelha-se à toalha quadriculada que Vera pôs na mesa do café pela manhã. Antes do café, porém, ginástica e suco de frutas. Ajuda.

— Ajuda o quê?

— Vera, se não for pedir demais, gostaria que você não procurasse pôr no ridículo tudo o que diz respeito ao meu analista. Ajuda. Irriga o cérebro; desintoxica; acalma e faz a gente dormir bem.

O sono! o sonho!

A toalha de café inflou, estendeu-se — sua perfeição quadriculada cobriu toda a cidade de São Paulo; dividiu-a em milhões de compartimentos absolutamente planejados. O sol fez tique-taque sobre a cidade o dia inteiro. Um sol de pêndulo e raios medidos.

Felipe tirou o papel da máquina. Mexeu os dedos com vagar, um por um. Às vezes bem que gostaria de escrever artigos em vez de textos publicitários. Artigos que contivessem palavras e expressões tais como: "investigação preliminar", "as coordenadas são", "caráter normativo", "vão escrúpulo", "estratificação", "individualizante", "status", "vírus", "África do Sul", e depois muito naturalmente: "alienação". E depois ainda, como quem não quer nada, só para ver o que acontece, soltar — no meio delas todas, como se um pequeno rato fosse solto e saísse correndo por entre as pernas das senhoras e das poltronas — uma outra palavra bem diferente, cambaleante até, tonta de felicidade e cheia de barulhinhos inconsequentes por dentro.

———

— Biruta!

— Por que insiste? Sinceramente não creio que seja, meu caro senhor Arantes. Sabe, o senhor está é muito voltado para si mesmo. Caminhe. Olhe para o mundo!

O analista ergueu-se, apontou pela janela...

— Veja!

———

E Felipe viu:

O mundo curvo como lhe tinham ensinado.

Ele preso pelos pés bem como lhe haviam dito.

O mundo girava mas ninguém caía do mundo. Todos, como ele, presos pelos pés.

O equilibrista, porém, tentou outra coisa: prendeu a cabeça no chão e soltou os pés para o ar.

O trapezista, este soltou tudo: todo-ele-mesmo-muito-solto.

———

Foi ficando entusiasmado, porém o pai deu um berro tão forte que fez ir pelos ares o pacote de pipocas.

— E o que você pensa que é a vida, meu filho? Um circo? Um circo? Quero ver no que você vai dar quando for crescido!

———

Seu corpo foi subindo para o céu; mas parou no meio do caminho.

Estava crescido. Tinha dado um homem.

Mas não compreendeu por que havia parado.

O fulano apontou para cima:

— Que burro! Você não vê então que nós estamos separados das estrelas por milhões de anos-luz? Que sempre foi e será assim? É a nossa segunda lição de geografia, não se lembra?

Felipe lembrou-se foi da primeira lição de geografia: se caminharmos sempre na mesma direção, para a frente e em linha reta, acabaremos por chegar ao ponto de partida.

— Compreendo tudo finalmente — disse Felipe.

E imediatamente se pôs a andar em círculos e, para não perder o equilíbrio, de gatinhas.

Numa das voltas, porém, esbarrou nos próprios sapatos. Só que agora os seus pés estavam dentro e os sapatos se mexiam o tempo todo, nem por um instante ficavam paralelos.

"Se estou enxergando os meus próprios sapatos", pensou Felipe, "é que consegui executar uma curva perfeita. Pelo visto, uma curva perfeita vem a ser idêntica a uma reta perfeita. Ambas levam sempre ao ponto de partida, isto é, aos próprios sapatos. É preciso, portanto, que haja uma diferença de espaço entre uma curva e outra, que eu caminhe em espiral, isso sim. Ah! nesse espaço, nesse desvão é que ficam as coisas, que se passam as coisas, tenho certeza! Ah! aconteça o que acontecer nunca mais abdicarei da lógica!"

A lógica!

E antes de se pôr novamente a caminho, sentou-se por um instante no chão para descansar e coçou a cabeça bastante satisfeito consigo mesmo.

———

Então o analista passou ferrolho na janela, trancou as portas todas e mandou que cercassem o prédio.

———

Mas dizem que sumiu.

———

Não o Senso Comum! Este, ao que tudo consta, está cada vez mais bem nutrido, toma papa de aveia diariamente e não tem nenhum vício de monta.

Do bichinho roedor falava eu.

II. O JAPONÊS DOS OLHOS REDONDOS

ao Rui
ao Pedro

Publicado originalmente pela editora Paz e Terra em 1982.

O tapa-olho do olho mágico

A campainha toca.

A mulher do poeta gruda o seu olho azul no olho da porta do apartamento. O olho da porta tem um ângulo de cento e oitenta graus e varre o pequeno vestíbulo de cabo a rabo; nada lhe escapa ou fica na sombra. Se alguém agora estivesse abaixado e colado rente à parede da própria porta, ainda assim o olho o teria detectado. "Olho para apanhar oficial de justiça", tinha dito o poeta à mulher, quando o haviam instalado na semana passada.

O poeta lá da porta do quarto faz um movimento interrogativo com a cabeça. A mulher se afasta na ponta dos pés e diz baixo no ouvido do poeta:

— Está aí fora um homem gordinho e baixinho que eu não conheço. Vai ver é o oficial de justiça.

O poeta se irrita:

— Desde que instalaram esse olho você só enxerga pessoas gordinhas e baixinhas. Você não vê que é a distorção provocada pelo ângulo que achata e engorda as pessoas?

— Mas não! — diz a mulher. — Esse é gordinho e baixinho mesmo. Está parado bem diante da porta. Tem uma camisa de florzinha miúda. Costeletas...

— Meio careca?

— Sim.

— De costeletas felpudas?

— Sim.

— Abra a porta logo — diz o poeta — Anda, é ele.

— Quem?

— O exegeta.

— Quem?

— O crítico do meu poema "Claustroplanura".

— Mas só tem seis linhas o teu poema!

— E o que tem isso?

— É que o homem carrega uma pasta grossa debaixo do braço. Você tem certeza que é ele mesmo? Não será o oficial de justiça?

— Iná, você me aborrece quando fala em poesia. Você sabe e você insiste.

A campainha toca de novo.

O poeta abre a porta.

— Não está lembrado de mim — diz o homem de blusa de florzinha com certa timidez.

— Mas como não? — responde o poeta. — Conversamos na semana passada na galeria Mondrian e acertamos tudo. Me confundi foi com o dia. Pensei que tivéssemos combinado para amanhã.

— Se eu incomodo...

— Mas de jeito algum! Iná, esse é Ranulfo Carvalho, o brilhante ensaísta. Está chegando da França.

— Muito prazer — diz o exegeta.

— Prazer é meu — responde a mulher do poeta. Conheço-o de nome.

— "Brilhante ensaísta" só pode ser ironia do cáustico poeta — diz o exegeta com elegância. — E não estou chegando da França; cheguei faz cinco meses.

— Então? — retruca o poeta. — Quem chegou há cinco meses ainda está chegando! Meu caro, para se voltar ao Brasil de vez se precisa mais do que cinco meses. Para deitar raiz e âncora de novo nessa terrinha terceiro mundo, é preciso um estirão de tempo!

— Quanto tempo o senhor ficou lá? — pergunta, atenciosa, a mulher do poeta.

— Seis anos.

— Não diga! — fala a mulher do poeta. — Vou acender a luz, que está ficando escuro.

Quando a mulher do poeta anda, o seu traseiro bimbalha com a persuasão e a doçura de sininho de igreja do interior. A mulher do poeta é madurota mas gostosa.

"Guarda a compostura de um relato obsceno impresso com recato em papel-bíblia", pensa o exegeta, satisfeito com a mulher e com a imagem.

O apartamento é confortável porém pequeno. Há um acúmulo mal dosado de objetos no apartamento. Não são de muito gosto nem de muito valor. Os outros, os "verdadeiros", pela manhã foram apressadamente guardados dentro de malas e levados para longe.

O exegeta está um pouco desapontado. "Como pode um poeta fino e exigente ter tanta coisa desse tipo dentro do apartamento? Meu Deus, é quase uma feira de kitsch!

Ele deve ser um caso típico de 'sensibilidade localizada', de especialização levada ao mais alto grau. Exigentíssimo no que diz respeito ao plano verbal, quando cai fora dele se encanta com qualquer banalidade. Aquele porquinho de louça roxa em cima da mesinha, por exemplo, é nojento, simplesmente nojento!"

O poeta senta-se perto da janela. Posa de descontraído; mas está alerta a qualquer barulhinho ou mudança dentro da sala. Quem será o próximo a tocar a campainha?

— Sabe — diz o poeta —, estou pensando em convidá-lo para um café, um drinque fora de casa; é mais tranquilo.

— Mais tranquilo?! — se espanta o exegeta. "O que será que ele está querendo dizer com isso?", pensa. "Ah, ah, banca o velho poeta excêntrico, o malandro!"

— Mas que bobagem! — se irrita a mulher do poeta. Vai chover, você não vê como está escuro? Hoje não virá mais ninguém. Você está é ficando obcecado com esta história.

Diz o exegeta:

— Os obcecados pela palavra são os maiores obcecados pelo silêncio!

Pensa o poeta:

"Mas esse homem é um chato, uma besta! Deve ter trucidado o meu poema!"

Pergunta:

— Se me permite quebrar esse minutinho de silêncio com algumas poucas palavrinhas: como se chama o seu trabalho?

— "Grafomontagem do Claustropoema". Subtítulo: "Estrutura e evento". O que lhe parece?

— Não me parece mau. Bom, para ser completamente

franco, talvez as palavras rocem umas nas outras um pouco demais. Há um certo enroscamento de pernas, quero dizer, de erres, você não sente?

"Curioso lapso!", pensa o exegeta. "Trocar erres por pernas! Provavelmente não está satisfeito sexualmente com a mulher, o que muito me admira."

Fala:

— Talvez; reconheço que você tem certa razão. Me ocorreu primeiro um título bem diferente, sabe: "Falência do óbvio".

A mulher do poeta grita:

— FALÊNCIA?!

— ... do óbvio. Lhe estimula tanto assim o vocábulo? — pergunta o exegeta, interessado.

— Iná — fala o poeta —, não iria bem um café?

A campainha toca.

— NÃO É NINGUÉM, NÃO É NINGUÉM! NÃO É NINGUÉM! — grita a mulher do poeta seguidamente.

O exegeta se admira:

— Mas a campainha tocou que eu ouvi.

Pensa:

"Que estridência histérica! Também ela não deve estar satisfeita com ele. É, não deve haver entendimento sexual entre os dois."

— Iná — diz o poeta paciente e controladamente. É alguém. Quer fazer o favor de atender?

A mulher do poeta gruda o olho azul no olho da porta.

— É o zelador.

O poeta se levanta. A mulher abre a porta, pega o papel das mãos do zelador. Entrega-o ao marido.

O poeta sabe muito bem do que se trata.

Pensa:

"Vem sempre aberto. É uma desmoralização."

Lê:

"Do Quarto Cartório de Protestos da Bela Vista..."

Olha para o rosto sem expressão do zelador. "Faço poesia desde os vinte anos e estou com cinquenta", pensa o poeta. "E estou só. Luto com a palavra, escrevo e sou conhecido na Europa, na América, sou traduzido em revistas especializadas, em coletâneas, me conhecem, me consideram. Mas para essa criatura o que interessa não é minha liquidez artística, é minha conta bancária, aborto do capitalismo, o que ele é."

Passa para o zelador uma nota de cinquenta cruzeiros. O zelador o olha agora bem na altura dos olhos, mas não *nos* olhos; no *espaço* entre os olhos. Estrabismo leve convergente ou sem-vergonhice. Agradece.

— Ora, não é nada — responde o poeta impaciente. Fecha a porta.

Pensa:

"Aborto, aborto do capitalismo. Está aí, ar de sonso, radinho de pilha no ouvido e me olha, me julga, me pesa, lambe o cu do seu Enis do quinto andar e eu sei por quê, aborto!"

Volta a sentar.

Ranulfo Carvalho tira os papéis da pasta.

O poeta se surpreende agradavelmente, mas um tanto desconfiado:

— Quantas páginas! Não vai me dizer que tudo isso é a exegese?

— Tudo! Duzentas páginas.

— Admirável! Admirável! — diz o poeta sinceramente. — Como conseguiu tirar tantas coisas do meu poema?

— Não seja modesto, César Fortes, não se faça de modesto; modéstia é ranço da Academia, não lhe fica bem! Se eu tirei as coisas do seu poema, é que elas estavam lá! Estavam lá!

— Talvez — aquiesce o poeta —, talvez. Mas você, nesse caso, é o coautor, você que deu a elas, palavras, força para se desdobrarem em outras, tessitura, arcabouço. Você com o seu trabalho foi o agente transformacional, o amplificador.

"Sempre o mesmo papo", pensa a mulher do poeta. "Quando eu tiver cem anos e nem um dente na boca, se me sobrar ouvido para ouvir vou ter que ouvir ainda esse papo. O mesmo papo sempre. Daqui a pouco vai falar em 'produção e matriz no poema-universo'."

Mas é o exegeta que abre a boca:

— Conheço bem suas ideias expostas no ensaio "Produção e matriz no poema-universo". Não quero entrar agora no mérito do ensaio, aliás excelente, porque não adiantaríamos um passo sequer na discussão da exegese. A exegese segue rigorosamente seu poema, mas não necessariamente seu ensaio.

"Preciso ter mais cuidado", pensa o poeta tristemente. "Estou começando a me repetir, a envelhecer."

"Esse homem tem o tato de um elefante", pensa a mulher do poeta. "Coitadinho do meu César. Puro demais para este mundo-cão. Um puro."

O exegeta lê em voz alta:

— "Claustroplanura", autor: César Fortes.

À esquerda o orifício, a chave

À direita a grama, a paisagem

Onde a grade? Onde a grama?

Onde a chave? Onde a água?

Onde o homem?

Onde o homem?

"Nunca vi um oficial de justiça na minha vida", pensa a mulher do poeta. "Como se veste? Com quem se parece? Que tipo de conversa tem? Onde fica a maior parte do tempo? Onde o homem?"

— Comecei pelo fim — diz o exegeta com orgulho.

— Pela última linha?

— Não.

— Pela palavra "homem", quer você dizer?

— Não.

— ?

— Isso, justamente, pelo sinal de interrogação que estou vendo na sua cara. Mas não é você "o homem".

— E como o leitor vai saber que você começou pelo último sinal de interrogação e não por qualquer outro?

— Na edição cada sinal do poema terá uma cor, entende?

— Ah, muito hábil.

— Tomem um cafezinho com chocolate antes de começarem o trabalho duro — diz Inácia, a mulher do poeta.
— Ou prefere um licor, seu Ranulfo?

"'Seu Ranulfo'. Como é burguesa", pensa o exegeta. "Pura relíquia obscena em papel-bíblia."

— Diga "Ranulfo", por favor.

— Ranulfo.

— Está bem assim, uma colherinha só, obrigada. Mais tarde aceito um licor, obrigado, César.

— Agora — diz a mulher do poeta — vou deixar vocês dois à vontade.

A campainha toca.

Em seguida escutam-se pancadas na porta, uma voz feminina, aguda e um pouco desafinada faz:

— Uuuú, uuuú, uuuú! sou eu! podem ficar sossegados.

— Mamãe! — diz a mulher do poeta. — Tinha me esquecido completamente. Ela deve ter trazido o homem da tevê.

— A tevê! — se espanta o poeta. — Mas a tevê ainda está aqui? Ela não foi de manhã com o resto?

"De que resto será que falam?", pensa o exegeta. "O apartamento está entupido de objetos, mal se pode caminhar dentro dele. E se estão de mudança por que não avisam?"

— Mas como você é distraído, César! — se impacienta a mulher do poeta. Dá-lhe um tapinha afetuoso na bochecha e lhe sopra no ouvido enquanto o exegeta se levanta e espia pela janela a chuva que cai — Você não vê que a tevê é presente de mamãe do último Natal?

— E daí? — pergunta o poeta sem compreender.

— Ela ainda está com os recibos. Pode dizer que a tevê é dela. A tevê não tem problema.

— Uú, uú! Uú, uú!

— Estou indo, mamãe! — grita a mulher do poeta.

Uma mulherinha de saia roxa e cabelos vermelhos arrepiados entra rapidamente na sala seguida por um rapaz magro de casaco de couro e com duas malas de aço na mão.

— Puxa, Iná! Que demora para abrir! Este é o rapaz da General Electric. Faz uns servicinhos por fora depois do expediente.

Repara no exegeta.

— É o oficial de...? — interrompe a fala com medo.

— Mamãe, esse é o exegeta.

— Quem?

— O crítico de um poema do César.

— Como vai, dona Inacinha? Ranulfo, esta é minha sogra.

— Muito prazer — cumprimenta a mãe da mulher do poeta. — Por que você não me falou hoje cedo que iam ter visitas, Iná?

— Houve uma confusão de horários, dona Inacinha. A culpa foi minha — confessa o poeta sumamente aborrecido.

A sogra do poeta passeia os olhos satisfeitos pela sala.

— Olá, olá — vai dizendo enquanto olha. — Ficaram melhor do que eu esperava.

O exegeta segue o olhar da mãe da mulher do poeta. Vê como se demora em cada vaso, cada quadro, cada mesinha, cada toalha, cada banqueta, cada bibelô. Por meio desse olhar que avalia e arrola, o exegeta tem a impressão de que o apartamento está quase repleto. Mais cheio do que quando entrou. Vê que o olhar da mãe da mulher do poeta se demora no porquinho roxo. "Não tem dúvida", pensa o exegeta. "Foi ela que trouxe o porquinho. Da mesma cor da sua saia. Foi ela que o trouxe e tudo o mais que está aqui. Não entendo." O exegeta sente-se um pouco tonto. Seu ouvido faz fiuuum. "É a pressão", pensa o exegeta. "Preciso tirá-la de novo. Acho que vou comprar outro vidro de Stugeron."

— Qual é o defeito? — pergunta o rapaz da G. E.

— É muito estranho — diz a mulher do poeta.

— Estranho como? — quer saber o rapaz.

— Veja — diz a mulher do poeta —, vem o som quando a gente liga, mas a imagem não; aí se dá uma pancadinha de lado, surge a imagem mas some o som.

O rapaz da G. E. não parece impressionado.

— Elas são assim mesmo. — À medida que fala vai desaparafusando a caixa da tevê. — Não é nada. É preciso ter malícia, muita malícia.

— Como?

— Para pegar o defeito.

— Ah.

O poeta e o exegeta ficam perto da janela.

— Ranulfo — diz o poeta para o exegeta. — É um instante só, logo desocupam a mesa. Sinto muito.

A chuva cai com mais força.

— Veja — diz o poeta. — Impossível mesmo sair com este tempo. O remédio é esperar. Como vê, lutamos com a falta de espaço.

Fala o exegeta:

— Olhando assim pela janela a chuva cair, eu me recordo.

— Sim? — pergunta o poeta educadamente.

— Um amigo meu, sabe, nunca tinha saído do Brasil. Estava hospedado comigo no mesmo hotel em que fiquei em Paris no primeiro mês. No dia que chegou chovia torrencialmente. Ele ficou olhando a cidade pela janela do hotel. Estava acabrunhado. Pela primeira vez longe da mulher, da família, em outro país, e logo a França, e logo Paris! Ficou muito tempo olhando a chuva cair como eu agora. Sem dizer palavra. Por fim falou, a voz rouca.

— Sim?

— Como chove em Paris!

— Em Paris?

— Estou lhe falando do que falou meu amigo em Paris.

— Perfeitamente: como chove em Paris.

— Pois foi o que ele disse, literalmente. Não é boa? Ah, Ah.

— César — pede a mulher do poeta —, por favor, me passe um daqueles jornais velhos que estão ali no canto, em cima da estante. Moço, espere um minuto senão vai sujar a mesa.

O poeta pega um jornal, caem dois.

Pensa o exegeta:

"Como se estivessem de partida. Esses jornais amassados, como se tivessem acabado de embrulhar coisas." Curva-se, pega o jornal caído. É de setembro de... o resto do papel está rasgado. Lê:

"Tóquio: A *Mona Lisa*, de Leonardo da Vinci, deverá deixar o solo francês pela segunda vez em sua história, para ser exibida no Japão. Entendimento nesse sentido foi mantido ontem em Paris diretamente entre o primeiro-ministro Kakuei Tanaka e o presidente Georges Pompidou."

"Estranho é o mundo", pensa o exegeta. Em voz alta:

— Não tenho palavras para exprimir...

— Sim? — indaga o poeta.

— Minha estranheza diante do mundo, César Fortes. Não canso de me espantar!

A mãe da mulher do poeta intervém com voz aguda:

— É falta de vivência.

O poeta se aborrece:

— Dona Inacinha, o que é isso? Como falta de vivência?

— Meu caro César, poesia é uma coisa e vida outra, entendeu?

— Dona Inacinha, por favor, não se ofenda, a senhora me compreendeu mal.

— Entendi muito bem, ora essa! Só os poetas que sabem das coisas, então?

O exegeta interfere, apaziguador e brincalhão:

— Minha senhora, eles de nada sabem. Precisam de um exegeta como eu para explicar sua obra ao mundo.

— Hum!

— Está vendo, dona Inacinha?

— Ninguém me tira do assunto. É falta de vivência mesmo.

Mamãe — implora a mulher do poeta.

— Mamãe o quê? Se não fosse eu — interrompe a fala. Segura afetuosamente o porquinho roxo.

O exegeta segue com os olhos a mão da mãe da mulher do poeta. O poeta acompanha o olhar do exegeta. Está contrafeito:

— Dona Inacinha, foi muita gentileza sua nos presentear com tantas coisas para a casa. Esse porquinho roxo, por exemplo, até que é muito interessante no seu aspecto ingênuo, fortemente ingênuo, convenhamos; ele reproduz, com variações, no plano industrial, um tipo de artesanato muito comum do nosso homem do campo, não lhe parece, Ranulfo? Ousaria mesmo afirmar que o inevitável aviltamento da forma original tem sua graça particular, um certo quê. Claro, não faz propriamente o meu gênero, mas na verdade isso é secundário. Sabe como são as coisas, Ranulfo, um poeta e sua mulher não têm tempo para pensar em decoração de casa.

— Mas que topete! — fala bem alto a mãe da mulher do poeta.

— Mamãe — implora a mulher do poeta.

— Mas que topete o desse menino! Não liga para decoração! Não faz o seu gênero!

"Tocante isso, nas famílias brasileiras, o tratamento de 'menino' mantido através do desgaste dos anos", constata Ranulfo cismadoramente, procurando se distrair com suas próprias divagações para não escutar o que vem pela frente. Ele é curioso, até demais, mas uma natureza delicada; o escândalo lhe senta mal.

— Não faz o seu gênero! — repete com a voz em crescendo a mãe da mulher do poeta. — Por acaso os seus negócios fazem o meu gênero? — Ergue o braço ameaçadoramente, brandindo o porquinho roxo.

O rapaz da G. E. levanta os olhos.

O poeta estremece. Disfarça:

— Sei que de poesia a senhora só gosta de Bilac. E não a culpo por isso, bem sabe.

— Mas do que é que esse sonso está falando, Iná?

— De poesia — responde prontamente a mulher do poeta.

"Uma companheira leal apesar de tudo", pensa o exegeta com admiração e vagamente enamorado, pois com o novo toque de campainha a mulher do poeta dá-lhe as costas e deixa no seu campo de visão o traseiro que bimbalha com doçura na direção da porta.

A mulher do poeta gruda o olho azul no olho da porta.

— Não se vê ninguém — diz baixinho a mulher do poeta depois de ter recuado para o meio da sala.

O rapaz da G. E. tem uma interpretação para o fato:

— O engraçadinho se agachou.

— Mas não — retruca a mulher do poeta —, é um olho mágico de cento e oitenta graus! Não deixa escapar nada. Na certa o vestíbulo está sem luz; a lâmpada deve ter queimado. Está tudo escuro.

— O engraçadinho então botou alguma coisa no olho mágico. Talvez chiclete.

— Por favor, falem mais baixo — pede o poeta —, isso não tem cabimento.

— O que não tem cabimento eu sei — retruca a mãe da mulher do poeta.

"Se continuam", pensa o rapaz da G. E., "largo ela do jeito que está. Assim, com a barriga aberta e as tripas de fora como um porco."

A campainha toca.

A mulher do poeta faz menção de caminhar para a porta. O poeta a segura pelo braço.

— Não abra se não sabe quem é!

— Vocês não têm interfone? — pergunta, conciliador, o estudioso do poeta.

— Ah, Ranulfo, quem somos nós? O prédio é simples, não instalaram. Vida de poeta, sabe como é.

— Sabemos — confirma a mãe da mulher do poeta.

— Dona Inacinha, por que a ironia?

A campainha toca.

O exegeta está cansado e aborrecido. A chuva quase parou. Quer ir embora.

— Tenho a certeza como é chiclete. Tirem a limpo e vão ver como tenho razão — insiste o rapaz da G. E.

— Hoje não se tira nada a limpo! Fica tudo como está! — descontrola-se o poeta.

— Sendo assim — diz o exegeta com timidez (começa a ter medo) —, vou andando, é melhor deixarmos para outro dia.

— O senhor me desculpe, mas não sai — fala, categórica, a mãe da mulher do poeta. — Não vê que se abro a porta "ele" entra?

— "Ele" quem? — Finalmente tem coragem o exegeta de fazer a pergunta que há vários minutos tem pronta.

— Quem botou o chiclete; que não sabemos quem foi — informa com agilidade o rapaz da G. E.

— Hum — desconfia o exegeta.

— Sabemos — discorda a mãe da mulher do poeta.

— Dona Inacinha — diz com infinita paciência o poeta —, a pessoa que a senhora está pensando que foi (e eu me permito supor saber quem a senhora pensa que foi) não poria chiclete no olho mágico! Não teria por quê! Compreendeu bem? Preciso repetir?

— E por que não poria, posso perguntar? — pergunta em seguida a mãe da mulher do poeta.

— Porque seria um absurdo, a senhora não vê então que não faria sentido?

— Dona Inacinha, se me permite chamá-la assim, seu genro tem razão. Não faz sentido nenhum; seria na verdade muito estranho se "ele" (e tudo me leva a crer pela maneira como falam "dele" que se trate de um adulto e responsável) colocasse chiclete no olho mágico, dificultando o seu próprio acesso ao apartamento! Muito estranho.

— Se o senhor ainda há pouco dizia que estranhava o mundo todo (e nem por isso deixa de estar nele, não custa lembrá-lo), que bobagem é essa agora de não querer estranhar um seu pedacinho à toa, hein? Para ser bem clara, um olho mágico com titica, apenas?

— Perdão, minha senhora?

— Mamãe, por favor, não confunda.

— Eu confundo? Lembrem-se desta manhã, vocês dois, ingratos.

A campainha toca.

O exegeta está muito, muito preocupado com o rumo tomado pelos acontecimentos. A bem da verdade, conjetura ele, nenhum rumo, nenhum acontecimento; mesmo a televisão ficou ali sobre a mesa, aberta, à toa; o rapaz da G. E. está perto da janela, olhando o tempo. O exegeta desabafa:

— Mas isso tudo é um absurdo!

— Não se exalte! — exorta-o já perfeitamente controlada e até didática a mãe da mulher do poeta. — É como eu dizia há pouco; lhe falta a vivência.

— Mamãe, não saia do assunto.

— Ao contrário, não saio.

"O assunto", pensa melancolicamente o rapaz da G. E. olhando lá para baixo, para o casario molhado. "Pior para eles. Não querem discutir o defeito, não discutam. Não dou o orçamento, não termino, cobro a visita."

"Uns frouxos, todos", pensa a mãe da mulher do poeta olhando o rapaz inclinado no parapeito. Ou falta técnica, ou falta vivência. E nem ao menos sabem se colocar com compostura dentro do assunto."

— Moço, e o serviço? — indaga o poeta para não dar seguimento ao silêncio.

— Não sei — fala o rapaz da G. E.

— Não sabe? — se exaspera a mulher do poeta. Mas então para que foi que minha mãe o trouxe hoje aqui? Por que não se vai?

— Abro a porta? — pergunta aliviado o rapaz da G. E.

— Um minuto ainda — contemporiza o poeta —, vamos ver o que você diz que não sabe sobre a tevê. Talvez dê para arrumá-la assim mesmo.

— Do que ele não sabe?

— Dona Inacinha, não foi o que eu falei, propriamente. Mil perdões mais uma vez, meu caro Ranulfo; as coisas são como vê.

— E o que ele não vê? — pergunta, espantada, a mulher do poeta, o olho azul encaixado no vazio.

O japonês dos olhos redondos

Meu amigo e informante almoça comigo aos domingos em minha casa. Ele é desquitado, não tem filhos, eu, um solteirão. Ele vive de rendas, poucas, eu sou tradutor, tenho algumas economias além da casa própria. Nada nos aflige em particular; nem a velhice um dia — já passamos os quarenta, somos contemporâneos, a data exata de nosso nascimento vai mais por conta da imaginação do que dos fatos; com isso mostro-me francamente otimista, não acho que estamos nos saindo assim tão mal; fazemos o nosso *cooper* na pista do parque do Ibirapuera nas manhãs de domingo e depois do chuveiro nos premiamos com um bom almoço comprado no restaurante da rua de trás; a que sai da avenida larga, aquela avenida extensa onde um dia existiu apenas o leito para as águas sujas do córrego do Sapateiro.

Digo que meu amigo além de amigo é informante porque é ele que aos domingos reapresenta o mundo e as coisas para mim. Não que eu não tenha ideias. Como não? E muitas! Mas ele, por assim dizer, é quem anuncia primeiro, ele que primeiro assinala, descreve, interpreta. Eu me resguardo. Quase sempre me calo. Mas quando a discordância é muita, respondo. Em suma: ele que me informa verdadeiramente sobre as coisas, eu simplesmente reajo. O que tenho e o que sei são em princípio para o meu uso. Deixo que as impressões se acumulem, deixo que desçam fundo e formem um depósito. É o meu amigo que faz nascer, por oposição, o meu mundo desse depósito, tudo: uma espécie de vórtice ao contrário que se pusesse em movimento por efeito de alguma palavra sua e, em margens circulares cada vez mais amplas, fosse largando sucessivamente: minha casa, o bairro, suas ruas, enfim as ideias, as cidades, fortificações concêntricas, perfeitamente estruturadas que ninguém diria pudessem brotar da natureza até certo ponto amorfa como vem a ser a dos depósitos. Sendo esse o caso, eu dependendo da sua informação para colocar a minha, tenho-me na conta, e acertadamente, de seu contrainformante. Não deve causar espécie a ideia de eu procurar definir nossas manifestações recíprocas de amizade como atos de informação e contrainformação. Afinal somos, como todos em quem esbarramos andando por aí mais ou menos de pé, os transeuntes da contrarrevolução de 64 (que meu amigo insiste em chamar de revolução).

Veios desgarrados e insubmissos do córrego do Sapateiro, ou de algum outro que eu nunca soube, fizeram — ajudados pelos aguaceiros de verão — o seu trabalho de sapa no subsolo do meu terreno. Metade do muro da frente desabou. Contratei dois pedreiros que amanhã tornam a erguê-lo, talvez mova um processo contra a prefeitura por perdas e danos, mas hoje:

Uma paisagem nova abre-se para mim e meu amigo. Defronte, a casa do tintureiro torna-se próxima e animada. O tintureiro, coisa que nunca me ocorreu, também não trabalha aos domingos. Anda de lá para cá na sua propriedade, ergue-se, senta-se, almoça, cuida da sua cerca viva de azaleias. Sorri, cumprimenta:

Meu amigo, duríssimo e preciso, informa-me no ato:

— Dissimulado como todos os japoneses. Reparou no sorriso?

Calo-me como é de meu feitio.

— Reparou no sorriso?

De início acho mais prudente responder-lhe com outra pergunta para ver se o distraio das vertentes sem volta onde usualmente sua retórica imbatível o lança. Arrisco:

— Que sorriso?

— Pergunta estapafúrdia! E grosseira se me permite a franqueza! De quem havia de ser o sorriso? O seu? Não gastaria um perdigoto para descrevê-lo! O do muro caído? Sorriem os muros por acaso? E ainda que assim fosse, teria esse muro em especial razões particulares para sorrir?

Permaneço razoavelmente calmo. Mastigo minha lasanha, bebo um gole do tinto, brinco com o guardanapo. Ouso mesmo a barbaridade do lugar-comum:

— Parece que vai chover.

Meu informante lambe o dedo indicador e o espeta para fora da janela na mornidão do dia para ver de que lado vem o vento; não vem de nenhum. Na casa defronte observa-o o vizinho tintureiro, o sorriso aumenta, quase um riso. Meu amigo recolhe o dedo sobressaltado; volta à carga:

— Você tem ainda o desplante de me perguntar que sorriso?

Faz calor na sala, acho-me antecipadamente cansado e concedo:

— Suponho que queira se referir ao tintureiro meu vizinho, não?

— Japonês!

Sinto-me no direito de manifestar meu espanto jogando o guardanapo com força sobre a mesa. Meu amigo o ignora e volta à carga:

— Reparou no sorriso? Se não reparou há pouco, tem oportunidade agora, pois o dissimulado continua de boca aberta!

Apesar de ser impossível ao vizinho pegar o conteúdo das palavras de meu informante, eu, como forma de compensação, cumprimento-o várias vezes, aceno-lhe, agito aflitivamente o guardanapo como se fosse uma bandeirinha de sinaleiro.

— Vai em frente, vai em frente — provoca meu amigo. — Só falta você se jogar pela janela e ir lhe lamber os pés! Inocente útil! E se fosse um espião?

— Um espião!? — Confundo-me, interrompo-me, vejo que me deixei apanhar numa armadilha. É preciso voltar atrás. Retomar o fio. Afasto o copo de vinho, procuro ficar lúcido como um filamento aceso, falo escandindo as sílabas:

— Meu caro, o que o leva a supor que estamos diante de um *tintureiro japonês*?

Meu amigo e informante responde limpidamente, os olhos postos no outro lado da rua:

— Reparou na *natureza* do sorriso?

— Muito franco, muito aberto, se quer saber. Particularmente amigável.

— Perfeitamente, aí reside a completa dissimulação; aí também começa a pista. Meu Deus, meu Deus! Você é mesmo um simples de coração! Um sorriso dissimulado que se mostrasse *francamente* dissimulado, o seria? Hein?

Sua lógica perfeita mantém minha boca fechada.

— Um sorriso *dissimuladamente* franco, por sua vez, teria alguma coisa a ver com esse caso? Não, claro, porque um sorriso dessa espécie nada mais é que o de um caráter franco que por pudor se oculta, disfarça por timidez suas manifestações mais sinceras, está me seguindo?

Aprovo com a cabeça e tomo mais vinho.

— Agora, o que me diz de um sorriso *francamente franco*? Hum?

Aliso a toalha da mesa e me permito regurgitar de forma audível para mostrar que não apenas estou na minha casa como estou muito à vontade na minha casa. Mas meu amigo encontra-se surdo para tudo que não diga respeito à sua cerrada argumentação; continua:

— É na manifestação absoluta de franqueza, no sorriso inteiramente aberto sem qualquer hesitação que igualmente se manifesta a máxima dissimulação, é lógico! Sendo assim,

Irritado no limite da cólera, eu o interrompo:

— Muito bem! E aonde está querendo chegar?

Meu amigo pede calma; repete a lasanha, está seguro como em raros domingos eu o vi e particularmente satisfeito:

— Meu caro, não estou querendo chegar, porque já cheguei. O sorriso perfeitamente franco desse seu vizinho tintureiro naturalmente não faz mais do que exprimir a capacidade para a perfeita dissimulação, própria da raça!

— Que raça?

— Recomeçamos como no caso do sorriso? Que raça, que raça! Amarela, amarela! Japonesa, japonesa! Preciso ficar aqui repetindo como um disco quebrado? Amarela! Amarela! Japonesa! Japonesa!

Respiro fundo, enxugo o suor da testa com a ponta do guardanapo, um gesto que reconheço desagradável e que nunca pensei fazer diante de terceiros. Meu amigo desvia os olhos de mim com uma ponta de repugnância em uma dessas manifestações espontâneas de rejeição pelo outro que mesmo a maior amizade não consegue sempre ocultar. Pergunto, novamente destacando as sílabas:

— O que o leva a supor que tenha diante dos olhos, ali defronte, um cidadão japonês?

— Ora, ora! Não bastasse o sorriso, a profissão!

— E por que os tintureiros teriam que ser necessariamente japoneses?

— Meu caro, não necessariamente. Mas, veja, sem querer chamá-lo de ignorante, suponho que você conheça algo sobre imigração japonesa, as diversas profissões ocupadas no estado de São Paulo no meio urbano depois que os descendentes dos primeiros japoneses, deixando a lavoura...

— Basta!

— Pois bem, basta. Não pensei em ofendê-lo. Mas quando se junta a essa característica ocupacional típica, outra característica também típica, étnica ou cultural, como queira, o sorriso dissimulado, o que mais precisa para formar um juízo?

Sinto que a minha jugular lateja. Nunca pensei até o dia de hoje na minha jugular, nunca pensei em nomeá-la, tenho até dúvidas se é a jugular mesmo, mas algo no meu pescoço pula de forma insistente como se fosse a qualquer momento escapar do estojo da pele, minhas palavras se atropelam, afasto o copo de vinho, digo respirando fundo:

— Se outros sinais não lhe foram suficientes, tenho o prazer aqui agora de lhe afirmar que ali defronte acha-se um tintureiro brasileiro! Um tintureiro brasileiro, nem mais nem menos!

— Um nissei, quer você dizer?

— Não, não é um nissei o que eu quero dizer. Trata-se de um tintureiro brasileiro, brasileiro! Cujo pai, porém, além de não ter sido um japonês, também não foi um português! Ou africano, ou italiano!

— Ah, ah, e como então se chama esse senhor "brasileiro"? — Meu amigo aspeia a palavra no ar com grande habilidade cênica.

— Marcus Czestochowoska! Não sei se pronuncio certo, o que não vem ao caso.

— E como vem! Divina Providência! Czestochowoska, Kurosawa! O que quer mais?

— Como o que quero?

— Então, não conhece o diretor japonês de cinema, Akira Kurosawa? Não percebe que se trata de nomes gêmeos, com o mesmo peso sonoro, provindos do mesmo chão?

Estou farto e não o escondo:

— Não seja imbecil, é um nome polonês, aliás o nome de uma cidade da Polônia. Nunca ouviu falar de Matka Boska Czestochowska, analfabeto? É a Virgem Maria, é uma imagem da Virgem Maria que existe pendurada numa igreja em Czestochowska! Provavelmente a ideia de adotar o nome da cidade como nome de família vem de algum ascendente mais remoto que simples pais ou avós, arrastado, quem sabe, por irresistível surto de nacionalismo exaltado ou catolicismo triunfalista, que sei eu?

Meu amigo balança a cabeça penalizado por mim e por meu empenho. Não serão questiúnculas, ciscos como esses que o irão demover quando algo verdadeiramente grande se acha à sua frente. Não ele! Enumera em voz alta, contando nos dedos:

— O *sorriso*, a *profissão*, a *geminação sonora*, três dados. Como se não bastassem, o *quarto* e que arrasta e confirma os outros três: a *ocultação* da nacionalidade (com ou sem adulteração de documentos, o que aqui é irrelevante). Oh, meu Deus, se fosse no tempo da guerra, quando o Brasil declarou guerra ao Eixo, eu simplesmente denunciaria e mandaria prender esse japonês!

Na minha cabeça zumbem moscas, não as vejo porque voam internamente, mas as suponho coloridas, são varejeiras, mil, as asas irisadas, batem na parte interna do crânio, as asas como mica ao sol, cintilam, fracionam-se em mil outras, enchem-me a cabeça de som, cascalho e loucura. Agarro-me aos fiapos de razão que sobram, procuro manter-me à tona, contra-argumento:

— Espere que o homem se vire para nós, olhe, vem vindo para mexer de novo na cerca, aproveite agora que está bem de frente; observe: que cor tem o seu rosto? É amarelo? pálido? negro?

Meu informante retruca sem medo:

— Rosado, não o nego. E não teria por quê.

Ganho forças paulatinamente, continuo:

— Bem, agora preste *muita* atenção. E os seus olhos, serão oblíquos? amendoados? puxados? entrefechados?

Meu amigo dá um pequeno salto e sufoca um grito que me parece de exultação e que talvez, pela proximidade do assunto, me lembra muito o sinal de luta dos samurais como sempre vejo no cinema. Ele investe:

— Era por aqui que você queria me pegar? Oh, meu Deus, mas a que primarismo chegamos! Para você, então, o real é o imediatamente dado, suponho? Na sua idade!

Não quero saber de conversa fiada; insisto:

— Seus olhos, seus olhos, responda-me!

— Com prazer, com muito prazer! Redondos, REDONDOS!

As moscas varejeiras retornam pelos ouvidos nas palavras de meu amigo, entram e dançam dentro da cabeça. Mas eu quase mecanicamente vou em frente:

— A cor?

Meu amigo informa-me com a segurança e a alegria de um colorista nato:

— Azuis, Azuis! Você duvida? Olhe lá em frente!

Do outro lado da rua, no jardim da casa oposta, os olhos de meu querido vizinho Marcus Czestochowska reluzem como dois faroletes celestes, cintilam em nossa direção, curiosos. Já perceberam uma movimentação ativa demais para uma simples mesa de almoço.

Meu amigo agora fará sua preleção final:

— Você talvez veja pouco televisão, talvez a julgue um divertimento menor, um veículo plebeu. É pena. Se a visse com regularidade como eu, talvez soubesse que durante muito tempo teve enorme sucesso aqui no país um seriado japonês, um desenho animado em episódios chamado *Taro Kid*. Pois bem, o herói desse seriado japonês tinha que tipo de olhos? Puxados, por acaso? Redondos, absolutamente redondos! Mesmo hoje, se você ligar a televisão para ver desenho japonês, não vai ver coisa diferente. Mas o *Taro Kid* é que chamou primeiro a atenção para o fato, por isso eu cito. Se você além disso deixasse essa inércia, descolasse o traseiro aí de Vila Nova e fosse dar uma volta pela Liberdade, veria muitos outros desenhos japoneses onde os heróis sempre, com raríssimas exceções, têm os olhos?

— Absolutamente redondos — respondo com um fio de voz.

— Você em sua cegueira dirá que isso acontece por motivos de aculturação, exportação etc., etc. Invocará (pois passei a conhecê-lo bem de 64 para cá) mil fatores heterogêneos, indústria, capital, alteridade, interculturalidade, com a maior sem-cerimônia. E botará esse equipamento todo em cena para quê? Para complicá-la. E tudo isso com que finalidade? Recusar mais uma vez teimosamente...

— ?

— A perfeita dissimulação!

— ?

— Própria da raça!

— ?

— Amarela!

Mas meu amigo ainda não terminou:

— E a coisa não fica só ao nível da imagem cinematográfica, não senhor; irradia-se para o humano, lá chega, penetra a carne, o conteúdo mesmo dessa imagem de cinema! Você naturalmente (ou pelo menos assim espero) já leu alguma coisa sobre imigração japonesa nos Estados Unidos?

— Não tive a oportunidade.

— É pena, é pena. Pois bem, informo-lhe; não irá perder a informação, não por mim. A coisa é a seguinte: mesmo sem nenhum casamento misto, sem nenhum fator de miscigenação, alguns traços físicos desses imigrantes começam a mudar, inicialmente constatou-se a alteração na altura média, devida provavelmente à alimentação diversa, ao clima etc. Agora ouça.

Acho-me imóvel com a cabeça ligeiramente estendida para meu amigo, de forma que o sol quente da tarde se abate sobre minhas orelhas, elas ardem fundo como duas línguas de fogo, duas labaredas apertando-me o crânio, para todos os efeitos sou mesmo "todo ouvidos".

— Ouça — insiste mais uma vez meu amigo, não satisfeito com minha docilidade acesa e visível. — Ouça, ouça que tudo é ganho. Você (e não se é cientista, mesmo de domingo aqui como eu, se não se tem muito de imaginação criadora, se não se lança um grão de audácia dentro do rigor lógico!), você já pensou a que níveis extensos de dissimulação, a apropriação e o controle dessa possibilidade de modificação dos caracteres físicos podem chegar? A miscigenação, e que seria à primeira vista a dissimulação mais evidente, fácil e completa, é bem outra coisa; na verdade a nega e por isso deve ser posta de lado nessa ordem de raciocínio. Pois no caso da miscigenação, a desaparição de características raciais se irá dar não por sua ocultação, o que aqui nos interessa, mas pela sua "confusão", pela sua "imersão" ou "solubilidade" em contato com outros genes; seria portanto, na verdade, a extinção da própria dissimulação, marca distintiva do biótipo em pauta. — Nessa altura meu informante faz uma pequena pausa, dá uma piscadela e aponta de forma significativa com o queixo a casa defronte. — Já pensou como o controle e desenvolvimento dessa possibilidade de alteração física sem cruzamento vem a ser tão mais grave exatamente na medida em que ocorre, por assim dizer, na superfície, permanece externa, manipula o fisionômico para fazê-lo funcionar como cortina de fumaça? Permita-me a veleidade agora de passar de cientista a poeta! Pense, ao pensar nessa espécie de disfarce, na natureza dissimulada dos biombos, dos gestos rituais para o preparo de um cachimbo de ópio (resvalei para o chineses, não importa), nas engenhosas silenciosas portas (ou paredes!) corrediças de papel de arroz (volto aos japoneses com sua arquitetura *escancaradamente* dissimulada), em suma: pense em tudo isso e pense mais; pense em como irão funcionar essas possibilidades ainda em aberto: como uma máscara de infinitos recursos onde por trás se há de esconder sempre, em quaisquer circunstâncias...

Completo porque não há mesmo outra coisa a fazer:

— O japonês, o amarelo, o oriental.

— Isso — reforça satisfeito meu informante, e encerra a preleção com uma exortação carinhosa:

— Assim, não se deixe perturbar pelo fato dos olhinhos de seu vizinho serem azuis, muito menos se abale com o fato de serem redondos! Indo por essa ordem de raciocínio, por que haveria de espantá-lo a circunstância de estarem tais olhos embutidos numa face rosada e provavelmente (daqui de longe não posso afirmar com segurança) pintalgada de sardas? E (veja que a nada temo, que nada evito em minha descrição) circundada por cabelos vermelhos encaracolados, e, vou mais longe, vou mais longe, tudo isso sustentado por uma coluna vertebral mais duas pernas que, somadas, totalizam um conjunto de pelo menos metro e noventa e lá vai pedrada? E se eu nada temo por que iria você se perturbar? Siga o meu exemplo, olhe em frente, no sentido literal e figurado do termo, porque ambos se ajustam à situação. Olhe em frente e fique alerta: alerta, sim, mas para o *significado oculto* de tudo isso, a *significação subjacente*. Em suma, analise com isenção e livre de paixões esse curioso espaço que proveitosamente se abre à nossa frente para o nosso mútuo regozijo intelectual. Observe nele a rigorosa não coincidência entre a imagem média do japonês comum e a rica e complicada configuração de variegadas cores que se movimenta para lá da cerca viva de azaleias! E garanto que se você estiver descansado e livre de preconceito, se o tinto não lhe tiver subido à cabeça, saberá sem dúvida chegar à conclusão correta.

Uma pausa se dependura no ar parado como bicho preguiça. Migalhas de pão e salpicos de molho e vinho sujaram a toalha. Meu amigo e informante não teme a interrupção de nossa amizade. É antiga como o bairro, tem seus hábitos, seus desacordos que sempre voltam, alguns mais profundos e definitivos do que esse, como a história da contrarrevolução à qual meu parceiro de mesa sempre tira o aposto com a teatralidade de quem desembainha a espada e separa de golpe uma cabeça do tronco. Ele sem dúvida foi talhado para as situações absolutas e o que irá permanecer é a sua lógica de ferro, sua lógica fechada de algemas, perfeita como a circunferência do olho azul que distingo entre uma azaleia e outra, saltando espantado no puro amarelo do verão.

Disse que minha qualidade de contrainformante nascia e se desenvolvia a partir da informação prestada pelo meu companheiro de almoço de domingo. Isso é verdade. Todavia não disse que ultrapassada a primeira fase, do diálogo audível, a outra desenvolve-se sempre resistente mas invisível. Minha contrainformação, como o subsolo de meu terreno, tem um tipo de porosidade que a permite se mover perpetuamente e mover aquilo que a sustenta. O bairro, o município e o mundo, as fortificações em que me apoio vogam docemente, talvez não resistam, mas disso eu gosto. Isso é a razão. Isso é comigo. Me abro reflexivamente sem forças, cedo porque minha formação é como esta terra preta do bairro, não presta, não edificará cidades ou códigos.

Não ficará.

O homem do relógio da luz

Avelino Pereira, advogado trabalhista, quarenta anos, volta do trabalho em uma tarde de janeiro de 1976. Toma a avenida 23 de Maio, seu caminho habitual no percurso cidade-bairro, livrando-se do engarrafamento do trânsito. Antes, ainda perto dos viadutos, tivera ocasião de observar neste fim de tarde como as nuvens carregadas do céu e a fumaça dos ônibus quase se juntam no horizonte, formando assim como que um obstáculo cor de chumbo. No espaço livre entre as duas massas de chumbo, nesse prolongado fim de dia de verão, há uma frincha de luz. Ela toma a aparência de uma trinca horizontal na pesada formação escura. Esse pouco de luz empresta ao contorno dos prédios, aos viadutos, aos transeuntes e carros uma qualidade estranha.

"Como um sonho", pensa Avelino, "como um sonho."

O carro avança em alta velocidade pela 23 de Maio, ergue-se um pouco do chão, assim parece a Avelino, e se lança, exatamente no limite do horizonte, na altura da trinca, para fora da cidade.

O auto cai fora da cidade e Avelino dá uma freada brusca.

— Porcaria — diz Avelino à mulher, Silvia, na mesa do café. — Dizem que os sonhos são libertação. Mentira! Pura mentira! Sonhei que voltava do trabalho em um dia de verão. Todo o dia volto do trabalho, estamos no verão! Que coisa mais absurda para se sonhar, meu Deus do céu! Quero dizer, absurda do ponto de vista do sonho, entenda-se! Você está me seguindo?

— Claro — tranquiliza Silvia.

— Porque, do ponto de vista da realidade, que coisa mais rotineira, meu Deus, que falta de cabimento!

— Ora, não exagere — comenta a mulher sem prestar nenhuma atenção —, você é um exagerado.

O marido se exalta:

— Como? Eu exagero? Me diga, cara senhora, o que faço eu todas as tardes depois do trabalho, hein?

— Como posso saber? — A mulher tem um ar malicioso, em seguida se irrita. — Não me diz respeito o que você possa fazer depois do trabalho. Mas não me venha com mentiras que eu não suporto. O que quer que faça ou já fez, ou venha a fazer, a responsabilidade é sua. E depois não se queixe.

— Mas do que é que você está falando? — se impacienta o marido. Volto para a casa, não estou acabando de lhe contar? E é com isso que eu sonho! Com isso!

— Ah, muito bem — responde a mulher. Explica-se. Agora está tudo claro. Se você sonha com isto: voltar para casa e ficar enfiado em casa lendo seus livrinhos idiotas e todo esse monturo de jornais, explica-se!

— Explica-se o quê, minha cara senhora? — pergunta o marido com irritação crescente.

— Você — diz Silvia —, você que dá tanta importância ao conhecimento, à cultura, enfim... e todos os nossos amigos... advogados como você, e todo ano os nossos amigos viajam, enriquecem, digo, culturalmente, e nós — a mulher gagueja —, e nós aqui, sempre. Cultura, ah, a cultura, que amargura!

— Que imbecilidade é esta agora sobre a cultura? — fala forte Avelino.

— Mas, afinal, sobre o que estamos conversando, meu caro? — pergunta a mulher sumamente caceteada.

— Sobre sonhos, querida. Sobre meus sonhos, em sentido literal, entende?

— Você me vem hoje com sentido literal! É boa! Justo você, que vive me dizendo, vive me enchendo, se quer saber a verdade, você que sempre me chateou com o múltiplo sentido das coisas, o significado oculto, o simbólico, a significação ambígua, e sei lá mais o quê, lembra daquela conferência sobre a plurissignificação na arte, daquele teu amigo chato, meu Deus, mas que chato que ele era, como era chato! Um minuto, um minutinho, vamos falar franco, um pouco de franqueza não faz mal nenhum. Não falei na ocasião porque tive pena, mas também um dia se precisa saber das coisas. Afinal, você quer mesmo saber das coisas ou quer morrer na mais santa inocência?

O auditório inteiro bocejava. Bateram muitas palmas, diz você? Meu anjo, quando é que brasileiro não bate palma? Sabendo, me conte. Sentido literal, essa é boa. Agora você me vem com sentido literal, agora, porque te convém. Porque quando não te convém é tudo figurado, tudo sentido figurado, tudo, tudo!

Silvia, à medida que fala, se ergue da mesa. Caminha agitada pela sala, indica sucessivamente com as mãos vários pontos, os móveis claros, os vidros que levam à varanda, mais adiante as plantas quase ocultando o portão de ferro e a parte do muro com o relógio da luz.

— Tudo, tudo!

Passa muito sol pelos vidros, os olhos de Silvia indicam a direção do relógio da luz. Avelino acompanha o olhar. Os dois olham sem ver. Descansam. Descansa o olhar. A irritação se esvai. O calor aquela hora da manhã já chega até a sala. Silvia se lembra.

— Esqueci de dizer a você. Morreu na semana passada o homem do relógio da luz.

— O homem do relógio da luz! — se espanta Avelino. — Mas eu nunca o vi. Como era ele?

— Não tenho a menor ideia, nunca o vi também, ou uma vez, não sei, há muito tempo...

— E de quê?

— Também não sei.

— Quem disse a você? — pergunta Avelino.

— Doraci.

Doraci entra para tirar a mesa do café.

Avelino pergunta:

— Doraci, como era o homem do relógio da luz?

— Como era? Não sei, não.

— Como — insiste Avelino —, você nunca o viu?

— Vi, sim, doutor Avelino, algumas vezes.

— Então como era? Gordo, magro, me entende? Me descreva o homem.

Doraci hesita:

— Não era magro nem gordo. Era... como todo mundo, doutor Avelino.

— Bem, e de que morreu?

— E eu sei? Logo eles põem outro no lugar. Seu João do empório foi que contou.

— Era casado? O que o seu João sabia dele?

— Só que morreu.

Silvia está muito, mas muito espantada:

— Tem cabimento tanta pergunta por causa do homem do relógio da luz, Avelino? Que coisa!

No meio da noite existe um espaço que separa o dia passado do dia que se anuncia. Esse espaço é igual a uma trinca, absorve todo o pretume da noite. O espaço mais escuro, mais neutro, o mais seguro, assim parece a Avelino. Nesse espaço ele indaga sobre questões antigas de uma forma nova, diversa da diurna, e mesmo muitas vezes nesse espaço é que faz amor com a mulher. Ele sabe, é um homem do seu tempo afinal de contas, que o amor fica melhor com luz, se possível toda luz do mundo jogada em cima, como na ópera. Em *Cópula ridente*. Um trilo de soprano, um recuo brusco da memória, uma freada, e ele e Silvia saltam para dentro da memória dos pais. Ele e Silvia estão no palco, no centro de um número de uma das temporadas da Companhia Lírica Italiana, no teatro Municipal de São Paulo: *Fastígio e glória*. É isso o amor com luz: muitas vezes apenas a reprodução do passado, o dos pais e o de São Paulo, ambos vistos do proscênio. Não é fácil a conquista da contemporaneidade.

Mas o escuro da noite, este se cola às pernas e ao corpo de Silvia e Avelino à maneira de um terceiro corpo felpudo e macio. Depois Avelino se deita de bruços e sobre as costas, agora faz pressão o escuro. Avelino está só, mas não sente solidão. Há confiança e liberdade por um breve momento. Pensa. Mesmo nas coisas que o machucam e principalmente nas coisas nunca resolvidas.

Um advogado trabalhista, quarenta anos. A cidade. A paisagem fabril. A cerrada malha de palavras da lei dá forma à paisagem, estabelece seu contorno e seu volume. Avelino se faz um advogado-engenheiro-construtor. As palavras podem ser dispostas de várias maneiras: decreto, portaria, artigo, parágrafo, resolução, alínea, expede, regula, da competência de, a entrega do, cadastro de, entra em vigor na, incorre em, é nula a, revogam-se as. Ir pondo as palavras pacientemente, são como tijolos as palavras, argamassa, cimento, sentenças estaqueadas fundo, estruturas de aço. Cruzamentos de sentido. Conflitos de jurisdição. Em itálico um friso ornamental *art déco*: "O adicional de insalubridade, pago em caráter permanente, integra a remuneração para o cálculo de indenização". (Ah, o casario nobre de Higienópolis, ah, o tempo rendido.)

A cidade —

vias de acesso:

"Trabalho com chumbo e seus compostos. Trabalho com mercúrio e seus compostos. Trabalho com fósforo e seus compostos. Trabalho com arsênico e seus compostos. Trabalho com benzeno e seus homólogos e derivados. Trabalho com hidrocarburetos. Trabalho com sulfureto de carbono. Trabalho com radium, raios X e corpos radioativos. Trabalho com alcatrão, breu, betume, óleos minerais, parafinas e seus compostos." Trabalho com: "Poeiras de sílica livre", "... livre desprendimento de poeiras", "Vapores. Destilações. Depósitos; fábrica de esmaltes: galvanizações de ferro, fundições de zinco, matança e esquartejamento de animais".

Um mundo fabril ativo. Um mundo fabril perempto. Fortemente soldados dentro da Consolidação das Leis do Trabalho. Esta cidade justaposta: passada, presente — Avelino a vê, inteiriça, sem quebras. É um ótimo advogado trabalhista. Mas são os clientes particulares que sustentam o seu padrão. Graças a eles pode se deter com calma nesta espessa floração legislativa, sopesá-la, ser incrivelmente arguto em uma defesa sindical. Graças a eles, principalmente, mantém viva a disposição mental para se entregar ao apaixonante exercício de pensar as sobras do próprio trabalho; do que cai além da lei, sucessivamente:

a letra da lei

o espírito da lei

pontos de fuga: filosofia e arte.

Não quer pensar sempre a contradição. Às vezes pensa. E vai mais longe: sabe que o caminho de volta, da arte ou da filosofia para a lei, é o mais difícil e que o simples exame desta (a lei) pode se assemelhar daí por diante a um exercício intelectual que venha a cair fora da "segurança e higiene do trabalho". Como se tivesse parte com as "atividades perigosas, agressivas e insalubres...", art. 156. Como passível de não obedecer aos requisitos técnicos mínimos de segurança. Exercício mental que viesse a alimentar em seu bojo pensamentos desprevenidos, sem guarnições, em flagrante desrespeito ao art. 173 sobre edificações: "As aberturas nos pisos e paredes serão protegidas por guarnições que impeçam a queda de pessoas ou objetos".

A queda de pessoas ou objetos.

Avelino pensa no trabalho. Hoje. Agora na sua forma exterior, nos corredores da Justiça do Trabalho, no seu escritório, na volta para a casa. Na avenida 23 de Maio, na massa plúmbea que adiante toma a aparência de um obstáculo, uma guarnição.

No limite do sono, hoje, pensa também no homem do relógio da luz. Contra o céu de nuvens pesadas, no percurso cidade-bairro, pensa nele. E como não o conheceu e como nada sabe sobre ele, e como nada sabe sobre sua morte, sua figura vem a ser uma figura de fundo. Quando se recorta a figura de um homem em um pedaço de papel e se olha, pelo espaço recortado, a cidade, a figura do homem é o vazio do papel e o cheio da cidade. Avelino tem a impressão de que por meio deste recorte humano a cidade mostra sua intérmina e móvel variedade. Por ela passa o migrante. Se fixa, se desloca, se perde. A variedade sem termo e sempre em modificação do que não se conhece. Não conhece nada, nada, os bairros mudam, crescem bairros na periferia, onde o limite com os outros estados, o Brasil apertado contra os tapumes de São Paulo; desconforto. Mais adiante o mundo, sem feições definidas, em branco. E mais adiante, suspenso no Ocidente Iluminado, o olho estrangeiro e azul do filósofo absoluto o fita com a pálpebra sempre aberta. Sua pupila, neste ocaso de verão, filtra as mais extravagantes dúvidas existenciais, ordena-as em tiras luminosas na fronte ampla e sábia. Ou talvez Avelino simplesmente recorde o noticiário luminoso fornecido graciosamente ao cidadão paulistano do alto da antiga sede do jornal *O Estado de S. Paulo*.

Há um esforço na direção do não conhecido que se traduz por dor e sofrimento. O espaço entre o dia anterior e o próximo se fecha. O dia seguinte se instala e inicia sua marcha. Avelino adormece. Profundamente. Sonha.

— Sabe — diz Avelino à mulher, Silvia, no dia seguinte, à mesa do café —, esta noite sonhei com o homem do relógio da luz.

— Muito bem — diz a mulher, irônica. Com o antigo ou com o novo?

— Com o antigo, é claro.

— O quê está claro? Como distinguiu um do outro se você não conheceu o morto nem conhece o que virá? Ou que já veio?

— Veja — diz Avelino —, foi assim que sonhei. Sonhei que pensava nele (no que morreu) olhando para o relógio da luz, deste ângulo da mesa. Pensava nele, no que sabia sobre ele, isto é, que ele vinha uma vez por mês examinar o relógio. Pensava nele como ontem, como hoje, como faço agora, deste ângulo da mesa, de minha cadeira. Sim, pensava nele como agora, olhando para o relógio da luz meio escondido entre as plantas. Exatamente deste ângulo, como faço hoje. Exatamente.

A mulher recorda as palavras que o marido havia pronunciado na manhã anterior e que então registrara maquinalmente, porque enquanto ele falava ela tinha outra coisa na cabeça.

— Ah — diz Silvia, triunfante por ter aprendido tão bem a lição, ainda que de cor. — Então foi um sonho absurdo, absurdo do ponto de vista do sonho?

— É verdade — confirma o marido.

— Então não teve nenhum cabimento, não é mesmo?

— Nenhum — confirma de novo Avelino.

Primeira aula prática de filosofia

O Senhor Governador na véspera havia comido ostras em um restaurante que se popularizara com frutos do mar. Hoje, segunda-feira, dava aos jornalistas uma entrevista coletiva sobre muitos assuntos de interesse da comunidade. A primeira entrevista depois das férias de verão.

A um determinado momento, o acontecimento de ontem (a deglutição de ostras), aparentemente sem relevância, influiu no de hoje (a entrevista) de uma forma fulminante, direta e irreversível, como um estilete que, lançado por trás, viesse a atingir algo vital pela frente, atravessando-o.

O Senhor Governador sentiu súbita cólica exatamente no momento em que um jornalista lhe perguntava:

— Mas acredita que isso seja realmente viável para o próximo ano, Senhor Governador? Não será muito otimismo seu?

No momento seguinte, suas fezes haviam-se transformado em água, empapado suas cuecas e lhe desciam pela perna abaixo.

O jornalista aguardou a resposta.

Nenhum odor suspeito, nenhum ruído revelara aos presentes o acontecimento insólito.

Muitas vezes, antes de tomar posse, o Senhor Governador imaginara e temera situações delicadas. Ou temia que pudesse perder a voz diante de um microfone, ou que a sua cabeça se esvaziasse em uma entrevista coletiva como a de agora e que então ele não conseguisse mais dizer coisa com coisa; e outras piores; calúnias, campanhas. Ora se via em um radiante dia de sol, ao lado da mulher, assistindo na capelinha branca, recém-caiada, à missa inaugural de uma escola para excepcionais, e logo depois na negra noite, sendo arrancado do leito da amante, flagrado pelos repórteres. Temores, presságios de toda ordem. Nunca isto.

O jornalista perguntou de novo.

O Senhor Governador, sem poder falar, acenou sorridente e positivamente com a cabeça. Nova descarga intestinal, igualmente silenciosa, igualmente terrível e sem deixar sinais perceptíveis no ambiente, fez com que ele começasse a raciocinar com incrível rapidez sobre frutos do mar. Quando deteriorados são os que produzem as intoxicações mais graves, as mais sérias, meu Deus, até onde iria a coisa? Nova descarga foi a resposta. E outra, e outra.

Suando frio, o Senhor Governador aproveitou a pausa do cafezinho para passar discretamente ao chefe da Casa Civil, ali presente, um bilhete com os seguintes dizeres: "Acho-me em uma situação incrivelmente delicada. Se não der um jeito de evacuar a sala nos próximos minutos não responderei por mim". O pequeno xis debaixo da palavra "evacuar" (escrito em letra enviesada, solta, quase um rabisco, procurando simular o resultado de uma escapadela da caneta) pretendia dar a pista.

O tema seguinte a ser tratado era o da utilização dos dinheiros públicos.

A porta foi de novo aberta pelo garçom que saía levando a bandeja de volta. Estabeleceu-se uma corrente de ar. O bilhete voou e foi parar nas mãos de um jornalista, o mais terrível, repórter do pequeno indômito jornal *A Têmpera*. Leu e passou adiante. O segundo a ler foi o repórter do enorme colosso econômico *O Liberal*. O bilhete passou de mão em mão.

Os jornalistas exigiram uma resposta imediata.

O Senhor Governador pensou: ou dou as costas a esta matilha, exibo o traseiro sujo e limpo minha honra, ou não exibo coisa nenhuma e estou perdido. Em um caso não escapo ao ridículo, no outro, à desonra.

O Senhor Governador fez a sua escolha.

Virou de costas e desapertou o cinto.

O repórter do pequeno indômito jornal gritou:

— Rouba e depois despacha nas calças de medo!

O repórter do colosso econômico ajuntou:

— E se exibe! É o fim de uma civilização! E se exibe!

Abateu-se sobre o governo o furacão da indignação pública. Foi exigida a renúncia do governador.

O Senhor Governador sempre fora um homem de modestas posses. Mas sabia, antes de deixar o governo, exatamente o que precisava fazer. O restaurante Mar Sereno vinha a ser de fato apenas um elo em certa poderosa cadeia de restaurantes. A cadeia estendia-se de norte a sul do país. Para vencer tanta força econômica, só com mais força ainda. A desgraça absoluta dera-lhe uma audácia igualmente absoluta. Apesar dos olhos do país estarem voltados para a sua pessoa e seus últimos atos, alguém, de dentro do governo, interessado em remanejamento de várias ordens, ensinou-lhe a delicada e certeira arte de desviar verbas. Foi uma surpresa para ele, até aí probo e inexperiente. Não tinha nada a perder. Não o acusavam disso mesmo?

Já fora do governo, o ex-governador, agora simples cidadão, conseguiu mediante quantia não desprezível que o colosso econômico movesse gigantesca campanha contra a cadeia de restaurantes, causa de sua desgraça administrativa.

O proprietário da cadeia acabou arruinado.

A sequência de artigos "Saúde pública e restaurantes" deu grande prestígio ao jornal, assim como a todos os jornalistas que dela participaram. O fotógrafo que fotografou séries infindáveis de ostras em decomposição era o mesmo que fotografara em tempos idos, para a revista espírita *Outro Mundo*, ectoplasmas e, para a revista de ufologia *Mundo Outro*, ufos para a América e óvnis para o Brasil. Ganhou, com esse trabalho para *O Liberal*, o grande prêmio de fotografia da imprensa, Ângulo, e foi ainda agraciado com uma viagem à Europa.

A série de reportagens, posteriormente reunida em livro e editada com esplêndido êxito, foi dedicada ao cidadão Cássio Rocha, "quando governador homem interessado nas grandes causas ligadas à saúde pública", contra o qual nunca se conseguira provar nada e que caíra simplesmente porque "todos sabem que o bom e simples povo brasileiro jamais pôde resistir ao impacto de uma anedota".

A causa da intoxicação do ex-governador ocorrida tantos anos atrás não se deveu na verdade aos frutos do mar. Um bife malpassado, comido no próprio palácio, teria sido o agente responsável. O ex-governador nunca soube propriamente do bife, mas os altos custos cobrados pelo fotógrafo para fotografar ostras em decomposição foram-lhe bastante reveladores.

Estava muito em moda na ocasião, no planeta, assuntos de saúde pública. No Brasil, na vigésima edição do livro, o ex-governador foi reeleito.

Porém, lá pela metade do seu bem-sucedido segundo governo, o cidadão Cássio Rocha começou a dar grande destaque foi aos problemas culturais. "O meio ambiente do homem é a cultura." Esse lema, com variações, vinha a ser prioritário nas publicações mais respeitáveis do exterior. A grande atenção dirigida à secretaria da Cultura pelo governo chegou a provocar o ciúme das outras secretarias. O Senhor Governador passou mesmo a chamar a cultura a si, a ter um salão lítero-filosófico no próprio palácio, frequentado pelas melhores cabeças pensantes do Estado e até do país. Aborrecia-se um pouco principalmente quando as reuniões eram sobre filosofia da ciência. Mas como a palavra ciência, assim supunha, imprimia um cunho mais imediato de utilidade pública à filosofia, tais encontros eram frequentes e bem-vindos. Um dos participantes adorava citar Mário Bunge, físico teórico de formação filosófica e que dizia coisas absolutamente impenetráveis para o Senhor Governador.

Bunge dizia:

"O fato de que as teorias não lineares sejam raras não é tanto uma peculiaridade da natureza como um sintoma da infância de nossa ciência." Ou "Os fatos singulares ao nível social são uma interseção de uma quantidade de leis que pertencem tanto ao nível integrativo social como aos inferiores. Por exemplo, as decisões dos indivíduos que participam de um acontecimento histórico dado estão motivadas por fatores biológicos, psicológicos, intelectuais e outros, porém só têm eficácia se se adaptam a um esquema social".

O Senhor Governador não compreendeu nunca a intensa e subterrânea ligação entre alguns eventos ocorridos no espaço que ia de sua destituição à sua nova posse e as mais delicadas elucubrações daquele "filho da puta filósofo", daquela "aberração da natureza", como se permitia chamar o fã de Bunge na intimidade, depois das sessões findas.

O curioso, porém, é que o próprio "filho da puta filósofo" nunca percebeu realmente a impositiva ligação entre o vivido e o pensado. Lia e compreendia com avidez o já lido e o já pensado; expunha com igual entusiasmo mas...

... enquanto isso a vida, tortuosa, intestina, absorvente, excretora, desenrolava-se diante dos seus olhos cegos — enorme pesada jiboia capaz ainda assim de se movimentar com inigualável elegante precisão e acompanhar coleando os arabescos do tapete persa da sala de recepção do Palácio do Governo.

Cai fora

Se você é dado a piruetas ou simplesmente tem alguma agilidade física, plantado no meio do parque do Ibirapuera em uma manhã de domingo, faça o seguinte: jogue o mais que puder o corpo para trás em arco, a cabeça também vergada para trás, seguindo o movimento do corpo; se você tiver o hábito regular da ginástica, o corpo facilmente terá traçado um semicírculo quase perfeito; depois irá voltar feito mola, refazer o semicírculo em sentido contrário. Terá você visto então o parque do Ibirapuera de horizonte a horizonte e saberá que não existe nenhum encadeamento de nuvem nessa extensão de espaço. Teus olhos terão prendido de ponta a ponta, na vegetação rasteira, o azul nítido do céu — como um toldo de circo armado antes da função.

Você poderá não ter chegado ao parque pelo portão 8, mas você deve tomar a perspectiva do portão 8 para que a história tenha início.

Quem entra pelo portão 8 encontra logo um posto achatado contendo os seguintes dizeres indicativos; para o lado esquerdo de quem o olha: Pavilhão Japonês, Astrofísica, Planetário, Show Room, Restaurante. Para o direito: Sorvetes, Viveiro M. Lopes, Parque Infantil, Esportes, Administração do Parque, Cães Pastores.

Um pouco atrás de você (você está lhe dando as costas) fica o sanitário duplo, para homens e mulheres; uma só construção dividida por parede-meia. Em uma placa acha-se escrito que abre às 7h30 e fecha às 21h30, mas o encarregado da limpeza diz que na verdade fecha antes. Com um pouco de boa vontade pode-se facilmente concluir que por trás de suas paredes cinzentas ocorra algo mais que os costumeiros xixis. (E por que não? Por que nossa capacidade imaginativa necessariamente deveria se exercitar fora dos mictórios e não dentro? A meu ver essa atitude mental revela algum preconceito.) Não afirmo nada, mas talvez seja no próprio mictório que um garoto já crescido, muito popular em Vila Nova Conceição, Itaim e adjacências (assim como no próprio parque), "Mijo de Ouro", realize o seu famoso e tão celebrado "mijo dos sete esguichos". Todavia, acho pouco razoável agora convidar você para entrar no mictório e verificar por conta própria, nele, a presença ou não de Mijo de Ouro. O dia está tão bonito!

Mais prático caminharmos juntos, à direita, na direção do setor Esportes; ele bem poderá se encontrar lá (afinal, o que o leva a supor que passe o dia confinado no mictório?); se não ele, outros habituais frequentadores do parque.

Existem aproximadamente sete quadras de futebol de salão neste lado do Ibirapuera.

A partir daí, e sendo domingo, penso no senhor prefeito e em outras figuras notórias do município. Vejo-as de maneira clara, quase transparentes, figuras desenhadas em bandeirolas. Há uma brisa leve agitando cabelos e falas. Jornais, rádios, entrevistadores, reproduzem suas afirmações. As vozes vêm alteradas pela distância. Distingo mesmo um palanque, um gesto cordial na direção do povo, um menino se ergue em dia de parada e acena. O conjunto das afirmações insiste muito no lazer, um direito do cidadão. Fala-se em centros educacionais recreativos, fala-se em "ruas de lazer". Existem, por exemplo, hoje, as ruas de lazer, que não existiam antigamente. É verdade que antigamente poucas ruas existiam, fato que provavelmente teria deixado desocupado um espaço muito maior para o lazer. Todavia com esse tipo de raciocínio caminhamos em direção às extrapolações ociosas, o que, em absoluto vem a ser a mesma coisa que o exercício consciente do lazer. As autoridades, aliás, advertem para a diferença existente entre uma rua fechada para o lazer (um dia ou no máximo dois dias da semana) e um terreno baldio, aberto (a semana toda) ao uso indisciplinado da população; seja como depósito de lixo, seja como campo improvisado de futebol.

As sete quadras de futebol de salão do Ibirapuera estão todas ocupadas.

Futebol de salão é um negócio limpo e controlado. As quadras podem ser de asfalto, cimento ou madeira; são pequenas, uma adaptação das quadras de basquete e vôlei. Foi inventado por alguns elementos da Associação Cristã de Moços, em São Paulo, nos anos 1930. O que poderia haver de mais saudável, prático e voltado para a juventude?

Quando o futebol de salão ocorre no salão mesmo é que é bonito. A madeira brilhando sob o efeito das luzes, a arquibancada reduzida cercando a quadra como um cinturação humano: calor e vibração. Mas quando o futebol de salão sai do salão e é jogado a céu descoberto como hoje no parque, então as coisas mudam. Diante do céu aberto, este, confinado, sonha com o outro, o grande e imenso, o que se desdobra em ondas e cujos limites se esfumam nas linhas de fundo e laterais.

Apesar das quadras ocupadas, existem alguns teimosos que tentam jogar partidas improvisadas entre uma quadra e outra ou mesmo em local afastado de pouco movimento. Outros times aguardam a vez assistindo às partidas em andamento. O golpe é chegar bem cedo e ocupar logo a quadra.

Vejo estampado em teu rosto muita curiosidade; você pisca diante de tanto sol, luz e gente.

O que eu sei você também saberá:

Jogam na quadra do meio Azes de Vila Nova contra Mercúrio. Os dois clubes são formados por empregados da pequena fábrica de móveis Decordil, que fica próxima à Marginal, na nova avenida que corre sobre o antigo córrego do Sapateiro. As imobiliárias avançam e tomam conta da região; logo a Decordil terá que se mudar. Os clubes são bem organizados, já existem há um ano. Às vezes solicitam com antecipação, mediante ofício, permissão para ocupar uma quadra do Centro Recreativo do Ibirapuera, bem perto do parque, o que é, porém, mais trabalhoso. O pai de Onofre, goleiro do Mercúrio, mora no local há muitos anos. Lembra do tempo do córrego do Sapateiro;

tudo ali em volta era terra preta não tratada, favelas nas imediações do córrego e muito futebol em terreno baldio, em espaços quase do tamanho de um campo verdadeiro. Futebol de salão para o pai de Onofre é como futebol de botão, "uma titica". "O quê? Fora do salão, no parque, com gente torcendo, com torcida organizada, o pipoqueiro e tudo, fica com outra cara? Só porque vocês querem. Uma titica do mesmo jeito."

Na última quadra, perto do espaço reservado para os cães pastores, joga o clube Santo Amaro contra o Floriano, ambos formados com caixeiros do comércio compreendido entre a av. Santo Amaro, próxima à Brigadeiro Luiz Antônio, e parte da rua Joaquim Floriano. Os do Santo Amaro têm camisa verde com uma diagonal em branco e os do Floriano, camisa amarela com círculo no peito.

Não há nada que eu lhe possa contar de particular sobre os jogadores de cada time (cinco de cada lado, como deve ser), exceto de um; trata-se de um caso esquisito, o deste jogador. Observe como os seus olhos têm um brilho diferente. Efeito de muita luz, da incidência do sol na íris castanho-clara, ou tem parte com as coisas acontecidas há pouco tempo em sua vida de vinte e dois anos?

Juraci (do Santo Amaro) sempre jogou futebol, desde pequeno: futebol de canto de muro, de várzea (morava então com a família em Vila Formosa), de terreno baldio, de rua e, há meio ano, aqui no Ibirapuera, "de salão". Mas desde que começou no Ibirapuera que não marcou mais nenhum gol (isto até o mês passado). Tanto os do Floriano como os do Santo Amaro, consolaram como puderam Juraci. "É preciso tempo para a gente se acostumar a jogar futebol deste jeito, espremido; uns se acostumam antes que os outros, só isso. Você não foi moleque de várzea? Então!"

Mas houve uma outra explicação menos simples para o que estava acontecendo com Juraci.

Juraci conheceu Jandira quando começou a disputar pelas cores do Santo Amaro há meio ano. Jandira trabalha em um banco da av. Santo Amaro, o Vera Cruz; faz a faxina e serve o cafezinho; ela e mais três garotas. A ambição de Jandira na vida é ser promovida de faxineira a garota Vera Cruz. Cada novo ano uma nova garota Vera Cruz, vestindo sempre a mesma camiseta branca com o nome Vera Cruz impresso na frente, sorri de dentro de imensos cartazes (*outdoors*, lhe explicou um caixa sabido) espalhados pela cidade. Jandira possui a convicção secreta de que o seu busto tem o volume e o feitio certos para vestir uma camiseta Vera Cruz. Tem o sentimento profundo de que, inflado pelos seus seios, o Banco Vera Cruz irá finalmente ganhar o merecido relevo. Todavia, mesmo sabendo que nunca terá a coragem de fazer chegar ao conhecimento de ninguém (nem mesmo dos caixas, quanto mais da gerência!) o nome da garota Vera Cruz ideal, ainda assim gosta muito de trabalhar no banco; ainda que essa certeza profundamente enraizada no fundo de seu coração jamais chegue à superfície de sua pele jovem. O banco tem uma porção de papéis impressos coloridos, livretos com fotos de gente alegre vestida na moda, espalhados pelos balcões. Jandira sempre leva alguns consigo. Nesses impressos, além das fotos de que tanto gosta, existe uma porção de números e coisas que não entende; há porém também neles uma frase muito bonita de que entende e gosta e que aparece frequentemente ao lado das palavras Vera Cruz: "Nós confiamos no Brasil" (Sempre que o seu olhar cai sobre a frase, ela volta a pensar nos seus seios; não sabe bem por quê; é como se eles, afinal de contas, pudessem aguardar confiantes a justiça do governo que não falha, como a divina). Juraci, desde que conheceu Jandira, não dormiu mais com mulher nenhuma, mas não tem coragem de fazer nada com Jandira. Ela ainda é virgem, mora sem a família em São Paulo, divide o aluguel do quarto com duas amigas, diz que com Juraci ela gostaria, não tem medo. Mas Juraci não tem coragem. Nem se aproxima muito. Dessa época em diante (que coincidiu com sua estreia na quadra) ele também deixou de marcar gol. Ficou triste, muito triste. O gerente da loja onde trabalha reparou. Disse: "Você está registrado, tudo certo, tem o seu INPS. Mas eu se fosse você não confiava neles para doença de cabeça. Deus me livre! O que eles fizeram com uma tia minha! Outro dia passou aqui um moço muito decente, uns modos finos, olhe aqui o cartão: ele e mais um amigo tem consultório de doenças de cabeça, nervosismo, cismas, essas coisas, na Afonso Brás. Estão pegando gente de fábrica, do comércio local para fazer... uma espécie de estudo, não sei bem. Para isso eles têm um horário reservado; nesse horário as consultas são de graça. Por que você não tenta?".

Juraci passou a ir uma vez por semana depois do expediente da loja. O dr. Júlio tinha a fala macia, parecia bom sujeito, não devia ser assim tão mais velho que Juraci; longe dos trinta.

Ele disse, as primeiras vezes, para Juraci deitar no divã e falar à vontade. Como Juraci está sempre muito cansado e um dia chegou mesmo a dar uma cochilada, o dr. Júlio teve que abandonar, não sem certo aborrecimento, a ideia do divã. Insistiu, porém, de igual forma para que Juraci, ainda que obrigado a sentar na cadeira dura de espaldar alto (esta mobília é provisória, da casa da família de minha mãe, um amigo vai fazer a decoração), relaxasse e procurasse ficar como se estivesse na *sua* casa. (À palavra "sua", Juraci esfregou prolongada e desconfiadamente o polegar da mão direita no braço da cadeira). Juraci podia falar sobre qualquer coisa que lhe passasse pela cabeça, alegre, triste e também das coisas que lhe dessem medo. Ele tem, por exemplo, muito medo de ficar para o resto da vida no mesmo emprego e no mesmo lugar como se estivesse, no recuo do terreno, espiando a cidade de longe. Mas não era sobre isso que falava. Dizia outra coisa, sempre a mesma: não conseguia marcar nenhum gol na quadra de futebol de salão do Ibirapuera, não conseguia dormir com Jandira. Nem em sonho.

— Com o que você disse que sonha? — perguntou o médico.

— Como, seu doutor?

— Pergunto: você sonha com a quadra ou você sonha com Jandira?

— Com eu na quadra numa noite, na outra com Jandira na cama. Mas nunca acontece nada.

— Você tem ciúme de Jandira? — perguntou um dia o dr. Júlio.

— Não, seu doutor. Hoje em dia tem a pílula, mulher nenhuma está segura, mas Jandira gosta mesmo é de mim, ela jurou que vai ser minha quando eu disser que é hora. Tem um tal de Artur que também joga no Ibirapuera pelo Mercúrio: ele conheceu Jandira quando ela estava lá me vendo jogar no campo, quero dizer, na quadra, depois não sei quem contou para ele o emprego dela no banco; agora está sempre lá, cercando ela. É um tipo muito sem--vergonha, mais velho, vem sempre se chegando cheio de histórias. Mas eu confio em Jandira. Não confio é em mim. Ele nem se levanta mais, seu doutor! Nem no sonho!

Há uns dois meses, inesperadamente, o dr. Júlio disse para Juraci bem devagar, logo que ele se sentou para a consulta costumeira:

— Olha, Juraci, vou ter que viajar, viagem de estudo, sabe, para os Estados Unidos, para aperfeiçoar os estudos. O governo é que devia me pagar, não meu pai arcar com tudo. Mas no Brasil é assim. Esse negócio de bolsa, nem sei se você sabe o que é, uma mamata, isto sim. Meu colega, o doutor Rubião, desanimou aqui do bairro e vai mudar para outro: lhe digo, Higienópolis. Lá é tudo muito mais caro, não se pode ter o luxo de um horário grátis, compreende, mas ele acha que vale a pena, quer dizer, a mudança, não outra coisa; é um sujeito muito humano; mesmo. De forma que vamos acabar com o consultório e eu vou ter que terminar os encontros aqui com você. Agora preste atenção. Você não tem nada de mais. É que na vida as coisas se misturam mesmo muito, sabia?

— Mais ou menos, seu doutor.

— Eu lhe explico. É errado eu lhe explicar, bem sei. Você é que devia ir descobrindo as coisas aos poucos, à sua maneira, mas não temos tempo, que remédio?

(O dr. Júlio suspirou e ficou um tempo pensativo.)

— Agora preste atenção: quando você está na quadra, no ataque, querendo acertar no gol, onde você pensa que está?

— No jogo!, seu doutor.

— Não, senhor. Na cama com Jandira!

— O seu doutor é quem sabe, é quem diz. Mas se me permite...

— Um momento! E quando está na cama com Jandira?

— Eu nem tenho coragem de levar Jandira para a cama, já falei sobre o assunto muitas vezes.

— Não é isso. E quando pensa em Jandira na cama? O que acontece?

— Só isso mesmo, seu doutor. Justamente, não acontece nada.

— "Só isso mesmo"! Não é "só isso mesmo" de forma alguma, Juraci. Quando você pensa em Jandira na cama, na verdade você está pensando no pensamento que fica escondido dentro desse como uma caixa dentro da outra, compreendeu? E o pensamento escondido é o de que você não consegue marcar nenhum gol no parque! (O dr. Júlio por sua vez pensou: "Quando eu tiver mais vagar, é indispensável que desenvolva minha teoria de uma simbologia cruzada nas manifestações intensas de bloqueio. É impressionante como neste caso a esfera do erótico, do lúdico e do onírico se interpenetram. Estamos sem dúvida diante de um caso modelo".) A vida é um jogo! O amor é um jogo!

— Me lembro agora, seu doutor. Meu tio, goleiro de muito nome lá em Vila Formosa, sempre falava deste modo em casa: "A vida é um jogo e só marca gol quem está por cima".

— Isso, Juraci. Agora preste muita, mas muita atenção mesmo no que eu vou lhe dizer. No sonho ou na vida, na quadra ou na cama, quando você conseguir marcar um gol, um só, já basta entendeu? Você estará curado, quer dizer que está livre, pronto para fazer todas as coisas de que gosta. Vamos! Sempre no ataque, centroavante! Até a volta! Não me deseja felicidades?

— Tudo de bom para o senhor no estrangeiro, seu doutor. E eu agradeço de coração o que tem feito por mim.

— Eu é que lhe devia agradecer. Você é o exemplo vivo, a confirmação da minha teoria sobre as simbologias cruzadas!

— Tenho muito gosto em saber, seu doutor. Ainda assim lhe sou agradecido de coração.

— Ora, deixe disso.

— Ainda assim.

— Não me agradeça. E quando centrar no gol pense com "profundidade" nas perninhas abertas de sua namorada, bem no meio delas, promete?

— Seu doutor!

— Promete?

E então, exatamente há um mês:

— Gol!...

O gol de Juraci foi marcado numa sexta, em final de campeonato, pouco antes do Ibirapuera fechar os seus portões, debaixo do foco das luminárias, as mariposas batendo nas luminárias. O time do Santo Amaro festejou a vitória do clube com muito chope e alegria. A noite estava quente; Juraci resolveu dar um pulo na pensão onde mora Jandira para lhe contar a vitória. Tinha esquecido completamente o dr. Júlio e as coisas que dele aprendera sentado na incômoda cadeira de espaldar alto no consultório da Afonso Brás, quando, chegando ao quarto de Jandira, surpreendeu a seguinte conversa pela porta entreaberta:

Amiga nº 1:

— Perdeu o cabaço hoje, já não era sem tempo.

Amiga nº 2:

— Ela tinha tomado a pílula?

Amiga nº 1:

— Ela me disse que sempre toma a pílula, porque nunca se sabe o dia de amanhã.

Amiga nº 2:

— Claro que não foi o trouxa do... ah! Juraci!

Amiga nº 1 e nº 2 ficaram olhando para Juraci muito assustadas.

A amiga nº 1 teve presença de espírito e falou:

— Ô Juraci, qual é? Escutando conversa dos outros?

Mas a alegria de Juraci não tinha limites. Gritou bem alto, a pensão toda ouviu:

— O doutor Júlio é um homem de bem!

Jandira vinha chegando de fora, voltou correndo assustada para a rua. Juraci alcançou-a na escada, puxou-a pelo braço. Ela falou chorando:

— Perdoa, Juraci! Não tive culpa! Foi o Artur! Ele me deu bebida, eu...

Mas suas palavras não foram ouvidas por Juraci, porque ele falou bem por cima das palavras dela, como numa fita de gravador que quando grava uma nova fala apaga a que está por baixo:

— Pode parecer doideira, mas é assim mesmo, Jandira! O doutor já tinha avisado, eu que não liguei para a ciência dele! Mas era verdade! Ele é que estava certo! Eu marquei gol em você, só em você, coração, mas o Santo Amaro inteiro comemorou a vitória!

O gol da vitória trouxe uma modificação tão grande na vida de Juraci que logo em seguida ele marcou mais seis: três na quadra e três na cama, ou vice-versa, já que tudo vinha a ser a mesma coisa.

Naqueles dias felizes Juraci andava filósofo; dizia sempre para quem quisesse ouvir frases bonitas assim:

— A vida é um grande campo de futebol!

Ou:

— Quem fica na arquibancada da vida e não desce pro campo é porque tem medo de mulher.

Ou:

— Trepada com mulher paga é como gol de pênalti. A gente marca porque está fácil, mas não tem a mesma emoção.

Nesses dias de muita animação e filosofia, Jandira mal abria a boca e não havia mesmo por quê. A primeira vez que Artur cobrou de Jandira um novo encontro e ela deu um muxoxo, ele gritou:

— O que você pensa que eu sou? Jogador na reserva?

Na segunda vez Jandira foi definitiva:

— Você pode ser muito sabido, já ganhou dinheiro com jogo de bicho, já viajou pelo interior todo, mas não entende nada de ciência. Nada! E de futebol muito menos, fique sabendo!

E dessa forma Artur foi definitivamente expulso do campo.

Jandira acabou acreditando no dr. Júlio quase tanto quanto Juraci; um pouco por causa dele mesmo, que sabia ser muito jeitoso quando explicava as lições aprendidas, particularmente na cama; e um pouco por causa de sua mãe, porque a ciência dela combinava em alguns pontos com os acontecimentos das últimas semanas. A mãe de Jandira, mulher de lavrador do Vale do Paraíba, da cidadezinha de Buquira, sempre dizia que manduruvá (uma taturana grande, muito feia e peluda) era um perigo para mulher, principalmente se fosse virgem. Só a moça encostar nela e ficava logo de barriga. Já o irmão de Jandira, o Antenor, afirmava que o manduruvá tinha era tirado muita moça solteira de encrenca. Nessas ocasiões em que o irmão falava assim, a mãe, afrontada, pedia ao filho que se arrependesse, não pecasse pela boca, não pusesse em dúvida a Ciência do Céu e da Natureza.

Você que me acompanha sabe agora por que o brilho do olho de Juraci é diferente e por que ele joga com tanto gosto. Veja quanta gente, que bonito. Quer um pacote de pipoca?

O jogo entre o Santo Amaro e o Floriano cresce em emoção; são os últimos minutos, é o último jogo do campeonato; como no estádio; como no estádio. No futebol de salão o juiz não pode apitar impedimento porque não existe nele a lei do impedimento. Mas é só o juiz se mexer que a torcida grita igualzinho como no Morumbi:

— Um, dois, três... quatro, cinco, mil... o juiz que vá para a puta que o pariu!

Juraci quebra o corpo de lá para cá; o que não dá para correr no pequeno espaço da quadra ele compensa com a agitação do corpo.

A infância de Juraci:

Os urubus na trave, o brilho da água empoçada, a várzea lavada depois da chuva, a cidade longe na linha do horizonte. Por esta várzea passou a infância de Juraci; ele cresceu como o casario longe; tem pés volantes, corre, atingiu o limite da cidade. (Quando o sol evapora a água da chuva, o capim ralo da várzea ondula com o vento; o chão está solto, respira, sobe e desce devagar como a pele viva no sono.) Juraci homem olha para trás. Olha com seus olhos claros por onde passa muita luz, olha através da quadra, dos limites precisos da quadra, do chão duro e igual, a várzea solta.

E agora vai acontecer uma coisa imprevista, uma desgraça. Você, largue de ser diletante, abra os olhos, se quiser sofra, mas se abstenha, eu lhe peço, de fazer julgamentos morais; não vêm absolutamente ao caso.

Repare:

Um dos PMS montados que tomam conta do parque vem vindo ao longe: toc, toc, toc. Vem aparentemente tranquilo pelo caminho de asfalto. Mas chega e vai logo gritando para os times Santo Amaro e Floriano que estão jogando:

— Acabou o horário, acabou o horário! É hora de sair da quadra e dar lugar pros outros que estão esperando a vez. Como é agora, ganharam a quadra?

Mijo de Ouro, que está sentado ao pé de uma árvore, escondido por um arbusto, levanta-se e grita acusadoramente:

— Foi comprado, foi comprado que eu sei! Eu vi! O pessoal do Vencedores do Itaim deu dinheiro para ele forçar a saída do campo. O time quer jogar hoje, mas chegou tarde, eu sei. Ele recebeu grana!

O PM grita por sua vez:

— Vai se mandando, moleque, se não quer encrenca!

Mas Mijo de Ouro fala e explica para quem quiser ouvir:

— Não existe essa no parque de "acabou o horário". Isso é invenção dele porque recebeu dinheiro. E não é a primeira vez, hein?

O PM fica nervoso, fustiga o cavalo. O cavalo empina.

Nós aqui embaixo, o cavalo com as patas erguidas, só se enxerga a barriga do cavalo, as patas dianteiras curvadas no ar e lá em cima a cabeça do PM. Ele parece muito forte com o corpo meio escondido pelo corpo do cavalo lançado para o espaço. Mas, nessa fração de tempo em que ele está imóvel no cavalo empinado, eu digo rapidamente no teu ouvido o que sei dele: É apenas o Chico Bernardino, precisa de muito dinheiro em casa porque lá tem doença séria. É o mal de Chagas, e o bicho já pegou a garganta da mulher por dentro; já comeu metade da sua fala, vai comer o resto. Por muitos anos ficou quieto dentro do corpo da mulher; nem se sabia dele. E agora é o fim. É pouco o que sei, mas muda o sentido desta figura vista de baixo para cima, deste cavalo mantido no solo apenas pelas patas traseiras, dos músculos salientes do seu ventre distendido. Pois não somos só nós que estamos com muito medo. O cavalo está com medo porque já sentiu o medo do PM. Sim, o PM está com muito medo, o cavalo está desgovernado. O PM puxa as rédeas para o lado, as patas descem de golpe e vão para a direita, apanham a cabeça de Juraci em cheio.

Muitos gritos, como no estádio. As vozes sobem para o ar com violência, xingam, os punhos estão erguidos.

Agora é noite e logo mais fecham o parque. Vamos embora. Você quis ficar, por que você quis ficar? Amanhã no cemitério de Vila Formosa, lá ele vai ser enterrado. Quem tem culpa num caso desses? Um descuido. Uma falta de sorte. Veja, assim no escuro, as quadras. (Não tenha receio de tropeçar; desligaram a luz por algum motivo, parece que vem tempestade.) À luz da lua cada retângulo de quadra se destaca branco, não é mesmo? A gente até pode contar. Tua cabeça cai com violência sobre o peito; para que você olhe para este chão e pergunte:

Esta lousa é o chão da quadra?

Esta quadra é a campa para aonde vai Juraci?

A campa de Juraci é a quadra dentro do sonho? A diferença de Juraci no sonho era com:

Jandira?

O futebol?

A diferença de Juraci na quadra era com:

A vida?

O sonho?

O parque?

A cidade?

Tua bexiga está cheia que eu sei, você está andando curvado: pelo medo, a desgraça, o sofrimento. Vai e solta tudo. Não o mijo de circo do Mijo de Ouro, seu patife. Nada de gracinhas para fingir que não tem coração, que é duro, que acha que tudo "é esporte". Mija como tem vontade, pesado, com muito choro no meio, sacudido. Já está trancado o mictório? Que fino! Não vai me dizer que só conhece mijo de salão. Não seja estúpido! Mija fora, a céu aberto. Mija sem medo de sofrer, ignorante. Mija sem susto que ele está morto. A função acabou. De manhã o céu azul de ponta a ponta. E o teu corpo para trás repetindo o arco do céu. Há pouco a lua, e tua cabeça caída para a frente na direção do solo. Agora o céu está fechado. Acabou.

Mijado, você ficou vazio. Parece que está mais bambo de pernas do que antes. Eu te seguro pelo braço. Repita agora comigo as palavras que eu vou dizer.

Não porque sejam bonitas, desgraçado! Mas porque rimam com o acontecido, com as coisas que vieram e passaram juntas:

"A várzea depois da chuva, os urubus agrupados na trave, a água empoçada, Juraci morto, Jandira sem o cabaço e o esporte das multidões guardado, como no cemitério estão os defuntos, aqui, nas pequenas quadras."

Olha lá o portão 8. Não foi por ele que você começou? Cai fora.

Passamento

Gostava muito da vida desde nascença: gostava no pouco, no muito, até no descolorido descobria o vermelho. Lembrava, conhecia, somava, fazia as coisas com jeito ou não, mas sempre querendo. Um dia ficou muito doente, não sabia o que era isso. Uma luta, de dentro, das partes do corpo desencontradas. Uma luta, nele, à revelia; não usou a palavra mistério porque não cabia; o que sentia era preciso, ia ao fundo. Se irritou com a vida como um cisco no olho, desejou que saísse, fosse expulsa de si, mas não teve força. Um cisco gigante, mas não soube se por fora do atrito. Passava a vida por ele indo para fora, mas não passava por inteiro; um argueiro levando tudo, mas ficando. Nada esquecia, tudo lembrava o corpo. Do nascimento à doença tudo se acumulou em um só ponto, fétido, uma vergonha para quem dispôs da alegria, uma miséria sem o lustro do comentário, ali mesmo posta, em suas partes, umas sobre as outras, um ponto só batendo, isso a consciência hoje, e de que fala ela? De nada! Ela grita! Ela clama! E pelo que clama? Não por amor, por paz, não por alimento, não por sentimentos, não por nada que tenha o selo de uma palavra clara, pois as palavras se foram,

por ar ela clama e é só uma garganta clamando, um pulmão, é um horror, um sorvedouro, é um ronco, só isso, não é o passado cheio, é o presente nítido — por ar tão limpo de outra coisa que não tem nome que nele caiba, por ar pedido sem palavra, puro ar perseguido no silvo, escapando,

e a recusa ao ar sem termo que a amenize, pois essa consciência não mais troca os miúdos e os graúdos da fala, os grãos empilhados do sentido que somam a existência como humana, não sabe mais da troca com o outro e por isso a recusa não é palavra humana, é um solavanco que lhe quebra o maxilar e pronto.

O Gordo e o Magro e Coisa Nenhuma

Quando menino assistia às fitas de o Gordo e o Magro em uma sala fechada, preta de tão escura, cheia de rangidos e arremessos. Gostava muito. Cresceu e se fez homem, esqueceu as fitas. Hoje quase velho, as fitas lhe voltam pela televisão. A sala em forma de L é cheia de luz, passa por ela um burburinho de novas gerações. A mulher o alerta para os perigos da vida sedentária sempre ali no mesmo lugar, nem gordo nem magro por enquanto, mas até quando nessa vida anti-higiênica? Ao dar por isso terá se ido para sempre: obeso e apoplético ou, alheio aos alimentos, em estado de desnutrição profunda, levado por uma pleurisia. Ele se ri com bondade do trocadilho a propósito. Ela insiste que lhe saiu sem intenção. Seria incapaz de emitir ruídos que fossem além dos costumeiros avisos domésticos, desvelos, intuições. E por que sempre o mesmo programa? A mesmice apressa a esclerose. Mas ele não liga, não se levanta, não muda o canal. Descobriu entre uma sala e outra, a negra da infância e a rútila do arremate, que a vida, ainda que o abarrote literalmente, corre por fora de seus cuidados. Um negócio que não lhe diz respeito no íntimo. Começou sem ele, vai sem ele. Não consegue cercá-la, pensá-la de ponta a ponta, e desautoriza que ela por sua vez o pense como a um peixe na rede. Não se trata disso, de uma questão de conteúdo e continente: de Quem é Quem no Grande Livro! A vida é um mistério, bem sabe que a vida é um mistério! se apressa a mulher a pacificá-lo diante de seu desespero aguerrido e mudo. Mas ele de há muito recusa panaceias. Cinzas e caspas o que lhe trazem? Por isso prefere os pontos cardeais repetidores, saudáveis em sua desambição teológica e precisão rítmica: tum-tum, tum-tum. O Gordo e o Magro, lado a lado, e, marchando entre os dois no mesmo passo, vai junto com eles, plic--plac, Coisa Nenhuma. Plic-plac, plic-plac.

O pai solteiro diante da técnica
e da moral

O pai solteiro foi intimado na delegacia a casar. Explicou que não o poderia por uma questão de princípio. Imediatamente levou um pé de ouvido: do avô materno daquele que, tendo nascido, lhe dera, a ele, origem. O delegado ergueu por sua vez o braço: em advertência. Era um delegado moderno, adestrado em moral e cívica; se fosse preciso lhe tiraria o sangue; mas pelo raciocínio. Falasse o acusado e fosse breve. O pai solteiro disse que a sua recusa em casar ligava-se a toda uma nova ordem de coisas, a ideais (quais? o delegado escutava, a mão em concha, atento a qualquer deslize). Veja, continuou o acusado, se existem no mundo de hoje tantas mães solteiras, facilmente reconhecíveis nas ruas, nos parques, nos coletivos, não deveria causar espanto, ou a repulsa que parecia observar ali na sala, um pai solteiro. A simples existência de mães solteiras convictas, além do mais, deveria ser a garantia da existência dos pais solteiros por convicção; e vice-versa, uma vez que uns não poderiam ter se originado sem os outros, resultando daí, desses pares solteiros, uma indissolubilidade de situação de fulgurante evidência: automaticamente. Aí o delegado perdeu a cabeça. Que se não sabia o abismo existente entre as delicadas manobras da moral e cívica e o grosseiro mundo das operações técnicas, e se discorria sobre automatismo quando o tema vinha a ser honorabilidade, não era um homem, muito menos pai, qualquer que fosse. E lhe cassou o título.

A trilha do sapo

OS PARCEIROS DO ALEGRE JOGO

Fábio, o amante feliz, rendeu-se no sentido pleno da expressão. Depois do segundo arremesso bem-sucedido o que sobra, porém, não é sono ou cansaço. Pois se Luísa e ele dormiram exatamente das cinco da tarde às nove da noite um sono de pedra e só então se jogaram de novo em cheio no meio da cama para mais uma partida do alegre jogo! Incrível. Mas é assim que Luísa nomeia o ato. (Observação de Fábio a um amigo dois meses antes de conhecer Luísa: "Ato" é o termo perfeito. Não compromete quem participa. Não obriga antecipadamente a qualquer estilo. Um espaço em branco. Cada um enfeita como quer. Não é com trinta e sete anos que vou começar a dizer trepada. — E por que não? — Porque não quero. Não sou macaca de auditório da geração que me vem logo atrás. Eles que trepem a vontade! Quem os proíbe? — Não seja bobo. Todo mundo usa. Afinal para você ter essa ideia maluca na cabeça eu me pergunto como se conversa na casa do teu pai. Qual o termo do teu pai para... — Deixemos meu pai fora disso, se não se importa; "intercurso" — Oh, meu Deus! — e o amigo se calou. Mas não Fábio: "ato", limpo, disponível, breve! É o que lhe digo, cada um enfeita como quer!) Luísa quis. Por acaso, exatamente uma representante da geração logo atrás. Vinte e sete anos, as costas retas, cabelos e ideias bem plantados na cabeça.

Hoje, depois que tudo se aquieta, Fábio lá está, sem peso, vazio. Alguma coisa, não ele, cede, nele adormece, retira nesse momento a Fábio o gosto vivo pela paixão que experimenta há seis meses. Em todos os afetos, mesmo os mais bem lançados, os nascentes, aqueles em que os parceiros ainda caminham um para o outro, oscilantes, inclinados para a frente, os braços abertos como se tocados por fortes rajadas de vento, cabelos e roupas desmanchados, desequilibrando-se sem respiração até virem a se encontrar (para reiniciar a marcha logo em seguida, pois cada encontro é uma simples estação) no meio do espaço amoroso, presos, sôfregos, soluçantes — mesmo nessas ligações iniciais pode sobrevir em alguns momentos certo fastio, certa paralisia do afeto, pequenas poças de sono formarem-se ocasionalmente aqui e ali nas margens da paixão. Isso pode vir a ocorrer depois de um encontro muito intenso como o de há pouco, mas não necessariamente. Pode surgir em outra ocasião qualquer, à saída do cinema, pela manhã, ao meio-dia, não se pode evitar. A paixão reflui, mas, quando volta, o tecido amoroso apresenta algumas avarias, pontos perdidos, elos rompidos. Estragos curiosos. E desses pequenos vazios, quebras, dessas deslembranças do afeto frequentemente nasce (como se fosse possível colar pedacinhos de "nada" e lhes dar consistência) alguma coisa de natureza por assim dizer contrária: como que a lembrança do futuro imenso. Da desmemória parcelada: uma memória de adição, atenta para o que ainda não houve, encestada no "infinito". Uma caixa de ressonância especial para o que soa como perda. Uma espécie de ouvido de ouvir o ermo. Uma memória enraizada no fundo do céu mais branco do qual foram excluídos as imagens, e luzes, e santos de todos os anfiteatros religiosos e as armações de todos os sistemas filosóficos com seus cachos de dúvidas, suas constelações de hipóteses, seus símbolos intrincados, sua particular refulgência. A resistência dessa abóbada celeste sem mácula tira forças exatamente do desvalimento da memória. Nela se robustece. Sua qualidade branca, inteiriça, sem poros, sem fratura, se assemelha ao ato ao qual se tenha cortado o apêndice "sexual" e depois metodicamente todos os outros que se lhe seguirem formando a cauda de uma existência, elo por elo, anel por anel, desprendendo-se um do outro, dessoldando-se: geração, jeito, gíria, cacoete, impulso, vontade.

É preciso agir rápido. Escapar a esse reconhecimento do futuro como um descampado. Enfeitar com urgência, de tudo: a cama, o céu.

CHÁ NO TAPETE

— Eu acredito na vida depois da morte, e você?
Estão sentados no centro claro batido pela luz que

vem do teto e imprime à superfície macia do tapete uma qualidade solar. Na sala ao lado do quarto. Bebericam o chá com biscoito antes do programa da noite. Amanhã é feriado. Poderão levantar muito tarde. Fábio insiste:

— E você?

Luísa endireita o corpo, traz as pernas cruzadas feito um buda, deixa a xícara ao lado no tapete. Fala:

— Quando eu era pequena aprendi o catecismo no mesmo livro que foi da geração de minha mãe e de uma amiga dela. Quem me ensinou o catecismo foi essa amiga, uma mulher pequenina, de pernas curtas, pele branca de hóstia. Tinha a testa abaulada, olhos astutos, suas roupas exalavam um cheiro esquisito, mistura de pão amanhecido e recinto pouco arejado, mas havia quem descobrisse nela certo odor de santidade. O livro vinha impresso em preto e branco em papel-jornal. Tinha uma única ilustração na abertura representando "Deus Todo-Poderoso Reinando no Universo". Assim — e Luísa desenha no ar — o céu: uma linha horizontal levemente ondulada. Deus (logo acima dessa linha), assim: o queixo e a barba ausentes, os olhos, duas elipses traçando a cavidade orbital. Saindo de trás da cabeça, sem tocá-la, uma coroa de raios desenhada com vários traços pretos (sejamos precisos, dez). Portanto, na verdade, o desenho se resumia a uma linha ondulada (o céu, o universo), outra mais ondulada e curta (a cabeça de Deus), duas elipses (os olhos) e dez linhas retas em semicírculo (a coroa ou auréola). Digo-lhe que essa figura da onisciência e onipresença de Deus retirou à minha infância qualquer sentido de privacidade. Incrível que a pequena mulher de testa abaulada e olhos astutos, um pouco ci-

ciante, pudesse tão bem ser a mediadora entre a vastidão do céu e a insignificância da sala de costura de minha mãe, onde me ensinava. Lia para mim em voz baixa, o dedo de pele de hóstia em cima das letras: "Deus criou o céu e a terra com tudo o que neles se acha. Ele está em toda a parte, tudo vê e tudo sabe". Meu estômago se revoltava com o odor de santidade e a perspectiva da Indiscrição Divina. Deus com o olho no buraco da fechadura; debaixo da escada; nas grades do porão vendo quando eu passava se não havia esquecido as calcinhas (apêndice indispensável à minha salvação); sobre o telhado; sobre o meu peito à noite, a cabeça encostada na minha, escutando o que ia por dentro: o rumorejar dos pecados; a caminho da escola. Diversamente do anjo da guarda, cuja função única seria me proteger e que, ao que tudo indicava pelas conversas do meio familiar, teria a minha idade, cuja devoção por mim fazia-o caminhar sempre um passo atrás, garantindo a retaguarda, e, em que pese o mal-estar provocado por amizade tão fiel e silenciosa, seu interesse não pretendia nada além da minha segurança, descurando do mais, sem curiosidades ociosas, justo ele uma criança como eu (ainda que de asas) — diversamente, Deus se mostrava descomedido na sua Proximidade Infinita. Sua atenção se achava sempre *inteiramente* voltada para mim e ao mesmo tempo para todo o resto — ensinava-me pacientemente a pequena senhora, o que me obrigaria para acompanhá-la a uma ginástica impossível da imaginação, não fosse o hediondo desenho deixando tudo tão claro. Eu explico por que hediondo. Talvez tenha dado uma impressão falsa, como se estivesse falando de uma ilustração muito engenhosa na sua simplicidade. Nada disso. Na verdade essas poucas linhas não resultavam em nada de bom, não vinham a ser fruto de um estilo, de uma seleção rigorosa, de uma síntese, de uma diagramação enxuta.

— Não se distraia — pediu Fábio, impaciente. Você não pode esquecer por um minuto o seu trabalho? O assunto não é desenho industrial. Estamos falando da vida depois da morte.

— Chegamos lá. Quero dizer simplesmente que o traço malfeito, burro mesmo, me dava admiravelmente uma ideia de aleijão cravado no cerne da Providência Divina. Ou mais exatamente: que a Providência Divina era isto mesmo: uma Desfiguração Açambarcadora. A Onisciente Presença me vinha na forma dessa Indiscrição Incansável e o horror de Seu Olhar Invasivo que varria terras e céus me chegava pela feiura do traço, mesquinho, desprovido. Depois — Luísa se ajeita com gosto em uma almofada — deram-me outros livros e professores. Deus se embelezou e de uma certa maneira muito humana se complicou. Ganhou um rosto completo, cachos loiros, faces rosadas; mesmo o sangrento Coração de Jesus nunca me assustou muito com seus raios dourados saindo do peito aberto, pois havia ali o que pegar: cor, peso, densidade. Ou o Jesus na Cruz entre os ladrões, na paisagem crepuscular, as três cruzes fincadas na curvatura do mundo. Nada disso me meteu bastante medo, nunca, pois era Deus chegando com as atribulações da fantasia numa revoada de cores. E a fala linear da mulherinha, tão terrível por isso mesmo (como escapar-lhe?), as palavras correndo na linha do dedo: "Deus gosta de quem não peca contra a castidade e é puro de coração" desaguou em outras me-ti-cu-lo-sa-men-te arrevesadas, cujo mistério enunciado (como o da Santíssima Trindade) já me vinha pela cadência da frase, pam-pam-pam: "O Pai não foi feito por ninguém, nem criado nem gerado. O Filho vem do Pai só, não feito, nem criado, mas gerado. O Espírito Santo vem do Filho e do Pai, não feito, nem criado nem gerado, mas por processão". Cristus. volume quarto, História das Religiões, José Huby, Imprimatur! Em suma: nada do que veio depois me gelou o sangue ou me acendeu o desejo de santidade como aquele primeiro desenho estúpido, desajeitado, hostil ao prazer que qualquer criança nele tentasse obter.

— Luísa, peço que me leve a sério. Hoje o que pensa de tudo isso?

— Não entendi.

— A vida e a morte, o que acha afinal? Existe a outra vida?

— Aqui me tem você hoje absolutamente incrédula — diz Luísa pudicamente, baixando os olhos como se tivesse dito em uma reunião animada abrindo de supetão o mantô: Aqui me tem nua.

Fábio está irritadíssimo:

— Mas como? Então, depois da vida, nada?

— Ouça — diz Luísa com certo fastio —, não vamos começar agora uma discussão sem fim. Não vou passar pelos argumentos de sempre: como aquilo que vulgarmente se entende por "alma" ou "espírito" pode subsistir sem o cérebro etc. etc. "Todos nós sabemos que a memória pode ser extinta por um ferimento no cérebro, que uma pessoa virtuosa pode tornar-se depravada devido a encefalite letárgica e que uma criança inteligente pode transformar-se em idiota devido à falta de iodo."

— Que coisa horrível!

— Estou citando: "Diante de fatos assim familiares, parece pouquíssimo provável que o espírito sobreviva à destruição total da estrutura do cérebro, que ocorre com a morte".

— Hum. E quem falou assim?

— Bertrand!

— Bertrand!?

— Russell; que eu chamo para o meu próprio prazer simplesmente de BR. Sabe, ele sempre cultivou a não religiosidade com o mesmo entusiasmo e gula com que certos glutões cultivam a culinária. Não o culpo! Bem ao contrário! Continuo citando?

— E por que não? Que rosto vermelho! Diria que você se excita à perspectiva do nada!

— Sobreviveremos à morte?

— Eu fiz a pergunta primeiro.

— É o título desse artigo do BR. É o assunto do artigo!

— Então!

— "A continuidade de um corpo humano é uma questão de aparência e conduta, e não de substância. O mesmo se aplica ao espírito. Tudo o que constitui uma pessoa não passa de uma série de experiências ligadas pela memória e por certas semelhanças da espécie que chamamos hábito. Se, por conseguinte, devemos acreditar que uma pessoa sobreviva à morte, temos de acreditar que as lembranças e os hábitos que constituem a pessoa continuarão a ser exibidos num novo conjunto de ocorrências. Ninguém pode provar que isso não acontecerá. Mas é fácil de se ver que é bastante improvável." E por aí vai.

— É espantoso!

— E não é mesmo?

— Digo, você! Está obcecada pelo homem?

— Sabe, além de tudo ele me diverte. Por exemplo, gosto do artigo *também* porque sei que ele está implicando com um tal de bispo Barnes. Para mim esse bispo Barnes é uma versão anglicana de certo padre que conheci mocinha e que me atormentou a vida! Ele me olhava com a cabeça de lado, ar avaliador, os lábios cintilantes de manteiga e graça evangélica nos infindáveis lanches da casa de minha avó e me dizia com um sorriso indulgente: "No fundo, no fundo, eu sei que você acredita em Deus".

— E você?

— Eu ficava quieta; era muito medrosa. Mas que vontade eu tinha de fincar meus dois olhinhos perfuratrizes no seu peito de pombo e lhe retrucar: "No fundo, no fundo, eu sei que o senhor não acredita em Deus!". Imaginou o efeito?

— Bom,

— Não acabei. Volto ao bispo Barnes (aliás, tem mais bispo no pedaço, ele também cita o bispo de Birmingham, tudo tão deliciosamente inglês e caduco!), BR diz que o bispo Barnes diz: "O homem é um belo sujeito porque pode construir aeroplanos". (a-e-ro-pla-nos!) E comenta: "Ainda recentemente" (recentemente é 1936) "havia uma canção popular sobre a habilidade que as moscas têm de andar no teto de cabeça para baixo e que tinha o seguinte coro: 'Poderia Loyd George fazê-lo? Poderia Mr. Baldwin fazê-

-lo? Poderia Ramsey Mac fazê-lo? Oh, claro que não!' A partir disso", continua BR, "um argumento muito eficaz poderia ser arquitetado por uma mosca de espírito teológico – argumento que as outras moscas achariam, sem dúvida, sumamente convincente".

Fábio está chocado de uma maneira que não consegue explicar direito para si mesmo. Essa hipotética mosca de pendores teológicos além de lhe fazer o sangue ferver nas veias tem um rosto curiosamente parecido com o de Luísa (justo o dela, descrente e de um anticlericalismo manifesto!): a mesma implantação de cabelos, o mesmo jeito de mover o nariz, os mesmos olhos vivos e pestanudos.

O que poderia justificar em parte a semelhança entre a encantadora hipótese saída da cabeça do vetusto inglês amigo congenial de Luísa e ela própria, assim como a excessiva irritação de Fábio, seria talvez a natureza do argumento teológico, francamente subversivo: Deus teria feito a mosca e não o homem à sua imagem e semelhança! Para o gozo da plenitude amorosa, Fábio precisa de um correspondente leito espiritual de fartura, não de uma armadilha do intelecto. Mas se contenta em dizer com timbre seco:

— Nunca achei graça nesse inglês, nem vivo nem morto. Escreveu aquele livro famoso estou sabendo, *Principia Mathematica*, e todo um catatau no gênero, mas depois por que não ficou quieto?

Ficam os dois quietos. O restinho do chá esfria nas xícaras.

Luísa, a amante feliz, respira fundo. Ajoelha-se no tapete, abre um pouco os braços e começa:

OS RESIDENTES DO CÉU

— Faz de conta que nós dois morremos. Aqui estamos os dois sobre esse tapete macio, mortos. Afinal estamos espantados. Ou melhor, eu estou, pois, contrariamente às minhas ideias, a eternidade existe, o céu existe! E somos convidados a nos mudar para lá. Aliás, não tem mesmo outro jeito; uma vez mortos a mudança é compulsória. A dúvida é a seguinte: iremos nos mudar como? levando o quê conosco? O quê, em suma, da perspectiva da eternidade, pode ser considerado bagagem adequada?

Fábio é sempre um pouco lento para pegar os jogos de Luísa. Exceto naturalmente no que diz respeito ao alegre jogo, para o qual se sente invariavelmente apto e conforme. Hesita e para ganhar tempo desenha no tapete com o dedo uma série das casinhas que constrói com o pai para vender; raspa o tapete cor de sol de lá para cá com empenho, o resultado é mais ou menos assim: uma porção de sobradinhos geminados com duas janelas de frente em cima e, embaixo, uma janela cortada no sentido horizontal, à esquerda; uma porta à direita com uma pequena cobertura, à qual se poderá acrescentar um toldo e fazer surgir uma garagem improvisada se o dono progredir na vida e vier a comprar um carro. O revestimento e os materiais usados na construção não podem encarecer o resultado final, esse ponto é pacífico. Estão prontas, e o que importa: bonitinhas, decoradas. Olham todas juntas para a frente como soldadinhos, os dois olhos diretamente enfrentando o olhar do criador (ele), criaturas de cabeças coladas, orelha contra orelha, mas se o olhar, examinado separadamente do resto da fachada, é fixo e fiel, uma ligeira assimetria na parte inferior (janela e porta) empresta à fisionomia de cada criatura em particular e ao todo do conjunto, um ar de deboche. De que desconfiariam as estúpidas? Fábio arrepia o tapete com a mão e as casinhas desabam umas sobre as outras sem fragor. Depois, com o forte atrito da palma, permite que se consumam de forma absoluta na pura chama do criador, sem deixar rescaldo. Fábio levanta a cabeça aliviado, mas um pouco confuso:

— Não entendi direito sobre a bagagem, dê um exemplo.

— Muito bem; vou ajudar. Eu morro, você morre, vamos viver juntos para todo o sempre no céu, na esplêndida eternidade!

Fábio sorri de gosto.

— Pense bem: levamos o quê? casas, móveis, objetos, livros?

— Não, claro que não.

— Roupas?

— Não, claro que não.

— Nossos corpos?

Fábio fica triste.

— Você bem sabe; morremos. Somos puro espírito.

Luísa provoca:

— Nem tanto. Você bem sabe que para os católicos praticantes como você e seu pai, que insistem na vida eterna (eu também no caso para efeito desse papo), virá no final dos tempos a ressurreição dos corpos, uma espécie de sobremesa (de sobrevida) como prêmio por bom comportamento.

Fábio se anima.

— Esquece — corta Luísa. — Você não viu o que disse o papa outro dia pela rádio Vaticano? Os corpos ressurgirão inclusive com suas diferenças sexuais, mas sem função. Então para quê?

Fábio é obrigado a admitir que essa preservação sem função é equivalente à destruição, puro embuste celeste. Não chega a pensar o sacrilégio, mas abdica da vantagem.

Luísa retoma o fio.

— Muito bem, somos puro espírito, ou, se o papa, você e seu pai insistem, carne, mas espiritualizada até a enésima essência, o que vem a dar no mesmo. Esse puro espírito, então, como se manifesta? O meu, por exemplo, procure me ver desvestida do corpo (de seus efeitos), o que fica?

Fábio sorri orgulhoso:

— Tanta coisa!

— Por exemplo?

— Ora, o que você pensa sobre a vida; sua profissão, gente, justiça!

— E o que eu penso sobre a vida sem a vida mesmo faz sentido? Pode? Imagine que graça ou que falta de, dizer: isso é certo, aquilo é errado, sem isso ou aquilo?

— Sem o quê, por exemplo?

Luísa sorri enigmática.

Fábio bate com os punhos no tapete, fica vermelho.

— Não vamos de novo voltar a falar nisso, o que foi que combinamos? Na semana que vem eu levo você para conhecer os sobradinhos novos, você vai ver, você mesma vai julgar! Agora, o que é que você queria? Que casas populares fossem pavimentadas com ouro em pó em vez de cimento? ("Mas por que insistem em me mostrar esse ar debochado, as estúpidas?", Fábio cogita em um escaninho secreto da cabeça.)

— Deixa para lá, falei naquele dia mais para botar força no que digo.

— Mas faço questão de mostrar, ora essa! Insisto! Tenho alguma coisa a esconder por acaso? Que chá horrível! Querida! e o amor, o amor então?

— Muito bem. Faça uma forcinha com a imaginação. Procure tirar do amor todo o supérfluo, procure ficar só com ele mesmo, em "estado puro", veja o que sobra.

— Ah, que lindeza!

— Mentiroso! Você sabe em botânica o que quer dizer "entunicado" ou "tunicado"?

Fábio não sabe.

— O que tem túnicas concêntricas como as cebolas. Pense em nosso amor como uma cebola. Vá descascando, o que fica?

— Também não sou tão burro. Sei perfeitamente que o centro da cebola é vazio. Na comparação você já mostra a má-fé. Por que não escolheu outra coisa, uma manga, por exemplo, pense no tamanho, na resistência do caroço!

— Tudo bem. Fique a manga, fique o caroço. *Que* caroço será esse?

— O centro eterno do nosso amor.

— Mas você é mesmo impossível! Não sai do lugar! *Como* é esse caroço do amor é o que eu quero saber! Essa parte do amor sem a casca da vida, sem a polpa da vida, que não se gasta, não se acaba, que resiste, portanto é eterna e que, sendo eterna, combina direitinho com a eternidade?

Fábio se mexe inquieto no tapete. Coloca as xícaras na mesinha ao lado. Tudo de que lembra no amor: impulso, vontade, ternura, saudade, desvelo, parece que tem pés de chumbo, não consegue soltá-los da terra, soltar essas emoções bonitas e deixar que voem livres para a eternidade.

— Vamos, qual é a bagagem que um residente do céu leva? Você não me respondeu. O que sobra para a eternidade?

Fábio levanta-se de um pulo.

— Por hoje chega de antecipações, está bem? Veremos na hora. Quando estivermos lá. Depressinha, levanta se não perdemos o cinema.

Luísa rola de rir no tapete.

— Não sobra nada para ser levado, isso é o que você não tem coragem de dizer! Sabe qual é a bagagem própria de um residente do céu? Nada. Sabe o que sobe no bagageiro? Nada. Sabe do que é feito o bagageiro? De nada. Sabe no que a gente senta na eternidade? Em cima de nada! Sobre o que se conversa o tempo todo? Sobre nada.

— Então é tudo, nada, tudo, nada, tudo, nada?

— Amor. por que o nervoso? Mas que coisa mais pura e perfeita para se pensar o puro espírito do que nada?

Fábio está quieto. Pensa por sua vez na perfeita abóbada celeste que há pouco, ainda no quarto com Luísa, ele viu de relance quando espiou para fora de sua paixão por um buraquinho de tédio, para o descampado: lá está ela suspensa, branca e igual; sem quebras, sem poros; inteiriça.

Luísa insiste:

— Em que lugar da eternidade caberia, por exemplo, esse tapete com as coisas queridas que leva em cima? xícara, chá, conversa, amor? Em lugar nenhum! A não ser naturalmente que tudo, mas tudo mesmo, fosse levado como bagagem e você literalmente atulhasse o céu com a terra. O que iria na certa provocar algum desarranjo nas altas esferas, essa virada de ponta-cabeça, essa subversão dos espaços, você conhece a estória da festa no céu?

— Eu criança eu ouvia, não sei.

E Luísa narra com voz de flauta, como um bichinho do mato saído de dentro do escuro das noites de contar estórias:

— Tem festa no céu. É a festa de Nossa Senhora. A ela naturalmente só podem ir as aves de alto voo. O sapo ousadamente declara que também irá à festa. O caso é de espantar, que um sapo voe até o céu. O sapo, porém, é de grandes recursos; vai à casa do compadre urubu, esconde-se previamente no bojo do violão. E assim, com pasmo de todos, aparece no céu. Mas o urubu descobre a perfídia e, na volta, despeja-o pelos ares abaixo. Durante a queda o sapo vai gritando:

Léu, léu. léu
Se desta eu escapar
Nunca mais festas no céu!

Chega lá embaixo com vida por intervenção de Nossa Senhora, mas se esborracha todo na queda. E é por isso que o sapo tem o corpo achatado, a perna dobrada e só pode andar aos saltos.

Luísa se levanta:

— A eternidade sempre dá problema, Fábio. Com os

nossos sólidos hábitos terrestres, não seríamos para a vida eterna mais do que um peso morto.

A TARDE DO DIA SEGUINTE

As persianas estão descidas; lá fora um fim de tarde nublado e quente. Como se o quarto com os móveis e objetos, a roupa de cama, fosse arrumado no fundo de um poço de pouca profundidade de onde toda a água houvesse sido escoada, mas deixando ficar no espaço uma camada de ar fresco. Os volumes nesse círculo de sombra, lavados da cor própria, cobrem-se de outra, o azul frio da ardósia. Lençóis acham-se desarrumados e empilhados na cama de forma curiosa. À primeira vista lembram uma onda erguida paralisada no impulso; que já tivesse estourado e pela segunda vez se armasse para mais um salto em uma espiral de espuma. Assim, nesse quarto-poço, os movimentos subterrâneos do mar, a atmosfera vivificante e salina do espaço aberto ganham uma representação forte pelo contraste: formam-se no confinamento e pela imobilidade. Correntes marinhas, geleiras despedaçadas, cardumes de prata descendo com a correnteza, a ressaca, esses dragões crespos de espuma suja marrom que se engalfinham, gorgolejam a agonizam junto à areia, os lisos do horizonte, e depois simplesmente os grandes espaços azuis e negros, brancos ou escuros do calendário celeste espelhado no mar confluem para a cama no meio do quarto, vêm se amarrar como memória na curiosa massa de linho espiralada.

Mas não, à segunda vista uma imagem diferente se põe

no lugar da primeira; é doméstica e carinhosa. O empilhamento de pano lembra também, depois, um suspiro bem grande! As claras batidas em neve seguram-se no ar terminadas num torcido habilmente feito por colher de pau. Doce caseiro batido na mão para poder se sujeitar aos enfeites da fantasia. A doçura doce doce do açúcar misturado na clara. A clara separada da gema, pegajosa nesse pouco de vida desmanchada que vira em outra coisa: um caracol de nuvem doce, admiravelmente imóvel para arquitetura tão leve: mais porosa que a esponja, mais solta, um bonito equilíbrio branco no primeiro momento, perdido no outro:

Porque a porta da sala ao lado se abre e a luz já acesa fere a cama. Os lençóis se agitam, encrespam-se mais, uma cabeça feminina assoma.

Fábio corre, descobre o outro lado, assoma uma bunda cor-de-rosa.

— Dormindo de novo na posição dos sapos, como as crianças pequenas! Que vergonha! Prefere chá ou café?

— Sabe — diz Luísa sem se mexer, a voz rouca de sono. — Um dia, se a gente vier a morar junto de verdade, você vai aprender que é assim mesmo que eu gosto.

— Mas não é fácil. Como consegue? A perna não dói? O sangue não vai para a cabeça?

— Não é a primeira vez que você me pergunta isso, não é mesmo, amor? É porque eu só tenho vinte e sete anos.

— Logo trinta.

— É possível.

— Como, é possível? Então não é certo? Tem algum jeito de a gente não chegar lá? Ai, ai, porque não conheci você antes? Não teria hoje trinta e sete!

— Nem essa barba grisalha, não é mesmo? Que precocidade, velhinho querido! Eu quis dizer outra coisa. Se estiver viva até lá, eu quis dizer.

— Não fale assim, não diga bobagem.

Fábio está pesado de ternura e de tristeza. Porque as coisas morrem e por que são tão vivas. Alisa carinhosa e insistentemente o dorso nu da mulher-sapo. Os sapos com seus hábitos terrestres e sua fama de guardiões da chuva (lá fora caem as primeiras gotas de água e tamborilam nas plantas da jardineira).

O sapo foi à festa do céu na viola do urubu, mas para Fábio hoje é o sapo que, conhecedor do percurso, o leva para o alto. Pois as mais finas alegrias do amor, as de "alto voo", passam por esse traseiro virado para cima, esse rosto-do-outro-lado. Nele a curva das coxas, a junção dos pés, as palmas macias estendem-se, dobram-se, luz, sombra, desvão, prega, conjugando-se tudo para abrir na imensidão anônima das criaturas vivas um espaço particular para Luísa. Fábio a reconhece nessa postura, a distingue e a retira de entre os desconhecidos e os indiferentes. E assim o "espírito de Luísa" se dissemina pelo quarto a partir dessa inclinação cômico-exata do seu dorso. Amanhã outras fisionomias nascerão de outros momentos e de cada vez irão prender Fábio com seus modos e momices próprios, agarrá-lo em sua ternura, feri-lo fundo no coração. Como se maliciosamente os traços do rosto de Luísa, escapando de sua jurisdição própria, continuamente aflorassem na geografia geral do corpo aqui ou ali, imprimindo a cada parte e a cada instante o seu selo, a marca da diferença.

O caminho para o céu passa pela trilha do sapo e Fábio

deve segui-la humildemente, sem desvios. Pode cantar as excelências da vida eterna com sua voz grave ou estrídula de menino de coro se chegar a tempo para a alegre festança dos bichos de alto voo; que ele bem a merece.

A citação de Bertrand Russell pertence à coletânea de ensaios *Why I am not a Christian* em tradução de Brenno da Silveira para a Livraria Exposição do Livro. A fábula da festa no céu é a da versão colhida por João Ribeiro e cujos tópicos básicos vêm transcritos na *Antologia do Folclore Brasileiro*, de Luís da Câmara Cascudo (Livraria Martins Editora). A primeira citação sofreu cortes e uma alteração pronominal. A segunda foi em parte reescrita.

III. O MANDRIL

Publicado originalmente pela editora Brasiliense em 1988.

O MANDRIL

1.

O mandril

Feiura exemplar. Perfeita. Dele não se diz: parece gente. Não se arrisca. Extremado. Medonhinho. Parecido com ele só. De doer. Macaco. Macaco. Absoluto. Importado. Raro. Africano. Anos a fio de Brasil. Um dia ainda morre. Engordando em escala. Os piolhos correm-lhe no pelo, talvez; suposições dos que o veem de longe: falam do que não sabem, não lhe conhecem os hábitos. Os guardas se alternam. Se morrer em abril antes de maio, as esposas casadas no mês das noivas não o verão em junho, não o terão para comparação e júbilo, quando o amantíssimo esposo brincar no leito nupcial de fera, sabendo-se príncipe. Vivo ainda olham-no, derradeiro. Os poentes vermelhos de São Paulo. Sufocam. Fantástico. Simplesmente um show esse macaco. Hordas de crianças aproximam-se com a poeira das mansas tardes penugentas levadas pelas escolas. Quando a poeira se assenta o zoológico é igual aos domingos na sala. Um chão murcho de carpete cede ao esforço. Todos juntos. No ato. Olhando em frente. Upa. Desentranhado o mandril do fundo selvagem como os calouros do fundo das televisões emergem careteando e grunhindo muito ariscos. Tímidos. Peludo e Preto. Oprime a sua feiura como as televisões de domingo de muitos brilhos e auditórios. Inesperadamente é azul é rosa é fulgurante. O focinho e o traseiro trazem as tinturas das fantasias mais loucas e alegres. Dizem que atrai a fêmea com as cores dessas extremidades pouco sisudas; esplendorosas afinal. Rosa. Rosa e azul.

Bruxismo

Use os seus dentes sem reservas. Para isso foram feitos. Mastigue coisas que mereçam o nome: cenoura, bifes duros, rapadura, coco, que sei eu? Não me compete lhe dar o cardápio. Agora, à noite, cautela. Não deixe que as sobras do dia lhe subam à cabeça: dores de cotovelo ou outras menos nítidas, dívidas, ódios não realizados são como pedregulhos essas marcas do sofrido — não se quebram —, você não as tritura — seus dentes serão triturados, isso sim, gastos, roídos ano após ano. Um dia quando se levantar e se olhar no espelho ficará assombrado com a devastação. Como terra arrasada, um casario tombado em bombardeio. Aqueles dentinhos de pérola, dirá sua mãe iludida em sua memória, pois há muito tempo não mais eram. Deus dos hominídeos, o que terá havido com sua arcada dentária, meu caro? exclamará seu pai, um paleoantropólogo aflito suspeitando que você desde muito tenha estado usando dentes falsos de resina orgânica e não de osso humano, sem participação aos íntimos. Dentes comidos pelo ácido do sofrimento — lhe dirá o novo dentista (o antigo você o terá posto de lado por não lhe ter dado aviso) homem o seu tanto poeta dentro de profissão tão comedida. Mas será tarde então. O seu caso é de *bruxismo*, digo-lhe eu, não especialista, mas um estudioso no assunto. Não se espante: um termo especial usado para definir como certas criaturas rangem os dentes à noite, como se fossem almas no inferno, como se fossem almas danadas arrastando correias, penando, penando sem remissão dos pecados! *Não tema*! Coloque no lugar certo enquanto for tempo um acessório de plástico, coisa não muito cara, engenhosa. Com isso, essa simples peça, você amortecerá a queda dos pedregosos problemas do dia em sua boca, o travamento dos dentes um no outro. Seus dentes ficarão a salvo dessa tempestade noturna que insistentemente se abate sobre sua dentadura, uma estrutura hoje, reconheço, que mal sobrevive se penso nas mandíbulas do Homo Erectus Pekinensis (em uma discreta homenagem a seu pai). Em suma: encerremos o tema por ora. Disse o que tinha a dizer, o que me cabia. Mais não me peça. Falávamos principalmente de dentes. O dia, o dia, com a insopitável carga de sofrimentos não biodegradáveis, as mágoas, as mágoas, subindo, subindo no elevador da noite, ascendendo sem termo, sem cubículo que as receba e as consuma no sono; as mágoas, as mágoas do mundo não têm um corpo definido, uma estrutura fixa como uma arcada — delas eu não sei.

Coelho: coelhos

Coelhos e desenhos, animados ou na ponta do lápis. Coelhos e cartolas. Coelhos e experimentos. Coelhos de frente, olhos amendoados e orientais, de gueixa. Orelhas descomunais. Focinhos de neve e amora. Coelhos risonhos e falastrões. Botadores de ovos de açúcar-cande, de mel e menta, de chocolate ao leite com recheio crocante ou macio. Correndo e castanholando na campina dos quadrinhos coloridos. Dormindo um soninho arteiro na cartola dos mágicos. Virados pelo avesso coelhos cheios de perguntas nas mãos dos doutores de avental. Imitam o homem por dentro em cada experimento e com ele se aventuram de patas-mãos dadas em cada hipótese. Há um homem escarninho escondido dentro de cada coelho sério. Cada coelho sério vai para o Museu da Ciência ou se aposenta. Cada coelho sério arrasta consigo um homem de olhos "quase" desvendados, mas morrendo de vergonha de não ter ganho o prêmio Nobel.

E há os coelhos puros: puros bichos. Não têm frente (a doce face aberta em forma de coração e os olhos de amêndoa dos desenhos). Só perfil; cortante. Só — um focinho trágico (para o homem), pois freme sem pausa, de pura animalidade. Olhos plantados no pelo. Um de cada lado. Definitivamente abotoados dentro da espécie.

Depois, sua carne no prato também assusta. Como o fundo de uma pétala rosa; mas com tempero.

Lixeiras afáveis

Lixeiras pequenas e esmaltadas. Dentro coisas delicadas movem-se um pouco como cascas de ovo, espinhas de peixe, e também nunca inteiramente quietas partes de cebolas peroladas levíssimas ali fazem seu ninho.

Lixo não atômico, tem certa graça ligeira vinda de refeições ainda mais rápidas.

Fala de ceias tardias e inventivas de estudantes pobres e artistas, de amantes frágeis de estômago enjoado

e dos restos de que são feitos os sonhos e das migalhas que se soltam da toalha agitada diante da janela e vão tomar parte na noite misturadas às estrelas.

2.

Um homem e seu pires

Tomou o declínio do seu ciclo vital por um certo enlanguescimento da História. — Isso vai indo mesmo muito mal! — gritou-lhe o amigo historiador; e se dispôs a ser mais conclusivo: Os Grandes Momentos da História não ficam onde você mora; passam ao largo na avenida. Você cai, eles desfilam. Você exala o último suspiro, eles deságuam nas grandes praças do mundo. Os Grandes Momentos não pendem como chorões na paisagem. Ou como chouriços no açougue. Nem vão à deriva como você, que insiste em fazer do seu destempero outonal: A MARCHA DO TEMPO! Um momento. Um momentinho! O que se abate são suas costas, não a História. Veja como ela acolhe a desencantada sina de projetar o futuro. Como obra. Como madura os lances. Como madruga na esquina. Como se levanta a tempo para mais um espalhafato. Enquanto você, não tem mesmo jeito: lambe o silêncio como um gato o seu pires.

Larvas e prodígios

O dr. Pestana é juiz de paz de uma pequena cidade do interior paulista onde as luzes do progresso não chegaram e das graças da natureza desbotaram as cores. A cidade tem o nome curioso e até certo ponto ambíguo de Larvas, seu início é obscuro e a sua crônica vem narrada com um sentimento de culpa pelos que a fazem — por saberem pouco, não saberem quase. Um juiz de paz, e o que é mais, celibatário, necessariamente chama a si, atrai esse estado de coisas longe de conclusivo. Assim o que se passa em Larvas é um pouco especial, um pouco antigo, diria até demais, sem substância, sua existência depende quem sabe de prodígios mais do que de fatos, e o maior deles talvez venha a ser o próprio juiz dr. Pestana, nessas circunstâncias algo verdadeiramente supranatural.

Em confirmação de nossa tese, o dr. Pestana traz entre as pernas uma varinha mágica inflável que nunca falha aos seus desígnios. Outro dia mesmo desencantou uma donzela de quinze anos mal arrematados, tarda de fala e de raciocínio ainda mais lento, de andar pesado, respiração curta e aquele todo lerdo na figura como se roubada houvesse sido à pedra. Desencantada respirou mais forte por um tempo, outro tempo berrou como berrariam cabras, se tais bichos houvesse em Larvas, depois se deixou estar imensa e cevada como um porco, depois mais muda e tarda do que nunca deixou-se despencar no regaço da desgraça. Houve assombro por parte das madrinhas, velhas tias que zelam pelo celibatário e a têm, a malnascida, dos quinze anos mal arrematados, como cria da casa, antiga caridade, promessa paga a outro sobrinho, pároco. De onde, como pudera aquela imensa coisa soprar vida pelo bucho, pecar fundo como quem ousa?

Mas a desencantada, da pouca duração que teve em Larvas sua vida, partiu, como partem as paridas de paixão, na arrebentação da onda, estourada como as luzes dos fogos juninos e jungidos. Aparecidas e sagradas pela ponta da varinha são essas meninas-crias. São como bilha quebrada, como quebra de encanto. Todavia apenas mágicas amáveis para o doutor juiz, autor, como se vê, modesto, de prodígios tão pouco divulgados. Perdidos; desconhecidos para a crônica de Larvas.

Pequena história do Brasil pelo cinema
(*o cinejornal. o pesquisador na
moviola. palácios do cinema.*)

De dentro desse filme mudo escuto vindo a locomotiva — Na volta ao morro e vem parando — tudo é barulho: bandas altíssimas de música estouram o passado com lâmpadas de magnésio. Luto contra a morte, eu sei o peso dessas composições puxadas do fundo de muitos ontens: longes poços.

Pelas janelas dos vagões especiais, de luxo, botam as cabecinhas para fora os políticos-presidentes, pequenos símios enlouquecidos reduzidos à escala do fotograma — mexem-se incessantemente são também aranhas — para a frente e para trás oscilam — para fora e dentro da História, dentro e fora de suas cartolas, de seus fraques, por trás de seus bigodes, de suas peras alisadas com a mão em concha, desenrolam incansáveis seus discursos intermináveis, ouço-os de todos os lados vindos — suas palavras desfiguram sem piedade esse velho filme mudo — sem a piedade, a paciência e a atenção com que as chamo, em vão (minha incompreensão, minhas defesas) para dentro de um coração movimentado como as plataformas das antigas estações interioranas, enfeitado para recebê-las como as salas de exibição que se foram: com muitos dourados e veludos encarnados e espelhos e — imensas, imensas, imensas a perder de vista.

3.

Plácido e as mentiras

Plácido prega mentiras uma após outra e as empilha em graciosas pirâmides, o que nos leva a pensar nas civilizações extintas. (Grandes cenários desabrocham de pequenas molduras e assim nascem faraós dos lábios de Plácido e de seus perjúrios.) À noite Plácido as pendura no teto: mentiras móbiles. O vento sopra do morro, entra no aposento, os móbiles entrechocam-se, emitem ruídos engraçados próximos ao choro, ao riso, ao cacarejo. De fingidas que são, ao imitarem a vida fazem-se a própria: refazem velhas civilizações derruídas — são o limpo rumorejar das folhas.

Plácido, o mau fisionomista

Plácido à sombra de uma árvore copada vislumbra próximo ao céu um rosto movendo-se entre a ramagem e o identifica chamando-o pelo nome: DEUS! — Em vão. Não é. É o de um ATEU, botânico de voo, espantado com tão mau fisionomista. O que de imediato declara alto e em bom tom para Plácido que se acha embaixo e finge não ter ouvidos. Pois Plácido, ao ver empoleirado no mais alto galho quem lhe acena e faz estranhas macaquices, teima que por puro espírito de humor celeste Deus finja crer na evolução; e ainda com o mesmo espírito se disfarce — executando santas circunvoluções de galho em galho — em um exemplo vivo das maquinações de Darwin!

Plácido, o abstêmio

Plácido é o abstêmio da última gota. Isso quer dizer que enquanto os amigos enxugam o copo, Plácido deixa rolar uma pequena lágrima de álcool ardente, uma estrela cadente escorrendo pelas bordas a cera incandescente dos sonhos, conduzindo os desgarrados peregrinos aos caminhos da sobriedade.

4.

Primeiro e único poema de amor

Este é o meu primeiro e único poema de amor. Carrego-o num cestinho com sachês em forma de coração. Quem olhar bem cada sachê nele verá partes de ventres, coxas, dorsos, braços, de homens e mulheres misturados ou à parte, pois há os que amam o seu igual e eu os festejo tal qual. Partes macias e rosadas existem em profusão e também as crespas e escuras — não falo em geografia, mas se escutarem rios e cachoeiras pensem que o amor é assim mesmo: começa num fiozinho de bobagem e vai pelo mundo. Carrego-o em envoltórios de sachê por velho hábito caseiro: em que entram gavetas asseadas cheias de sombra. Um poema de amor, amassado, é o que há de mais bonito: em cada dobra você reencontra aquelas partes perdidas do corpo. (Algumas tão curvas e complicadas quanto os caminhos livres da floresta.) Só não hei de tolerar poema de amor para fazer publicidade de morto. Morreu, morreu. Não eu no cortejo levando a cestinha — iriam roubá-la os que manducam a desgraça! — Deixo-a por ora em cima da mesa da sala para que me desobriguem da burla. Não se trata de substituir a fruteira, amor não é desfrute, o que não impede que sobre uma mesa se brindem os banquetes da vida da forma mais louca! — Corações de sachê, aqui mesmo os distribuo graciosamente para serem devagarinho apertados com força e mansidão como se faz com os amantes inconfessos — há muito não recíprocos. É um treino suave, uma antecipação sem maldade de torturas tão nossas conhecidas e que no caso — para alívio meu que o assino — incapaz de deixar manchas, depressões violáceas — apenas produz doce essência e logo se volatiliza.

A trambolha
(*celebração da vida por palavras tortas*)

Grande além da medida. Não passa pela porta. Voz grossa de trombone. De sax alto. Engrossa o ar no sopro para tirar cintilações aos metais: como as estrelas. Circunferência de fôlego: bolha e projeto de percussão. Engrolando, ela gira sobre si sem abrir espaço. Dela são as artes. As astúcias. Distorcida é o que é. Não se flexiona no feminino. Mas eu erro escrevendo, *eu, eu! Eu quero e a você quero, lendo, lendo-me devagar tão-de-vagar no ar... A TRAMBOLHA!* Como se desprende bem da garganta a flexão errada! Apraz-me errar a minha língua portuguesa como quem erra pelos caminhos pobres de luz à tarde e numa volta dá de chofre, boca a boca, com a fala, a própria, a que não se expele! A que não cabe em si de tanto sentido! Não se traduz nada! Nada! Deixar estar! Deixar estar! Ela, sobre si mesma que seja! Obstruindo, esbarrando, não indo! Um encosto! Uma ostra! — Sacudindo-a com força para tirá-la de perto é a si mesmo que se joga no poço! — Deixá-la estar! Deixá-la estar! Essa força, essa imensa força postada! Tem a obtusidade de uma visita incômoda. O casco duro de um animal pretérito.

Os olhos secos

Não chora mais. Só pisca muito, miudinho, como se dispusesse do que vê, assim, aos poucos. Mais velha do que ele a vida, muito mais, como um velho animal de pelos que dormita e a cada ofego os pelos caem. Incontáveis, e já não há animal algum estendido diante dos olhos, só o ar, e a penugem restante lhe entra narinas adentro e faz-lhe cócegas. Os seus pulmões aspiram a contragosto tais são as impurezas da memória que passa. Um emaranhado de garatujas murchas, um velho e mal-amado gato desfeito no tapete como um novelo frouxo. Pois que se foi tão felino e o que se presume ainda estar ronronando aos pés do dono apenas vem a ser o eco do que lhe escapa surdo no próprio peito. Não é o choro porém. Não chora mais. Tem os olhos secos não por escolha. Pela fina poeira no ar que se depositando aos poucos vem enxugar-lhe a visão de forma definitiva; como o faria um antigo mata-borrão de areia diante de uma escrita líquida e incerta. Assim, o que lhe rouqueja no peito é apenas a celebração fúnebre diante desse pobre desfazimento a seus pés. A sua própria existência talvez, e tão entregue como seria o sono de um animal doméstico à cegueira que os anos lhe trouxeram.

5.

O cadete e o cometa de Halley

Abriu bem as pálpebras e piscou o mínimo possível. Não se permitiu nenhuma testa franzida, nenhum susto. Olhou em frente como quem presta continência ao superior imediato. Familiaridade e Respeito e Nuca Rígida diziam juntos que não soprariam ventos. Um quadro amável e mesmo o sol afastou qualquer deslize, impedindo a formação de nuvens. Pastagem igual: Paz, Pasmo, Parvoíce. Mas nem só os macacos, as sereias e os foguetes abanavam os seus rabos nesta pintura tropical. Pelo rabo dos olhos, o lado das coisas, o lado quebrado do horizonte entrou de inopino no seu campo de visão aterrissando torto. E a torre de controle, desaparecida dentro de uma súbita neblina, não soube ler, iletrada, o inesperado. Mas ele, ele viu que nada, nada mesmo, fora a sua Nuca e o seu Treino, permanecia imóvel. O que os lados dos olhos viam porém não sustentavam. Viu o mato ralo crescendo à toa, o matinho reles chegando-lhe à altura do quepe por uma das réstias de luz dos olhos. Pela outra, viu um edifício imenso, de exuberante estilo barroco-despenhadeiro, enganchado no céu e, muito abaixo, onde as estacas se algemavam às correntes subterrâneas, o viu espumejando pelos pulmões do solo. Viu suas golfadas, seus ofegos. Então entendeu que o que via e lhe acendia raios na cabeça eram as Queimas e eram as Pompas do País, não eram as Graças do Cometa.

Crescendo (e dançando) para a carreira militar

Uma coça de lhe tirar a pele, mas enquanto apanhava, corria e, enquanto corria, crescia. Lhe vinha o Brasil pela frente e por trás o moleque não tinha mais pinga de sangue. Nem o olho vertia mais água. O traseiro e as costas de tanto levarem pancada cantavam; como um bumbo cantava. O Brasil à sua frente um assombro: verde, amarelo, azulzinho, tal qual lhe acenava a bandeira. Fungava ruidoso nas rampas e contava com o faro achar o caminho já que os pés espalhados não tinham mais tato. E o Brasil pela frente, um colosso. Aquilo é que era: era a Pátria! Um solzinho de inverno, sabujo, lambeu-lhe as canelas e mais longe se foi. E o Brasil pela frente era sempre o do mapa: um gigante! E SE ACHOU FINALMENTE CRESCIDO. E CHEGADO. Pediu farda e a ração do diário, eis que vinha de longe corrido e era arrimo de prole: numerosa (tamanho do mundo). Mas tinha perna mais curta que a outra (por isso enquanto apanhava e corria, saltava; e dançava conforme crescia) e outros desengonços pela raia do corpo. APTO, ESTA COISA!? — O quê, o quê? — Os ouvidos não juntavam o p com o t — PATO! PATO! PATO!

6.

A emancipação do espírito
(cenas brasileiras, fins do século XIX)

Docinhos, muito doces de sobremesa. Miudinhos. Sem tirar nem pôr. Alvuras de coco ralado cobrindo um mundo de promessas. Obras d'arte. Mãos de fada. Vinhos finos de Portugal. Um soluço quase arroto diante de tantas e tais benesses. Orelhinhas de lóbulos nacarados, fechadas para o mau gosto. Só escutam o que se deve. O que se não deve não se atreve. MUITO POUCA COUSA OUSA! Redondos são os cheios da face e dos peitos, muito bem, se mostram. Até que com altaneria e brilhos próprios. A louça e o linho da toalha, que combinação impecável. Quem diria, uma indiscrição disfarçada em leves graças corre por entre as pernas; todas: estacionando aos pares. Sim, sim, essas senhoras e senhores têm, sem tirar nem pôr, cada qual (no seu lugar?) um par de pernas perfeitamente usável e dobrável debaixo do assento de encosto alto. São cem por cento inteiros e brasileiros. Mas quem os vê de fora como eu, de tão distante tempo no fim de um outro Século, chega a pensar que a digestão dessas doces lembranças não se completa. Não se desvenda o veludoso mistério do que se passa debaixo da mesa bem juntinho ao tapete musgoso, lá onde a vida do espírito tem uma maneira muito própria de se entrelaçar e exigir sigilo.

Mocinha moringa
(*interior — anos 20*)

Moça alegrinha na sua compostura. Corada sem e com vergonha. Um pouco de tudo. Pescoço de gargalo de moringa. Levezinha para cima. Para baixo, pesa. Dentro da sala sentada a prumo e a gosto. O mormaço assoma à janela, um lerdo sol de emplastro. Sem sombra de susto pensa as coisas proibidas e as de todas as horas no mesmo espaço da cabeça. Lá estão seus pensamentos-carneirinhos chamando o sono mas também retirando o ponto de todas as costuras. Por dentro de si mesma escorrega nuinha feito uma cobra-d'água. Ninguém lhe bota a mão em cima dos pensamentos. Nadam e vão-se embora com ela pelo rente das corredeiras. Sua compostura e seu desatino se casam no mesmo barro e na mesma água. MORINGA NO AR PARADO NO MEIO DA SALA AO MEIO-DIA. Rútila. Morena. Com muitos glu-glus assomando. Barulhinho de água encanta o mais santo. Paredes porejando. Espanto pela suavidade da curva. Oleiro fez, oleiro desfez. Da porta já dá na vista.

Tudo o que se arredonda e desmancha lá está posto junto. Se quebra ou trinca não tem outro dia. Madrinha Tiana precipitando-se para os fundos do quintal no sensacional dos agudíssimos: EU VI! EU VI!

Matrona de Vila Oratório

Vida madrasta. Mulher assentada à porta escorando a entrada; com os ombros, os peitos, a barriga. É forte feito uma viga de concreto. Macia como a banha com que cozinha o seu caldo. Proseia com a desgraça como se fosse a vizinha. Tem um longo trato com choradeiras. Aproveita qualquer água que desça, em seu benefício. Se é a da chuva, para lavar os cabelos, xampu de Deus. Se é a dos olhos, para reclame vistoso sem pagar pelo anúncio. Faz o seu drama ali, na soleira, da casa para a rua, com o gosto de uma boa atriz matraca. Mil vezes repete o ato. Áspera. E ainda assim pura banha animal. Derrete-se ao sol a sua alma de claras em neve e deixa, para que a lembrem, um pouco do seu peso fora de prumo, um desconforto nas ilhargas, mulher, mulher descadeirada, como tantas.

A reserva

O dentro da noite é escuro e macio como o da índia nova no meio da reserva à escuta. O que lhe vem do céu pela manhã é o bimotor e ela saliva de alegria. A luz já é forte e branca, a índia pula, salta a sua imagem do meio da reserva para a máquina, e o vetê a engole como presa. Levam-na embora para o céu arrastada pelos cabelos, assim lhe diz a mãe e lhe conta como ela vai descer em outra parte com as cores da vida todas grudando-lhe como a uma jaca, o sumo escorre-lhe por entre as pernas no assoalho brilhoso e a televisão aberta é um convite para que se multiplique e nela faça muitos filhos e os espalhe por toda a extensão da pátria, vai bem-disposta e pintada para o sacrifício. Mas ela é também a outra que fica e espera o seu dentro escuro e macio trazer-lhe de volta o meio apertado da noite — a sua parte inviolável da reserva.

De volta. De frente

Mulher preta. Na noite de breu nela se enrosca. Se mistura. Ninguém atina onde faz sua camá e cai no sono. Ninguém a enxerga. Ou acha. No claro, gente lhe vai atrás de perder o fôlego. Não alcança. Corre de volta para a África. O oceano bem ali — a seus pés. Imenso com sua cauda azul — à espera. Cavalga as ondas empinadas, uma a uma: um cortejo de montarias às ordens. Como num conto de fadas: NEGRAS. Se atira. Sem medo. Ri-se muito. Com *seu* jeito. *Sua* boca. *Seus* dentes. Despenteia-se com o vento cheio de sal — a *seu* modo. Com *seus* cabelos espetados. Elétricos. Cheios de faísca. Se vem tempestade, bem feito para quem não sabe lidar com raios. Um deus nos acuda. Da praia lhe gritam emburrados a boca cheia de manteiga e ranço: Isso é racismo! — Se ri inda mais.

Álibi

Trazia no meio da testa uma verruga como se um rubi fosse e o ostentasse! Qual a origem de seu terrível complexo de superioridade? Talvez se enraizasse no coração da mãe sempre empurrando-a para o futuro com as duas mãos. De feiura irrepreensível a filha, não a desviou a mãe nunca dos espelhos, simplesmente jogou suspeição no resultado: — Que desastre esses artefatos de vidro, de cristal é a tua imagem, luz dos meus olhos, não o reflexo. — Da burrice igualmente pura da donzela extraiu o maior número de palavras. Amante da vida em sociedade, preparou-a para um casamento à altura. — Não se cale, minha filha, a palavra é dos que sabem. Quem cala consente; você, nunca! promete? — E a filha se deu bem com a advertência, pois a burrice ostensiva é como um álibi perfeito: idêntica a si mesma por qualquer lado que se a olhe, não se tem por onde a pegar e escapa como a ausência de provas. Podia-se vê-la atravessando a existência tão serena que seria temerário se pensar o contrário. Como duvidar de quem trazia o terrível complexo acima da cabeça — como uma trouxa de certezas, limpas de modéstia? Os que lhe sobrevieram até hoje se espantam de como pudera sendo única ser tanto!

Lágrima de Zircônia

Mulher com sapatos de salto. Altíssimos. Salto agulha. Finca-os no asfalto amolecido como duas presas. Um salto após o outro. Mas ela é que sai ferida. Dois dardos iguais, duas armas frias quase verticais e o asfalto cede. Mas ela é que recua. Dá uma torção ao corpo, habilíssima: um contorcionismo de lâminas de cetim. Disfarça e discorre sobre o tempo nesse dia tórrido. Oscila sua cabeça como um pêndulo e o chapéu que a cobre é um pouco mais claro do que o sol. A ele faz sombra o que é um contrassenso. Como também é um disparate procurar apoio no que não tem base, só tem pontas. Mas ela nem se abate nem despenca. Sabe que nos *garden parties* a feminilidade não tem apenas um peso, mas, como os pregões na bolsa, vários. Que sobem e descem e novamente sobem ou não, quem sabe aonde os passos a levarão. Encaminha-se para os comes e bebes cambaleante mas confiante sempre. Seu equilíbrio é precário, não seu impulso. O que a faz abrir ligeiramente os braços. Uma tentativa de acerto definitivo entre o espaço e o corpo. Sorri no percurso como quem diz que o final só pode ser feliz. Seus lábios foram pintados com os cantos voltados para cima na direção das orelhas. Sorri com a convicção de uma maquiagem bem-feita: indestrutível e tão homogênea como o ar que respira à volta. A maquiagem é uma segunda natureza e os cosméticos em última análise tão saborosos como os confeitos. Testa mais uma vez a perfeição de sua tez com a pontinha da língua. Como esperava: as faces tão suaves; com a curvatura do ovo. Um leve gosto de sal para lembrar da existência. (O cavalheiro que a aguarda do outro lado da mesa tem uma paciência de anjo; ainda que seja um corvo.) Apressa-se. Seus pezinhos tremulam sobre os saltos como a geleia de pêssego dentro das taças. Tudo se harmoniza em resumo e não há por que ter receios. Uma lágrima fúlgida de pura zircônia desce-lhe pelo olho direito. Ela sabe. Ela sabe que a elegância tem seu preço!

Desencantamento

A esférica Carlota resolveu que seria esbelta. Os regimes como as partituras são praticados sem desfalecimento e travessas anteriormente sinfônicas hoje exibem nos seus leitos de espelho um peixe cozido a vapor, uma folha fria de agrião, uma pálida porção de vagem. Os ovos duros, ainda que permitidos, lembram uma esfera, alongada que seja, mas decaída, e por isso são recusados. Abre-se diante de Carlota um mundo de antecipações auspiciosas. A descoberta da cintura ao ocorrer para Carlota será como tomar posse de uma terra desconhecida. As mãos nela plantadas em desafio, a nova silhueta de ampulheta, e no céu a fatia tênue da lua nova desfaz a encantação maléfica do círculo.

7.

Uma quase pomba
esganada no sofrimento

Perdendo o rumo em um enterro. Seguram-no. O que deve seguir é o caixão; não ele. Braços trançados aos dos amigos para que não deslize, não perca o equilíbrio conquistado à custa dessas conversas miúdas que assombram a periferia dos mortos, os agrupamentos dos vivos que os levam à cova e se atrasam pelos caminhos, entre as cruzes, aos cochichos: risonhos, excitados, perdidos de riso ou de choro, sacudidos de vida — Arrebatam-no ao centro do séquito, ao encaminhamento rígido do cortejo, para os lados o levam, onde estão os muito jovens, rapazes imberbes e as jovens tão — que as formas de juventude no corpo não se impõem à inveja dos perdidos em anos. Deixam-no ali para que não se abisme perto da cova — o salto de seu sapato não seja a causa da torção para o erro — e como se curvam as velhas e gemem nos seus xales pretos que escondem as calvas debaixo do sol! É rubro o sol e a pino e arde, come os olhos dos circunstantes com o seu fogo, da piedade a natureza não sabe — não tem a ver — deixam-no próximo aos canteiros ralos na linha do muro alto, onde quem desfaleceu de cansaço se encosta e quem ama atinge com a ponta dos dedos o outro na pele como se escrevesse com a leveza requerida pelo assunto uma carta de amor datilografada — as impressões digitais falando cada uma por si das letras que se imprimem no corpo e ardem. O sol, o sol perpendicular e o entregam aos mais jovens e aos menos íntimos, aos mais distantes, aos circunstanciais comparsas — para que o tomem como a um dos seus — o arrastem no curso das pequenas intrigas que se articulam e fazem as delícias do momento logo desfeito — mais uma oração uma pá de terra e o fortuito e o alegre dessas formações provisórias se desfazem, comparsarias que desbordam do que (ou daquela que) propriamente falando, JAZ; e prenunciam as reuniões de maior peso que se irão dar logo mais, ou à noite — longe —, em outros compartimentos menos estreitos. Deixam-no com recomendações — já que anda tão distraído aos tropeções e pode criar embaraços — para que permaneça sempre ao lado dos últimos a chegar, dos que chegaram atrás de todos e serão os primeiros a se virar de volta e atingir o portão e se virem com presteza dobrando a rua — os que deixam sempre atrás um parente ou amigo mais próximo, intermediário, para os pêsames dados em seu nome. Irão livrar o carro do trânsito, serão práticos, hábeis também no baixar a cabeça ao simples encontro casual de olhos que não suportam a dor — Agarram-no, levam-no consigo — à lanchonete mais próxima — comentam os comentários costumeiros: a juventude assomando hoje nas crianças que conheceram ontem, os braços descobertos e maciços das pesadas mulheres inconformadas com o seu tempo, os exercícios constrangedores dos decrépitos que insistem em promover a perenidade do espírito — Excitam-se ao pensar que estão ali também passivos, são partes de comentários semelhantes se não iguais, saídos de outros pontos, não muito afastados, quem sabe na outra esquina, na quadra próxima. Ele se solta. Que o deixem de uma vez por todas! Seu braço se eleva no ar — Assustam-se. Perguntam-lhe o que houve. Fala do muito calor que sente nesse verão — Seu rosto é uma poça de sangue — o alertam para os perigos da insolação — permaneceu muito tempo exposto, deveria ter feito do lenço um chapéu de dois bicos para evitar o pior. Mas o lenço permanece em segredo no seu bolso — sem uso, amarrotado pela mão, um nó — uma coisa machucada por um sofrimento de terminais nervosos. Os dedos, só os dedos agarrados a essa coisa branca, ao linho, a essa quase pomba esganada no sofrimento, só eles puderam dizer que a morta fora o seu amor tão seu, tão seu secreto — que por ela se deixara estar desenganado dos passos, perdendo o rumo como uma criança torta a quem pela primeira vez largaram os braços e empurraram para que andasse pelos próprios pés.

Os moradores do 104 e os seus criados

Uma rua arborizada e antiga, onde não é permitida a construção de prédios.

Os moradores do nº 104 desceram muito de nível, empobreceram. Os vizinhos da casa à sua direita permanecem no mesmo nível. Os da casa à sua esquerda subiram um pouco. Hoje os moradores do 104 percebem que os criados os olham. São menos, todavia olham, encontram tempo. Pensam também. Fácil observar pela ruga entre as sobrancelhas de cada um. E naturalmente quando se dirigem aos patrões há um acento diferente em suas falas baixas como se fossem de súbito interromper o que estavam dizendo para pedir as contas. Talvez viesse a ser um alívio e talvez mais dia, menos dia isso terá que acontecer. Aumento de salário não pediram nunca mais, o que soa aos moradores através dos cômodos e das portas batendo como ameaça branca, de espécie nova. Os criados são poucos, mas estão muito unidos, não é como antes, quando andavam às tontas e dispersos, para cima e para baixo, um grito e só então eles sabiam o que deviam e o que não deviam fazer. Agora o que devem e o que não devem é motivo de meditação. Não dão respostas atrevidas, mas demoram-se mais tempo a responder; há uma pausa, e em que pensam enquanto aspiram o ar à volta e olham em torno para só depois se fixarem em quem perguntou? Existe uma curiosa mistura de cheiros no ar circulando pelos cômodos. Quando se baixa de nível, os cheiros sobem e soltam-se pela casa, as coisas cheiram por conta própria, não há mais tempo e gente suficiente para domesticar os cheiros, apagá-los, substituí-los. Os moradores do 104 esperam a noite cair para pôr o seu lixo no portão. É um lixo diferente do de outrora, diferente do lixo dos vizinhos e isso lhes parece tão palpável quanto a diferença entre os sonhos de uma sesta ensolarada e os de uma noite de mau agouro. Temem que os sacos se rompam quando os lixeiros, descuidosas criaturas, forem pegá-los e, como sempre fazem, de golpe os jogarem para o ar, apostando otimistas que os farão cair sem acidentes no caminhão da coleta, deixado com o motor ligado no meio da rua. O conteúdo desses pacotes estufados, e ainda assim emurchecidos pela descida de nível, poderá então espalhar-se incontrolável. A peçonha escapando pelo plástico junto aos novos cheiros, de mistura a restos de vísceras e de panos estraçalhados pelos dentes do tempo, trapos que antes de o serem de todo foram ainda mil vezes recortados em novos formatos sempre menores para lhes modificar o uso adiando o seu fim, cuja forma original porém prevaleceu ameaçadora através das alterações sofridas. Como aquelas duas coisas monstruosas, rugosas e cambaias, bem escondidas a um canto do saco com outros detritos. Se o plástico vier a romper-se elas terão ainda, antes de se desagregarem de todo, mostrado pela última vez contra o arco leve do céu (para o horror conjunto deles, moradores do 104, e o regozijo dos vizinhos de ambos os lados, debruçados nas suas janelas desniveladas) o sentido primeiro que as animou um dia e com o qual viveram por muitos anos nos pés do dono: o de um par de chinelos.

Depois que os lixeiros passam não convém mandar um dos criados verificar se qualquer coisa ficou pelo chão; pois o que não pensariam eles que já não param de pensar o dia inteiro? Um dos moradores do 104 vai então ele próprio, cosido às sombras, ver se tudo está em ordem, e o seu coração palpita porque à sua direita, da casa dos vizinhos que permaneceram no mesmo nível, alguém chega de um passeio e entra barulhentamente, enquanto à esquerda, dos vizinhos que subiram um pouco, um facho de luz escapa da porta entreaberta, junto a risos e música, e sua língua elástica de ouro lambe os pés do investigador do lixo que imediatamente os recolhe e retrocede. Os moradores da esquerda e os da direita vão se aquietar só muito depois. Mas os moradores do 104 querem logo encostar as cabeças nos travesseiros para saber as decisões que terão que tomar no dia seguinte, decisões brancas como cofres vazios, decisões de adiamento. São perturbados constantemente pela certeza de que os criados não dormem e de que cada um conversa com o outro com o seu radinho de pilha no ouvido rangendo os dentes dentro dos seus cubículos de treva, e sem dúvida no dia seguinte, quando as calçadas começarem a ser varridas, abrirão as informações tecidas meticulosamente durante a noite e as espalharão sobre a vizinhança como rendeiras do Nordeste mostrando suas habilidades. De lá vieram há muitos anos e quando os moradores do 104 lhes diziam então as coisas altivas que lhes passavam pelas cabeças despreocupadas, nada traziam nas mãos para se defender. Mas hoje carregam nos braços essa espuma de rendas que ao amanhecer irão abrir, primeiro para os madrugadores e, à medida que o bairro começar a cantar alto com o sol, para todos os que estiverem dispostos a se aproximar e conhecer de perto uma mercadoria de qualidade. É o que irão fazer sem dúvida, meditam os moradores do 104. E é espantoso para eles que mesmo antes, antes da descida de nível, já deviam os criados estar pensando, o que lhes ocorre só agora, já os olhavam, os olharam sempre, já se trancavam à noite nos seus casulos de treva para continuar pensando, já dormiam alertas e já então naquele tempo acordavam moídos de cansaço por terem passado as horas de sono amassando sem trégua, e depois cozinhando no próprio hálito, os seus sonhos, os seus sonhos de raiva.

TORRE DE PISA

1.

Torre de Pisa

Fazia uma poesia cambaia
e ainda assim lhe punha acento.

Poetava porque não podia
ir ao chão por causa de nada.

Quem o via pendido dizia
que os seus pensamentos se iam
como a água de um copo virado.

Mas ele pegava suas rimas
sem nenhuma serventia
e as jogava para o alto
como cascas de banana
depois da banana comida.
E quem escorregava eram eles
leitores pouco avisados

Enquanto o poeta fincava
sua falta de equilíbrio
no chão, como a torre de Pisa.

Gado holandês

Pensa em gado holandês
diante de um copo de leite aguado.
E por extensão pensa pastos
pastos pastos e mais pastos.

Junta rimas simples e pobres
como mãos postas na reza

E o seu coração tão aberto
é uma porteira sem trava.

Mas quem grita lá da porteira
e vai entrando sem ordem
espalha o gado holandês para longe
e é a morte a morte a morte.

Ferrovias — fundões

Quero me jogar de atravessado nos trilhos
para o trem de ferro chegar e passar por cima.
Não é suicídio simples
dos à toa, que sofreiam a vida

é o empuxo da ressaca
com força e queda.

Não ligo para as invenções locomotoras novas.
Quero é mesmo esse trem matando com atraso
de hora, hora e meia, mas chega

Vem que não vem resfolegando
e que me moa de pancadas
Gosto de apanhar no sereno
com o matinho ralo

crescendo entre os dormentes
e minha queixada trincando os queixumes:
para sempre... para sempre... para sempre

A perfeita coleção

Madre Thereza de Calcutá
voa como abelhinha laboriosa
de um canto a outro do planeta.
Colhe da flor da miséria absoluta
o aroma mais puro:
quanto mais acre mais doce.

Curvada para o solo farejando a miséria
como um perdigueiro de escol amestrado por anjos
sobe e desce de aviões
ascendendo aos palcos do mundo.
Em rapidíssimas iluminações eletrônicas
não deixa que lhe desviem o rumo
ou a distraiam do sofrimento colhido
em montículo, um a um.

Ciscando a miséria no grão

não aceita mais ou menos pobrezinho,
tem que ser menos menos, mínimo, meio.

Mas o que seria de Madre Thereza
e de seu paciente trabalho
não comportando arroubos nem confusões,
de sua coleção perfeita
da imperfeitíssima distribuição do pão,
se os celeiros do mundo se abrissem
de chofre
e dessem de comer a quem tem fome?

2.

Natureza-morta com animação
(*agonia e delírio da velha senhora*)

Guarda entre as coxas
um mundo trôpego e bêbado;
Os bebês que não teve
engordam-lhe o corpo debaixo da saia.
Não areja o ambiente
não sai
à luz do dia —
Na sala pregueada de rugas e de pó
o seu corpo inventa
uma juventude de sol,
grande como as abóboras do regaço da terra
cheio de água e misérias da
senectude — simula sem qualquer pudor
a vida que lhe escapa: pela barriga

como escapa qualquer vida —
sem respeito às palavras santas

confundindo o pároco e os anjos
que lhe trazem o ânimo e a extrema-unção —
com indiscretos ruídos vindos de baixo,
uma bisbilhotice de vísceras incansáveis

são as bocas das suas crianças não havidas,
cheias de sopro, prontas para a reinação.

A matriarca transformista

Todo ano
regularmente
botava um filho
por entre as pernas.

Usou o nome dos parentes mortos
Depois dos vivos
Depois dos santos

Variou as combinações possíveis:
nomes compostos por santos mortos
dentre os vivos por irmãos tios
sobrinhos/inhas.

Aos filhos mortos crianças
chamou-os anjos
e lhes tirou por sua vez os nomes

para dar nome aos outros
filhos que a eles seguiram.

Arrancou-lhes os nomes
como a vida lhes fora arrancada
e como lhe foram arrancando vida
por entre —
as pernas abertas obedientes.

Na menopausa
o sangue afluiu-lhe à cabeça
e ela enxergou pela primeira vez
o céu como vertente íngreme
em carne viva.

Subiu pelo cordão umbilical
dos próprios filhos paridos
à copa tempestuosa
e bravia
do monte de Vênus.

Acenou para o seu homem-parceiro
de olhos distraídos e ovos murchos

Longe deixou a casa com o seu povo
estupefato
rezando para o seu retorno
ao quarto — ao fim do ciclo.

A cada filho rogou uma alegre praga

macaquinha sexuada — desvestida de glória
e respeitabilidade —
pelo caminho inverso conquistando
a terra prometida.

Histórias do céu e da terra

loura loura mulher loura
homem tardo preso à cama
abriu-lhe as pernas e ergueu
o seu membro como um dedo
ao céu
e pediu a Deus
que desse atenção à sua obra
não a deixasse pelo meio

e Deus descerrou o sobrecenho
de rolos soltos de nuvens
e lhe ordenou que não usasse
o seu santo membro em vão

e o homem mudou a direção
de seu membro e apontou certo
não para o céu para a terra

bateu nos lençóis até eles
crescerem como claras em neve

e no meio deixou a mulher
com sua cor de trigo claro
e o seu crespo loiro de trigo
aberto feito uma estrela

e Deus olhando para baixo
pensou que o céu se tivesse
passado para o outro lado.

3.

Exercícios no palco

Antes de morrer se fez de morto.
E quando morreu de fato
sacudiu-lhe o braço o pai
e lhe gritou no ouvido:
— Farsante!
Uma vez só não basta?

E como não lhe arrancasse
qualquer resposta
concluiu que se consumava
o artifício.

E quando compreendeu que já não tinha
alento —
Sinceramente admirou-lhe
a imitação perfeita.

O futuro

Gosto deste animal perguntador.
Não é meu filho.
Veio comigo
crescido igual a mim.

Eu ainda estou forte
mas no meu corpo rijo
ele pergunta cada dia menos,
divide a frase em duas
e nem deu cabo da primeira
quando chega o fim do dia.

Mas à noite enquanto durmo
ele finge.
E debaixo da minha pálpebra desenvolve
uma atividade sem repouso.

O que não perguntou de dia
por preguiça, medo do compromisso
comigo — com os meus passos
um depois do outro —
à noite,
sabendo-me despida de qualquer rumo
o corpo na vala do horizonte
nele planta — como antigamente —
o mesmo feixe de perguntas
como um cipreste —
sem qualquer futuro.

A noite correndo sob a janela

Tristezas doces como pelos
como pouso para outras mágoas
que se aninham como gatos procriam
e fogem para outras casas.
Mas voltam
no cio
como crianças enlouquecidas
e choram e gemem à janela do quarto.
E são apenas gatos
e a tristeza é apenas a tristeza.
É a mistura de velhos modos caseiros
é um engodo,
uma coisa branca que se acaricia à noite
com a língua
como gatos que se esfregam
e se alucinam como sonhos humanos
como crianças que sofrem desesperadamente

em linguagem adulta
como o que se perdeu na memória
e por mais que se grite não se encontra
e são apenas gatos e se vão e levam
o que deles nasceu e não foi o homem.

4.

2 leões

Graciosamente dispostos no assoalho.
Nem de pelúcia, nem de verdade.
Com a imaginação fora das grades
olha-os o homem. São a sua
progenitura de sonho. O sol doura-os
e às jubas que se espalham.

Mas querem mais. Querem ser reais.
Querem a realidade
presa, a África intacta;
o tumulto e dentro
o coração de bichos brutos batendo.
São dois espavoridos diante
do homem que os olha pelo cano
da arma.
E querem isso — o confrontamento.
Não querem a confusão dos reinos.

Si(Pi)fões e serafins

Um anjo guardado
em copo de vidro
e gelo picado.

Olhar de anjo: austero.
Supercílios angelicais: surpreendentes
(estilo montanha-russa).

Riso de anjo:
espuma na boca
e onda.

Pernas de anjo: retas e tortas
como a dúvida.
Sexo de anjo:
existe.
Quem acerta com o dedo

em cima — logo sabe.
Sente cócegas na ponta.

Asas de anjo:
dobradas e em guarda.

Bunda de anjo:
esférica.

Voo de anjo:
rápido para as esferas
asas desdobradas relâmpagos.
Anjo alojado na tua cabeça
inserido na noite.
Componentes de vidro partido e gelo picado
artefazendo estrelas
Anjo ajuntando nuvem
e se enrolando por dentro
sem pudor ou asseio.

Anjo teu, do susto,
do descomedimento,
do ronco de boca aberta,
da anunciação pelo estômago.

Anjo que faz das tripas
coração,

                porque é anjo
                  e dos bons.

5.

Humanidade(s)

I

Um homem é mais que sua fome.
Depois da comida ele parte.

E o sinal da partida
ele o dá com a boca vazia
de lastro, repleta
de som.

O som para um homem sem fome
faz sentido: é palavra.

Para um homem cuja boca repousa
da mastigação
todas as combinações são possíveis,
de som

e são passos.

II

Um homem é a medida da fome.
Se a fome não cessa
um homem não parte: ele fica.

Ele habita o seu corpo
e esta é a sua casa.

Se alguém lhe dirige a palavra
ele a toma por carne e a morde.

E porque a palavra não sangra
ele a chama de embuste
e porque não se prende
aos seus dentes
ele a chama de falsa.

Ele a chama com outras palavras
impuras
cujo sopro arrasta no curso
detritos e sobras e fezes
de consistência líquida
fétida, como pensamentos
pouco consistentes — malnutridos
de humanidade.

O espólio de um homem público

Desabou como um saco de pedras no chão.

Acenderam-lhe luzes na cara na câmara-ardente.
Pedras lhe puseram sobre a boca no
                                enterramento.

A poeira de suas roupas velhas serviu de escárnio
Com os armários abertos o sol bateu nos espelhos.

A mulher o chorou duas vezes dobrada os pés
                                para dentro.

A mulher o chorou os peitos amassados contra
                                os joelhos.

No escritório havia sombra uma espécie macia
                                de leseira.

Uma friagem da noite um pouco de ouro na
                    lombada dos livros.

O último discurso ali se fizera pensado
                    quietamente.

Não estava no papel vasculharam as suas pastas.

A desordem repugnou um arquivista chegou
                    junto a novos deveres.

A casa ganhou nervo um impulso a mulher
                    sentiu sua importância para a Pátria.

Não estava o discurso não fizera ou soubera
                    deixá-lo ao alcance.

Diziam que seria fatalmente o discurso que
                    traria as palavras.

Nenhuma teria sido deixada de lado nenhuma
                    julgada um estorvo.

Por que não o escreveu perguntaram teve
                    tempo não o quis não o fez.

Por que não o escreveu perguntaram teve a
                    vida morreu não o fez.

Defendeu-o Associação e Partido a defesa não
                    saía de forma aceitável.

Talvez o tivesse redigido afinal talvez não
                    acharam.

O escritório guarda uma espécie macia de
                    suspeita uma astúcia.

Das sombras rebeldia para que não destituam
                    desmoronem os livros.

Na biblioteca uma coisa ensarilhada espreita
                    dos cantos — repele a ordem.

Sua matéria resvala para os lados da vida —
                    não a descobrem.

IV. O TIO PAULISTA

Publicado originalmente como "Vinhetas com o Tio Paulista" em *Ficções 6*. Rio de Janeiro, 7 Letras, setembro de 2000.

O Tio Paulista e a Mata Atlântica

O Tio Paulista vem à cidade algumas vezes por ano. Chega à casa, mal bota a malinha no chão, e já está com tontura. Minha mãe diz que é a grandeza de São Paulo Capital que deixa ele mal. No dia seguinte vai às Clínicas medir a pressão. Pergunto à mãe se não é a pressão que deixa ele com tontura. Não, diz a mãe, a tontura vem primeiro. Chega a São Paulo, olha, passa mal, vai ao hospital. E a dor na nuca? Tudo a mesma coisa, responde a mãe: é pelo tamanho dos prédios, tem medo que lhe caiam na cabeça, fica olhando para o alto e desviando; daí o problema. E a vermelhidão do olho? Espanto. Desce na rodoviária e já chega espantado; olho arregalado por muito tempo é o que dá; haja veia de olho que aguente. Mas isso quer dizer que nas outras cidades do estado o progresso não chegou? Um pouco, mas sem grandeza. Explica a grandeza, peço à mãe. É um jeito especial de ser grande que pode levar ao estupor; caso do seu tio. Ele é paulista, do estado de São

Paulo, não é paulistano, de São Paulo Capital, o que faz a diferença. Chega desprevenido, passa mal. Não dá para prevenir? Grandeza não se previne, se pega aos poucos no costume — ainda assim se o coração não mostrar retraimento —, ou não é grandeza. Depois, a nossa é a do tipo espantoso. Nunca se viu igual como a de São Paulo Capital.

Ocorre que o Tio Paulista precisa ver mais o verde dos parques, lembro sempre à mãe quando o tio avisa: eu-estou-chegando. Nada impede, responde a mãe, mas se presta a esclarecer: o verde dos parques é para dar realce ao marrom. Marrom do quê? Marrom de onde? Do Tietê, de tudo. Cidade com pouco marrom não é cidade, é Mata Atlântica; quer voltar aos tempos do Descobrimento, poço de ignorância?

O Tio Paulista e um algo a mais

Por vezes quando está em São Paulo Capital o Tio Paulista sai desacompanhado. Minha mãe se preocupa. Eu lhe dou um adeusinho da porta. Nesses dias, quando o Tio Paulista retorna, a mãe sempre reconhece nos seus antigos sintomas um algo a mais, e lhe prepara um chá. Eu, que a tudo observo do alto da escada, solto um assobio agudo como uma sirene, mas, às exortações da mãe para que me explique, responde com impenetrável silêncio. O Tio Paulista dá boa-noite à minha mãe, vai para o quarto e escreve "umas coisinhas poéticas" como modestamente chama o fruto imediato desses passeios em que "da solidão nasce a inspiração"; conforme sempre explica ao seu correspondente do interior do estado em Tatuí. Pronto o texto, que leio por cima do ombro do tio, este o envia sem demora por carta expressa ao amigo de Tatuí.

Eis o que recebe certo dia o amigo de Tatuí:

Bonequinha da Boca do Luxo.
Olhos com trava de segurança.
A pálpebra sustenta qualquer velocímetro.

Seios à escolha.
Em formato de pera.
De lua cheia.
Grandes como melões.
Pequenos como botões.

A parte de trás é a melhor parte.
Esporte para alpinista de fôlego.
Um Everest!
Mais tarde ele diria:
A ladeira da Memória é só descida.

O correspondente de Tatuí aplaude com calor os escritos chegados de São Paulo Capital, mas como amigo sincero e nacionalista exaltado faz a seguinte observação por carta, que leio por cima do ombro do tio: "Na antepenúltima linha não haveria um similar nacional de igual força que se pudesse juntar, em valor e prestígio, ao querido logradouro da última linha?". O Tio Paulista lê a carta pensativo. Eu me retiro na ponta dos pés.

O Tio Paulista e as almas

Varão barão e bojudo.

Brasão e Batismo.

Varão de onde?

De São Paulo. Pelos fundos do estado chega.

Varão dos quatro costados? A perder de vista.

Vem com os truques do curupira.

Os pés virados ao contrário para que despistem: quando ele chega, quando se vai.

Na frente vem primeiro o calcanhar batendo, tap-tap.

Os dedos por trás como leque de palmeira, trap-trap.

Vão, e fingem que não vão com folga de tempo.

Chegam com as luzes de São Paulo Capital acesas.

Varão dependurado no galho ao lado do bicho preguiça, mamífero desdentado de pelagem densa e comprida como cabelos, naquele tico de mata virgem que é o parque Siqueira Campos.

Ali, onde para a escuridão de breu desabam os travestis

da noite, fugidos da fúria dos que não gostam de homem e mulher exibidos em um só tronco, cobertos com saiote de gase para esconder os penduricalhos, boca com batom de duração eterna vermelho-cravo, piercing no umbigo, um só aplique de penacho tricolor.

A avenida Paulista é um divisor de águas: de um lado o Museu de Arte, de outro o parque Siqueira Campos.

O Museu de Arte oferece Michelângelo sem erro a quem seguir suas trilhas pelos passos do monitor.

No parque Siqueira Campos o chefe dos escoteiros pede que o sigam passo a passo caso ninguém queira sair fora das trilhas para dentro do cipoal.

O Tio Paulista ama por igual a natureza e a arte. Para que lado irá se decidir no seu passeio pela tarde estival?

Isso então são escritos da maturidade? perguntou com espanto monsenhor ao Tio Paulista.

Oh, não, apenas, conforme o meu sobrinho, os de um modesto escriturário de almas, monsenhor.

V. REGIÃO

Publicado originalmente no caderno Mais!, *Folha de S.Paulo*, 30 de junho de 2002, e incluído no livro *A alegria – 14 ficções e um ensaio*, vários autores, organização de Arthur Nestrovski, Publifolha, 2002. A redação do conto segue a primeira versão.

A região é conhecida por Jardins.

Onde não há nenhum. A não ser que algum marqueteiro do lugar chame *Jardins Suspensos* o alto das árvores das ruas da Consolação e arredores balançando nos dias ventosos suas copas de lá para cá como grandes perucas ou espanadores arrepiados. Muitas das árvores estão tomadas por cupim. Seja pelos cupins, ou por sua velhice, ou pela violência do céu, ou por tudo junto, por vezes tombam elas sobre carros, transformadores, fios elétricos, e quantos mais, nas furiosas sessões de raios e trovoadas das chuvas de verão. Nessa época a guia da rua da Consolação, no trecho que desce do alto da avenida Paulista, o limite norte da região, até a Estados Unidos, o limite sul, converte-se em uma forte corredeira. A água vem ladeira abaixo roncando com as pororocas que forma para espraiar-se ao chegar ao asfalto plano da Estados Unidos. Do lado de lá ficam os bairros do Jardim América e Europa: um verde forte que se interrompe com brusquidão na Estados Unidos; como um mar represado. Do lado de cá, nos andares mais altos dos prédios mais altos erguidos perto dessa linha divisória, o olhar avança então, *sem limites*, para *além*, para a rede curvilínea dos jardins dos Jardins, onde não existem prédios. A vista é mag-ní-fi-ca.

Dizem. Porque eu nunca a vi. Sou um habitante do solo. E mais; um sem-teto ocasional. No momento estou de guarda em uma casinhola térrea desalugada que já teve tempos melhores quando, pintada de fresco (de amarelo--ovo, para sermos precisos), era uma bonita loja de venda de cristais, desses que espalham energia positiva, ao que dizem. Também eu já tive tempos melhores e outro ganha-pão. Daí ter sido capaz de usar há pouco a palavra "curvilínea" (e quantas mais...). Saiu-me com a maior naturalidade. Eu sou assim, palavra escolhida a dedo não é comigo; tem de ser natural, "orgânica".

Quando a noite cai, acendem-se as luzes da região, as vitrines das melhores lojas da melhor rua de comércio fino, uma das muitas que cortam a Consolação, exibem, com iluminação superior à do dia, mostruários e manecas. (Aprecio muito as manecas sem cabeça. Antes eram poucas, porém nessa estação voltaram com tudo; por que será?, me pergunto. Já as outras, com seu rostinhos estreitos e esverdeados, seu ar de nojo e de fastio, me dão medo). Nessa hora do lusco-fusco sacos de lixo rapidamente amontoam-se, muitos formando grandes pirâmides negras, ainda mais impressionantes e de maior brilho se lavadas pela água da chuva. Mas a chuva que as lava é a mesma que dá força ao cheiro pestilento sempre pronto a se desprender de tanta imponência. A vida é assim. Nem tudo são alegrias. Mesmo de nariz molestado, com a chegada da noite gosto de passear assobiando por entre essas belas arquiteturas.

Gosto também de observar os que pesquisam no lixo, com grande zelo, surpresas. Tenho para mim que mesmo nas noites de resultado zero não pensam em desistir. Parecem sempre tomados por aquela febre persistente dos fiéis das loterias, das romarias, dos garimpos exaustos. Com discrição e muita ordem, e principalmente muita rapidez, vão desembrulhando e reembrulhando o que encontram pela frente como fazem as comerciárias da região nos fins de ano, agitando as mãozinhas diante dos montes de mercadorias para troca. Continuo andando, assobiando e disfarçando.

Foi no começo do outono, quando fazia esse meu tour, que conheci Orfília saindo de uma das lojas da melhor rua de comércio fino da região. Não sou de ficar cobiçando roupa em vitrine. Mas como ali havia uma maneca sem cabeça, me deu gosto notar como o seu lindo pescoço erguia-se para o ar, para o teto, sem nenhum compromisso de sustentação com o que pudesse pesar sobre ele; já que sobre ele não pesava nada. Pude assim deixar os meus olhos escorregarem em liberdade pescoço seu abaixo para vir a firmá-los nos dois pequenos seios duros e perfeitos sobressaindo no tecido. Depois, meu olhar continuou descendo. Escutei ao lado uma vozinha fina. Esclarecia que a vitrine já estava pronta para a nova coleção de outono. Ah, respondi eu. Era ela. Pequena, moreninha, e tão menina. Mas sua voz estava trêmula e me pareceu muito assustada.

Trabalhava na loja havia quatro meses foi me contando enquanto caminhávamos juntos pela rua de comércio fino em direção à sua condução na Nove de Julho. Morava longe, para os lados da estrada de Guarapiranga. Sua família era gente de Catende, Pernambuco. Havia sido trazida à loja por uma amiga que nela trabalhava. Ficou primeiro como dobradeira, começou dobrando o que os fregueses provavam e punham de lado. Um trabalho sem fim. Depois foi promovida quando uma colega resolveu ir embora sem dar aviso. Agora atendia as freguesas. Outras é que dobravam. Muito bem, aplaudi, mas não tive coragem de perguntar o porquê do seu medo.

Tomei o costume de esperá-la depois do seu expediente na loja, pouco antes de começar o meu na casinhola desocupada, que um dia, pintada de fresco, chegara a oferecer energia positiva a preços acessíveis. Logo ficamos íntimos; ou quase, pois sempre virava a cabeça quando eu lhe perguntava sobre aquele seu jeito assustado de quando a conheci.

A primeira noite em que combinamos dormir juntos ela avisou a mãe que iria passar o fim de semana com uma colega. Eu por minha vez lhe disse que de forma alguma a levaria para a casinhola de pintura descascada. Negociei duas noites de troca da guarda com um vendedor de redes que faz ponto em uma esquina da rua Augusta. E partimos.

O tempo estava lindo. Descemos de mãos dadas a Consolação e atravessamos a Estados Unidos para aqueles lados tão verdes e ondulados que causa espanto sua existência bem na fronteira da região; um mar de ondas, barrado.

Andamos, não muito, pelas suas curvas, eu balançando uma trouxa, ela sua cesta. Diante de um muro comprido e alto, coberto por hera e sem portão, existe uma sombra grande e densa projetada por uma árvore frondosa cuja galharia avança além do muro. Era ali. O lugar em que sempre dormi em muitas noites de outono. Desdobramos o colchonete, pusemos a cesta com as comidinhas e latas de cerveja de lado e nos deitamos bem agarrados, esperando a chegada da noite alta. Conversávamos aos cochichos. Quando escutávamos passos, emudecíamos. Gente levando cachorrinho e criança por vezes parava e espiava de longe. Muitos desconfiavam que dentro daquele amontoado, só entrevisto na sombra por quem já trazia o olho acostumado pelo escuro, havia gente. Emudeciam também eles, e apressavam o passo. Naquela noite um homem chegou a nos cutucar com uma bengala dizendo para a mulher: Mas o que é isto!? O que é isto, Marieta!? A mulher foi rápida: Passa reto e não fustiga!

Custou mas chegou a noite alta de céu liso e brilhante sem nenhum crespo de nuvem. Valeu o tempo de espera para o céu de festa que foi o da nossa. Depois, naquela moleza dos fins de encontros festeiros bem espichados, veio a hora das confidências. Eu falei pouco. Meu pai, aposentado como almoxarife de uma faculdade, foi quem me incentivou a ter como meta "antes um pouco de leitura que muito de falatório"; principalmente não esquecesse verbete de dicionário e as palavras cruzadas, pois "desenvolviam a perspicácia", era o que sempre dizia. Nada disso falei a Orfília, mas com a perspicácia afiada por longos anos de disciplina percebi que ela queria me contar alguma coisa de sério. Fala, Orfília! — exigi com autoridade. Minha menina começou por me fazer estranha pergunta, se eu sabia o que era um bode. O macho da cabra! respondi de pronto. E um bode preto? retornou. Meu espanto aumentou, contudo não parei para refletir e de novo fui rápido: O macho preto da cabra! — Só isso? e os lábios de Orfília tremiam. "Quer mais conhecimento?" pensei impaciente, "Pois tome", e fui em frente: Ruminante cavicórneo, o macho preto da cabra! Mas, para pasmo meu, Orfília, que me parecia confusa, ainda uma vez se queixou em voz muito fraca, só isso?

Parei para pensar. Debrucei-me sobre a palavra bode como sobre um verbete do velho dicionário, aquele mesmo que meu saudoso pai me dedicara com suas palavras-guia: "Antes um pouco de leitura que muito de falatório". Depois cruzei a palavra bode com a palavra preto. Sintonizei. Ativei minha perspicácia: *Bode preto é também um dos nomes do diabo*! E ainda enriqueci a informação: *Ele tem um monte*! Diante do quê, Orfília deu um pequeno grito angustiado e colocou a mão sobre minha boca: Não diga o nome! Digo então qual? Estava estupefato.

Conheci afinal o porquê daquele ar assustado que havia mostrado na primeira vez em que a vi. *Ele* era a causa. Contudo, já a começar dali enquanto me narrava o caso do bode preto, o nome verdadeiro *dele* não circulou nunca mais entre nós. Para falar *dele* ela usava *outros*, *bode preto* mesmo ou *maligno*, que dizia com muita graça, lentamente, *malino*, espichando o beiço cor-de-rosa como se a palavra exibida fosse um piercing. Já eu, graças ao meu finado pai, tinha um monte de disfarces à minha disposição para pôr no lugar do nome do capiroto, do mofento, do rabudo; como se vê, logo entrei na coisa.

O caso foi que naquela noite, conforme me contou, já no fim do expediente da loja chegou até ela uma mulher alta, de olhos maus, vestida de preto, que foi logo lhe perguntando se ali tinha bode preto. Orfília ficou imóvel por um momento, apavorada, e nada respondeu. Fingiu que ainda vivia os seus tempos de dobradeira e começou com lentidão infinita a dobrar uma blusa abandonada em um provador aberto. Mas a mulher alta de olhos maus foi até ela e insistiu se tinha, porque se não tinha, dissesse logo. *Bode preto*! repetiu. *Bode pre-to*! Não senhora, não tem, respondeu por fim Orfília baixinho. Quando a mulher saiu ainda continuou a dobrar a blusa por um bom tempo até suas mãos deixarem de tremer. Não falou nada para ninguém, muito menos na loja. Sua mãe sempre lhe contava de uma lojinha de ferragem em Catende e que nos fundos dela havia... um outro tipo de serviço, e Orfília se benzeu três vezes.

Acalmei Orfília assegurando a ela que tudo aquilo era pura bobagem (Tudo aquilo o quê?... e Orfília me olhou torto). Suspirei, e depois de pensar mais um pouco tomei outro rumo explicando-lhe que ali na região as coisas se passavam tal qual em Catende na lojinha de ferragem (como também pelo Brasil desconfiava eu, e porque não no mundo...). Quem sabe essa madama havia se atrapalhado e entrara na loja errada sem atinar. Claro, não procurava um bode preto de *fato* (nesse ponto Orfília começou a tremer e precisei sacudi-la com força para que parasse), havia querido na certa comprar apenas um bonequinho do bode preto. Por aqui se vendem às dúzias figurinhas de duendes, sabe o que é? Orfília não sabia. Mas sabia o que eram fadas, anjos, gente que lê o futuro, os astros, que faz cirurgia "pelo espírito" sem abrir nenhum corte na barriga. Pois é, eu continuei, e tem muito, muito mais disso na região, por exemplo a energia positiva dos cristais, lembra quando falei deles para você? (E dão choque? perguntou Orfília interessada). Não, Orfília, respondi com desânimo. E pode me acreditar quando digo que todos juntos têm menos força do que uma única lâmpada de 60 watts; mas são bonitos. Orfília sorriu. Levantamos acampamento. A madrugada chegava. Meu pai me perdoasse, eu já havia falado demais. E em vão.

Resolvi então tomar ainda outro rumo; a partir de um ponto de vista oposto, concreto. Ir mostrando a Orfília, sem muita conversa, as coisas existentes *de fato* no lugar; para que ela entendesse a região e se distraísse. Os prédios e as casinholas-lojas. E as lojinhas de ferragem (não é só em Catende, Orfília...), e as sapatarias, e isso e aquilo. E os mendigos variando: os que se fingiam de estátua sentada, botavam uma cuiazinha entre as pernas e não moviam um músculo quando nela pingava uma moeda. (por isso tinha passante que se arrependia no ato, assim que a moeda caía e fazia plim e depois nada); e os mendigos que caprichavam no ar molambento (para meter medo e dar pena, tudo junto, preste atenção, Orfília, no artista; sacou aquele trapinho ali?) E lhe apontei as lojas superfinas, espalhadas na virada de certa rua, em uma outra esquina, e mais para lá... (nunca prestou atenção, Orfília? Não quero fazer pouco da sua, mas aprecie)... de tipo diferente; e que sossego. Parecia que ninguém por elas entrava ou saía. Engano. Nunca se davam mal. E o ar-condicionado também super-regulado escapando de suas altas portas era como vindo de outras esferas. Uns encasacados de escuro andavam à volta da entrada pisando no chão com passos de lã, falando baixo entre si, sorrindo, mas muito contidos. Por vezes alguns preços do que nelas se vendia me caíam no ouvido. Raramente se mostravam nas vitrines. Que altura. Que imensidão. Provocavam vertigens. Entusiasmavam.

(Nesse tempo de caminhadas ao lado de Orfília, fiz novas e curiosas observações sobre as manecas; que guardei para mim.)

Achavam-se as coisas nesse pé, quando eis que um dia chegou à loja de Orfília uma mulher gorda com nada dos olhos maus da outra, muito ao contrário os tinha de ovelha conforme concluí pela descrição que me fez, e que por um tempo ficou parada à porta balançando o corpo de leve, nem se adiantava nem saía. Atraída pelo jeito manso e tonto da freguesa (em que por certo, sem o saber, reconhecia o seu), e com o caminho livre já que as outras vendedoras pareciam não enxergá-la, caminhou Orfília rapidamente em sua direção e lhe perguntou na sua vozinha fina em que poderia servi-la. Ao que a mulher, subitamente aproximando muito o rosto do dela, não sem antes olhar para os lados como se temesse alguma interferência, em voz baixa, todavia sorrindo, segredou-lhe que estava *já há bem uma hora atrás de um bode preto.* Com o coração disparado, mas procurando se fazer de forte e recordando minhas explicações tão sensatas (o adjetivo vai por minha conta), preparava-se minha menina para lhe dizer que em outra loja não muito longe dali, em que se vendiam duendes, incensos, figas, anjos, fadas, baralhos, livretos, búzios, fitinhas, ela encontraria com certeza o seu *bodezinho preto*, quando escutou quase no seu ouvido a terrível palavra: *grande*. Sim, foi o que Orfília ouviu e depois me repetiu gritando: GRANDE! A mulher não deixava dúvida quanto ao pedido: *Um bode preto grande*! insistiu.

Diante do que Orfília perdeu de todo a cabeça e olhou para os lados a pedir socorro. Mas as colegas iam de lá para cá como se não existisse freguesa alguma perto da entrada com o rosto grudado no seu. Mais gorda fosse a freguesa, mais invisível ficaria, afirmei a Orfília para seu espanto na noite desse dia fatal, desanimado quando ela teimou — e isso apesar de tudo que se seguiu e vim a saber — que a mulher tinha mesmo qualquer coisa de "malino". Pacientemente lhe fiz ver que quanto maior o diâmetro de uma freguesa, mais complicado encontrar manequim com o seu número nesses tempos tão tristes de mulheres desprovidas de carnes, moda que infelizmente parecia ter vindo para ficar (minha garota de Catende, moreninha e rechonchuda, nem percebeu a homenagem *light* que disfarçadamente acabava de lhe prestar). E completei: as outras vendedoras deixaram o abacaxi para você, Orfilinha.

E deu no que deu. Tomada de aflição e com a mulher sempre no seu encalço, Orfília foi até a gerente e lhe disse que uma freguesa a vinha perseguindo com um pedido muito feio; sobre o que seria a gerente nem podia imaginar, um bode preto grande, por acaso teria a loja feição de terreiro? Nesse exato momento a mulher, que se não tinha os olhos maus da outra já havia perdido há muito os seus de ovelha, exigiu a despedida imediata daquela estúpida.

Porém Orfília não foi despedida, apenas rebaixada ao antigo cargo de dobradeira. Contudo, o que não suportou foram os risos. Naquele mesmo dia, e no seguinte, agitaram-lhe as companheiras alegremente diante dos olhos vários tipos de corpetes, com e sem mangas, de muitas cores, principalmente pretos, ela estava cansada de os ver por ali afirmavam, e que de agora em diante iria ter muito, muito tempo para *do-brar*! *Body* em inglês é *corpo*, Orfília, não sabia? — Mas ela já não queria saber nem aprender nada da região. E se foi.

Ontem foi a última vez que a acompanhei até sua condução na Nove de Julho; e de cabeça baixa. Eu tinha falhado. Não me lembrei de cruzar verbete em português com verbete em inglês. Morador antigo que sou da região! E com *sale, sale, sale, sale* pespegado de lá para cá nas vitrines! Paciência; a perfeição não é para o gasto do diário.

Mas penso que fiz bonito quando reafirmei a Orfília que o "bode preto de Catende", como o episódio ficou conhecido na loja, não era propriedade da gente de Catende coisa nenhuma, e nenhum motivo de vexame para ela. E lhe contei como crescia na região a "confraria do bode preto" (confraria!?) E tive ainda o prazer de lhe explicar, com cuidado para que não viesse a ter dor de cabeça, tão delicada a menina, o sentido da palavra (uma das mais prezadas por meu pai em seus dias de almoxarife da faculdade). E como na confraria os membros se davam bem. Os que produziam, os que vendiam, os que compravam; começando pelos cristais e vai-se lá saber onde parando. Um negócio forte, seguro, do outro mundo! Tão garantido quanto o dos corpetes com todas as cores do arco-íris, uma cor para cada gosto, pretos os preferidos; *bodies* que apertavam o corpo das mulheres cada vez mais, com os fabricantes competindo loucamente entre si até vir o dia de suas donas simplesmente deixarem de respirar e se mover (dá licença, Orfília, de eu também ter minha horinha de vidente?)... como as manecas.

As manecas.

Voltei a pensar nelas agora, deitado em meu território de sombra produzido pela grande árvore do outro lado do muro, aqui, boiando de leve nessa água tão verde dos verdadeiros jardins. Ontem foi que me despedi de Orfília. E metade do que lhe falei também foi de dentro de um território de sombra: de mim para comigo. Nem ela ficou sabendo que já não durmo na casinhola desocupada, um dia tão fresca em sua cor amarelo-ovo. Meu substituto na troca de guarda, o vendedor de redes com ponto na Augusta, traiu e somou: ficou com as redes e a guarda. Não estou nem aí. Enquanto não chegar o inverno, não vou me trancafiar em nenhum cômodo malcheiroso. De resto, para os meus dias tenho algumas economias e meus contatos.

A despedida de Orfília. Procuramos os dois fingir que não era para sempre, mas sei que não vou bater pernas para os lados da estrada de Guarapiranga e duvido que ela venha de novo a pôr os pés por aqui. Sabedor de que pretendia voltar a trabalhar no Largo Treze com os seus amigos camelôs, diante do ônibus que chegava mal parando, fiz apenas duas coisas para lhe levantar o moral: dei-lhe um tapinha forte no bumbum, animando-a a subir rápido e soberba, e um conselho:

— Fique esperta!

Agora deitado no escuro continuo recordando e refletindo; menos sobre Orfília, que já mal distingo se apagando na luz do dia indo embora. O cheiro forte dos jasmineiros no verão ainda me chega nessas noites de outono. E de novo, em vão, indago como serão as raízes e o tronco da grande árvore do outro lado do muro, que me dá sombra e tempo para pensar no que bem quiser até vir o sono. Mas algumas coisas novas soube e anotei; sobre manecas, por exemplo. A de que algumas das sem cabeça perdiam o seu ar desempenado e livre de quem teve a cabeça decepada por vontade própria, ao trazerem, no corte do pescoço, pequenas chapas metálicas semelhantes às tampas que fecham garrafas de leite. O que me dá a sensação perturbadora de que tais arremates ou molduras bregas seriam na verdade o pretexto para a sua função verdadeira, a de reprimir cabeças, impedindo-as de escapar pelos pescoços, como o leite das garrafas. Já outras manecas, de forma surpreendente, mostraram-me, no lugar das antigas e familiares cabeças, novas e pequenas cabeças ovoides, destituídas de feições e cabelos, absolutamente lisas, algumas levemente translúcidas como as ovas de certos animais marinhos.

E o que concluir de tudo isso?

Leva tempo.

Por ora, o que adianto é o meu palpite de que estão espiritualizando as vitrines cada vez mais. Um truque, bem entendido. Os membros de certa confraria é que iriam ficar impressionados caso fossem capazes como eu de cruzar pensamentos com o desembaraço com que as palavras cruzadas se combinam. (Meu saudoso pai.) Pois se algumas vitrines já nem têm mais manecas, apenas cabides, e que mal são percebidos com o vestuário por cima. Com o avanço da ciência aplicada ao comércio, acredito que dia virá em que as vitrines se assemelharão ao interior de uma nave espacial exibindo roupas sem suporte estampadas no espaço; de frente para os compradores, de costas para a gravidade do mundo.

A gravidade do mundo.

Maior dificuldade em chamar o sono. Será o frio da estação aumentando a cada marca no calendário. Ouço, vindos de longe, os silvos noturnos da região separada de mim pela linha divisória da Estados Unidos. São alarmes que disparam orquestrados e se prolongam por muito tempo já com a noite plena... uá, uá, uá... alguns avançando madrugada a dentro, uá, uá, uá... E são as sirenes de ambulâncias e carros de polícia crescendo vários decibéis acima dos alarmes para logo mais diminuir se distanciando, uá, uá, uá, um arco vibrando na friagem do céu.

Sei ainda de um silvo estridente que não me chega daqui onde estou a não ser no sonho ou na lembrança, e que já ouço. Sai de algum buraco da noite, ouvido com maior frequência na proximidade das festas de fim de ano e que anuncia aquele que caminha arrastando sua vitrine consigo, seu mostruário repleto de colares, contas, signos, figas, guizos, búzios, anjos..., pendurados pelo corpo e misturados às roupas coloridas sobrepostas, formadas por muitas tiras soltas que ao movimento do corpo farfalham juntas com o mostruário. O ambulante traz ainda na cabeça um chapéu com chifres e quando sopra o seu apito na escuridão este ressoa como mais um alarme disparado ou sirene dando aviso de urgências desconhecidas.

Tenho os pés tão frios que preciso esfregá-los um no outro como na infância fazia atritando duas pedras. As pedras iam se aquecendo tal como agora já sinto meus pés distribuindo calor pelo corpo. E zás! uma centelha nas ideias me lembra a faísca que arrancava das pedras para fazer fogo. Aceso e animado, enfim sei. Vou ser vitrinista! Uma decisão para os próximos meses. Já não passarei assobiando no lusco-fusco. Irei sim apreciar de outro ângulo, do interior das vitrines, os que passam assobiando. Não estarão desmaterializados como as manecas, nem como elas jogando charme com suas cabeças decepadas ou reprimidas. Desfilarão os passantes à minha frente pesados e por inteiro, cabeça, tronco e membros. Soprarão vento pelas narinas e marolas de palavras pela boca, excretarão pelos poros os restos de sua matéria inútil. Nos dias em que as vitrines forem desmanteladas como nos desmanches de carro roubado e ficarem escondidas por grandes tiras de papel para uma nova nascer da velha, meu lugar no mundo, tenho certeza, será tão imprevisível quanto o de um espia de alta patente. É ali porém que vou estar. Esquadrinhando do anonimato, pelas brechas do papel-tapume, o vaivém das ruas. Mesmo de gatinhas, ajeitando algum tecido aqui e ali, estarei alerta para o desfile ao rés do chão de saltos finos altíssimos e metálicos, tênis opulentos como bolos gordos emborrachados, pés no chão de humanos em zigue-zague e patas de cão voando no empuxo das coleiras. Excitação e variedade me esperam. Uma nova maneira de me orientar na região e ativar a perspicácia. Aquecido, já começo a relaxar. Ainda não é o sono. E é quase a alegria.

VI. DOIS NARIZES

Ensaio inédito, escrito em 2007, sobre *O nariz*, de Nikolai Vasilyevtch Gógol (1809, Poltava, Ucrânia — 1852, Moscou, Rússia), e *Reinações de Narizinho*, de Monteiro Lobato (1882, Taubaté — 1948, São Paulo). A edição de referência, no caso de Gógol, é a tradução do original russo por Gália e Otto Schneider, ilustrações de Erich Grandeit, edições Melhoramentos, coleção Novelas do Mundo nº 7 (sem data). A de *Reinações de Narizinho* é a da Brasiliense, 51ª edição, 1994, com ilustrações de capa e miolo de Manoel Victor Filho. A ilustração de capa dessa edição de *Reinações* insere-se no que se comenta na nota da página 326. Apoio-me na tradução de Gália e Otto Schneider para *O nariz* por ser ela uma "tradução direta do original russo", como consta em sua Introdução. Além do mais, foi com esta tradução que vim a conhecer "O nariz", motivo, talvez de minha maior afinidade com ela.

Dois narizes — um estudo

Duas ficções de autores tão distintos, Nikolai Gógol e Monteiro Lobato (como perfil, nacionalidade, biografia, época, texto...), serão aqui reunidas por compartilharem, a meu ver, de uma (quase) igual figuração no uso do absurdo, produzindo ambos os autores, Gógol em um conto e Lobato em um episódio, certo espaço narrativo no qual a percepção da desrazão, do despropósito, em suma, do que se afasta da noção do real no plano do cotidiano, não chega a nós apenas como o seu oposto, mas antes se diversifica de modo a intensificar a condição de estranhamento e surpresa próprias da maioria de tais narrativas. Pois se os aspectos observados nos dois textos, de maneira menos ou mais nítida, podem ser encontrados em grande parte das ficções que trabalham o absurdo, neles se apresentam de forma vigorosa e original nos vários níveis que assumem, com significação e peso diversos.

Trata-se em suma, na trivialidade do cotidiano, da emergência do absurdo, sem que nele venha ao primeiro plano seus aspectos mais densos ou gerais, suscitando questões do que vem a ser a realidade ela mesma, a possível ou não racionalidade do mundo etc. etc., pois estas, quando surgem, chegam apenas como especulações do próprio personagem narrador integrado à narrativa e/ou de outros personagens. Ainda assim, de maneira difusa, afastada, eu diria que tais noções podem não se achar completamente afastadas dos escritos apresentados, possibilidade que será retomada no fim.

O conto de Gógol inicia-se com a revelação de que no dia 25 de março de um ano não determinado houve em Petersburgo "um caso extremamente fora do comum". O de que o barbeiro Ivan Yakovlievitch, ao iniciar sua refeição matinal, havia encontrado dentro de seu pão quente com cebola, de que tanto gostava, nada mais nada menos do que um nariz humano. A despeito de o ano do acontecimento não ter sido dado ao autor, segue-se — à informação de que o fato fora do comum teria ocorrido em Petersburgo — uma série de dados precisos, como o da residência do barbeiro ser na rua Vosniesienskiy, a descrição da placa contendo o anúncio de suas atividades representada por "um cavalheiro de rosto ensaboado", ao lado da informação de que no local ainda se faziam sangrias.

O início do dia de Ivan, sua saída da cama estimulado pelo cheiro do café fresco, as relações difíceis com a mulher, Praskovia Ocipova, os subterfúgios de que faz uso para tentar conseguir dela o melhor para sua refeição matinal, a roupa que o veste, em suma, a descrição de tais procedimentos materiais e psicológicos chega ao leitor de forma nítida, claramente enunciada, como também vem de forma nítida e clara aquilo que não lhe é dado conhecer, seja por ignorância assumida do narrador (o nome de família do barbeiro), seja por ter sido deixado de lado o ano do episódio.

À reação de horror do barbeiro diante da descoberta, opõe-se a fúria da mulher, chamando o marido de bêbado, bandido, patife, ameaçando-o "denunciá-lo à polícia" e ainda declarando já ter ouvido "de três pessoas" que quando ele fazia a barba puxava-a "com tanta força pelo nariz que ele mal se aguentava".

Dessa forma o conto tem, com a "naturalização" do acontecimento por meio das suposições de Praskovia Ocipova, assim como pelas conjeturas horrorizadas e o medo crescente de Ivan Yakovlievitch de ser apanhado pela polícia, a suposta negação de sua condição extraordinária afirmada na abertura do texto, que todavia permanece com sua estranheza ampliada exatamente pelo duplo (e contraditório) recurso do narrador em assumi-la, qualificando-a; e ignorando-a, ao introduzi-la. Característica que se estende ao longo da obra, de forma menos ou mais forte — e em estilo sempre claro e realista — na descrição das curiosas e estranhíssimas peripécias ocorridas na cidade de Petersburgo com o apêndice nasal destituído de seu posto e função.

O posto que até então habitara o nariz desaparecido vinha a ser a face do assessor graduado Kovaliev, pois a clientela do barbeiro Ivan Yakovlievitch era constituída principalmente (se não de forma exclusiva) pelos funcionários públicos de Petersburgo, espaço social predominante na narrativa. O narrador descreve a comunidade de funcionários a partir da diferença entre assessores graduados formados na cidade e aqueles sem diploma vindos do Cáucaso (considerados inferiores), ao relatar o susto e as medidas tomadas por Kovaliev — exatamente um dos oriundos do Cáucaso — quando acorda certa manhã e descobre que no lugar de seu nariz existia apenas uma superfície plana: lisa e achatada como uma panqueca.

Deixa-se por ora os transtornos causados ao assessor graduado e ao barbeiro com a desaparição sumária de certo apêndice, antiga propriedade do primeiro, para dar atenção a outro, arrebitado, o nariz da menina Lúcia (por apelido Narizinho), do livro de Lobato, com o qual tem início sua série infantil sobre o sítio do Picapau Amarelo, *Reinações de Narizinho*. A partir da abertura, "Numa casinha branca lá no sítio do Picapau Amarelo, mora uma velha de mais de sessenta anos [...]" seguida pela descrição do sítio e de seus habitantes, lembra ainda o narrador que, além da boneca Emília, "O outro encanto da menina" eram as águas do ribeirão que passava nos fundos do pomar do sítio, local em que terá início o primeiro episódio do livro.

Certa vez, depois de ter dado comida aos peixinhos que existiam por lá, Lúcia deitou-se na grama ao lado do ribeirão, quando, já sonolenta, sentiu cócegas no rosto. Arregalou os olhos e se deu conta de que se tratava de um peixinho com roupa de gente encarapitado na ponta de seu nariz. Logo mais sentiu cócegas na testa. Espiou disfarçadamente. Lá estava um besouro também com roupa de gente, "sobrecasaca preta, óculos e bengalão". Peixinho e besouro entabularam então uma conversação. O peixinho, que vinha a ser o famoso Príncipe Escamado das histórias do sítio, disse ao besouro, depois de cumprimentá-lo com um "Viva mestre Cascudo!", que estava ali para tomar os ares do campo por recomendação médica, pois lascara duas escamas, quando então havia se deparado — o que lhe parecera estranho, já que situado em local do sítio seu velho conhecido — com esse tal morro (o nariz de Lúcia). Segue-se interessante diálogo entre os dois na tentativa de determinar no que consistiria a sua matéria: "Creio que é de mármore", considerou o príncipe. "Muito mole para ser mármore", retorquiu o besouro. "Parece antes requeijão." "Muito moreno para ser requeijão. Parece antes rapadura", replicou o príncipe. "Muito salgada para ser rapadura. Parece antes..." O exame muda de rumo. Depois dos fios de sobrancelhas de Lúcia serem arrancados um a um por sugestão do príncipe para os "meninos" do amigo brincarem de chicote ("Serão barbatanas mestre Cascudo"?), resolveu este examinar as ventas de Narizinho, julgando-as "belas tocas para uma família de besouros", com nova sugestão para mestre Cascudo mudar-se para lá sob a alegação de que sua esposa iria apreciar a "repartição de cômodos". O besouro, acatando a ideia, foi examinar as tocas, medindo-as com sua bengala. Concluiu que realmente eram ótimas, só receando que nelas morasse "alguma fera peluda", e para tirar as dúvidas "cutucou bem lá no fundo — Hu! Hu! Sai fora bicho imundo! Não saiu fera nenhuma, mas como a bengala fizesse cócegas no nariz de Lúcia, o que saiu foi um formidável espirro — *Achim...* — e os dois bichinhos, pegados de surpresa, reviraram de pernas para o ar, caindo um grande tombo no chão".

Diante do susto, o besouro desistiu imediatamente da ideia de uma nova moradia e foi embora "zunindo que nem um avião", porém o príncipe, "que era muito valente, permaneceu firme, cada vez mais intrigado com a tal montanha que espirrava". Logo mais, porém, o mistério se desfez, pois se tratava de ninguém menos que Lúcia, a qual diariamente ali estava para lhes dar comida. Ao que o príncipe se desculpou por não tê-la logo reconhecido, dizendo que de dentro d'água ela lhe parecia muito diferente. Conversaram por longo tempo e, tendo o príncipe-peixe revelado sua condição nobre, convidou-a para uma visita aos seus domínios, ao que a menina aceitou de pronto, "e lá se foram os dois de braços dados, como velhos amigos".

A introdução ao conto de Lobato no trecho descrito não destoa em nada das expectativas que se tem diante de uma obra infantil do gênero "conto de fadas", onde tudo pode acontecer (e a ela o autor irá permanecer fiel no conjunto de sua obra para a infância). Pois no conto infantil de "fadas" ou "maravilhoso", o leitor surpreende-se é com o desenrolar do enredo, porém não com sua fuga provisória da realidade comezinha, de antemão acordada. (Claro que há na obra de Lobato aspectos únicos no aproveitamento da licença concedida, porém aqui destacados principalmente em sua relação com a obra de Gógol.) *Reinações* começa com uma descrição singela sem nenhuma insinuação de um universo disparatado: "Numa casinha branca lá no sítio do Picapau Amarelo [...]", e assim caminha por algum tempo. Contudo, se em um texto infantil "de fadas" "tudo" pode acontecer, e portanto nada deve surpreender, o fio da narrativa, quando o inesperado surge dentro do cotidiano — como foi narrado na introdução de *Reinações* — gera a expectativa de que seu prosseguimento irá se submeter, não obstante, às normas estabelecidas pela própria surpresa, e não caminhar ao léu.

Isso também pode se dar, é óbvio, em narrativas para adultos, ainda que no caso sua ruptura do entendimento usual do mundo com a introdução ao fantástico, ou o nome que se lhe dê, ocorra com previsibilidade menor quanto ao seu prosseguimento.

No conto de Gógol, o imprevisível/fantástico surge logo de início, *ex abrupto*, com um nariz dentro de um pão, seguido pela discussão acirrada entre marido e mulher, chocados com o fato surpreendente e mesmo assim tratando-o como se não o fosse, com hipóteses e argumentos retirados de seu acanhado universo diário e logo com a descoberta apavorante realizada pelo marido, da identidade do proprietário do nariz, cliente seu muito conhecido. O que intensifica os temores de Ivan Yakovlievitch em ser responsabilizado pela ocorrência enquanto perambula pela cidade à procura de um lugar seguro no qual se desfazer da prova do crime, o que finalmente consegue ao se inclinar disfarçadamente sobre o balaústre da ponte de Isakevskiy como se para observar embaixo o rio com os peixes nadando. Mais tarde, todavia, em outro local, levanta as suspeitas de um policial que o havia visto na ponte e lhe pergunta o que andara fazendo por lá. Tenta comprar a boa vontade do guarda com atitudes subalternas e a promessa de lhe barbear de graça, mas em vão, pois a fala do policial é direta e simples: "É melhor desembuchar de uma vez".

"Estou sem nariz!", havia gritado o assessor graduado

Kovaliev quando faz pela manhã a incrível descoberta, e a partir daí tem início as providências que toma à sua procura.

A graça de tais providências surge do embate entre a burocracia de Petersburgo e as aspirações de ascensão social e profissional de Kovaliev, entremeado aos diversos aspectos que assumem as desaparições e reaparições do nariz em vários pontos da cidade, suas peripécias transformistas, a curiosidade que vai aos poucos tomando conta da população, os acréscimos que ela dá ao fato de que justamente no período da ocorrência achava-se às voltas com "coisas sobrenaturais e invulgares", pois, "Pouco tempo antes, as experiências realizadas em torno do magnetismo tinham interessado vivamente o público, sendo também muito recente a história sobre as cadeiras dançantes na rua Koniutchena". Existe aí um suplemento de graça quando se introduz no conto uma pitada do absurdo levado realmente a sério por alguns, e por um bom tempo no passado, entusiasmo que de fato existiu com a teoria de Mesmer* a respeito do magnetismo e de fenômenos ditos paranormais; e isso ao lado de certas cadeiras dançantes, tipo de espetáculo que, se supõe, tenha talvez sido oferecido e visto como costumeiro pelas plateias de Petersburgo.

(Como o foi ao público teatral e televisivo da segunda metade do século xx, no Brasil e em outros países, o espe-

---

* Teoria de Franz Anton Mesmer (1733-1815), médico austríaco. Segundo ela, que na sociedade da época gozou de grande credibilidade, todo ser vivo seria dotado de um fluido magnético capaz de se transmitir a outros indivíduos, ocasionando uma série de fenômenos.

táculo dos talheres entortados "paranormalmente", "apenas com a força da mente", pelo israelense Uri Geller.)

Em "O nariz" como em *Reinações* vão surgindo ao longo da narração as várias violações ao real que os caracterizam, sustentadas porém por outras, as quais eu chamaria de segundo nível — ainda que sua singularidade possa ser maior e mais curiosa —, ao se ligarem e se incorporarem às diferentes partes do enredo de forma secundária. Nesse sentido, seriam apenas absurdos de segundo plano, já que submetidos à ordem e desenvolvimento do todo, contudo de fato traduzindo-se por curiosas alterações (infrações) de espécie, de gênero e/ou de escala, o que os tornaria infrações "fortes" particularmente interessantes.

Pode-se ainda chamar de infrações "fracas" as que omitem partes descritivas do enredo, seja com o propósito primeiro de aumentar a estranheza do relato (Gógol), seja com o de dar continuidade à história sem perda de tempo com maiores explicações (Lobato), tarefa que nos dois casos seria razoavelmente embaraçosa e difícil para ambos.

Por exemplo:

Em Gógol: quando ocorre o encontro entre Ivan Yakovlievitch e o policial, e este diz ao barbeiro que o melhor a fazer é desembuchar de uma vez, o episódio termina com a seguinte não explicação: "Mas a esta altura, o caso se envolve em densas névoas e ignora-se completamente o que sucedeu depois". O recurso volta mais adiante, quando por meio dele se interrompe a descrição da variedade de interpretações relativas ao acontecimento produzida pelos habitantes da cidade: "Mas, aqui, novamente os acontecimentos se envolvem em densa névoa, e ignoramos completamente o que sucedeu depois".

Em Lobato: Quando, ainda no sítio, Narizinho e o Príncipe Escamado chegam à entrada do Reino das Águas Claras, ela vem a ser "certa gruta que a menina jamais havia visto naquele ponto". E o narrador considera, pensando pela cabeça de Narizinho: "Que coisa estranha! A paisagem estava outra".

Há naturalmente várias outras passagens em ambos os livros nas quais o excepcional frequentemente apresenta incongruências dentro do próprio espaço fantástico (absurdo) criado, e é, porém, rapidamente assimilado pela ordem comum dos eventos que movimenta o ambiente da narrativa. Assim, quando em Lobato Narizinho e o Príncipe caminham em direção ao Reino das Águas Claras amistosamente "de braços dados", nada é dito a respeito de em que lugar de seu corpo escamado teriam surgido os braços, pormenor, há de se convir, de pouca importância tendo em vista a assombrosa situação deixada sem explicações ocorrida momentos antes (o nariz da menina tomado por um acidente geográfico) e que adiante será mais bem detalhada. Tampouco as complicações para Emília vir a falar causam estranheza, o que por sua vez não deixaria de ser um pouco estranho caso o leitor viesse a se deter nelas, visto que a boneca acompanha o curioso casal falante em perfeita sintonia com o clima de maravilhas instaurado assim que menina e peixinho entram em contato, o que torna a aquisição da fala irrelevante, absurda dentro do próprio episódio.

Também em Gógol, o autor não se detém — apesar

dos graves embaraços descritos, de origem extraordinária e desconhecida, causados a Kovaliev — em mostrar como ele respira na ausência de seu nariz. E apesar de caminhar pela cidade ocultando o rosto, seja com o lenço, seja com a lapela do paletó, termina por ir à chefatura da polícia pedir auxílio (depois que se defronta com a espantosa visão do desaparecido).

Ela ocorre quando o assessor graduado deixa uma confeitaria "amargurado e mordendo os lábios", onde entrara para se olhar no espelho, ocasião em que mais uma vez certifica-se de sua desgraça.

Ao sair por ali andando e procurando ignorar possíveis conhecidos, o que não vinha a ser costume seu, cordial e desejoso de contatos como era, é levado a se deter "como petrificado diante do portão de uma casa [...] Aos seus olhos desenrolava-se uma cena inexplicável: junto à entrada parou uma carruagem cujas portinholas se abriram. Do veículo saltou, meio curvado, um senhor de uniforme que subiu correndo uma escada. Qual não foi o pavor, somado ao assombro, de Kovaliev ao perceber que esse fora o seu próprio nariz! Diante de espetáculo tão fora do comum, pareceu-lhe que tudo girava ao seu redor. Sentia que mal se aguentava sobre as pernas". Mesmo assim resolveu seguir o nariz e aguardou que ele saísse da casa em que entrara, o que logo mais ocorreu. Não lhe escapou que trajava com grande apuro "uniforme bordado a ouro, com uma grande gola levantada [...], calças de camurça e espada". ("O chapéu de plumas permitia deduzir que ocupava o posto de conselheiro de Estado.")

Completamente fora de si, Kovaliev segue a pé atrás

da carruagem, que por felicidade havia parado logo adiante, defronte à catedral de Kazan.

Na catedral, Kovaliev, depois de procurá-lo por toda a extensão da nave, finalmente o descobre a um canto. "O nariz escondera completamente o rosto atrás da gola alta e grande, rezando com uma expressão de grande fervor."

Kovaliev então se dirige a ele, mas as tentativas tímidas e vacilantes para se aproximar do nariz e fazê-lo tomar consciência de (ou assumir) sua real identidade, propriedade sua, dele, assessor graduado, seu próprio apêndice nasal afinal de contas, revelam-se absolutamente vãs, já que diante da frase desesperada com que finalmente arremata e sintetiza o que tem a informar ao outro, "... Pois se o senhor é o meu próprio nariz!", obtém apenas como resposta:

"O senhor está enganado. Eu represento algo por mim mesmo. De mais a mais, entre nós não pode haver a menor relação de intimidade. A julgar pelos botões do seu uniforme o senhor deve fazer parte do senado, ou então da justiça, enquanto eu pertenço à instrução pública.

Tendo falado assim, o nariz voltou-se e continuou rezando".

Foi por essa época que as peripécias do nariz transformista haviam ganhado ao poucos o conhecimento de uma população então muito sensível ao invulgar e/ou sobrenatural, viessem de onde viessem. Assim, logo começou a se dizer que o nariz do assessor graduado "dava o seu passeio às três horas em ponto pela Avenida Nievski", depois alguém o teria visto na loja Junker, mais tarde "correu o boato de que não era na Avenida Nievski, e sim no jardim

Tavritcheaskiy que estaria passeando o nariz do Major Kovaliev, e segundo parecia, ali já se encontrava havia um bocado de tempo".

Desse modo, como já mencionado, a sociedade de Petersburgo aos poucos absorvia — mesmo se com dúvidas quanto à sua autenticidade — as histórias sobre o nariz e seu dono dele privado. Ele mesmo, Kovaliev, oscilando quanto à forma de encarar o espantoso acontecimento, ora simplesmente debatendo-se embasbacado em seus desdobramentos, ora chegando a atribuir ao fato explicações, ainda que por meio de algum fator extraterreno no qual seu acervo de crenças vislumbrasse parentesco, como quando supôs ser ele decorrência da feitiçaria da sra. Alexandra Grigorievna, que há tempos nutria a ambição, vã, de casá-lo com a filha.

Não é de causar estranheza, portanto, que, pela sequência dos eventos e com o impacto do encontro ocorrido na igreja, o assessor graduado tivesse recorrido à polícia e depois à redação de um jornal, sem nenhum resultado à vista.

Assim, quando certo dia um funcionário da polícia aparece à casa do assessor com a excelente notícia de que recuperara seu nariz, trazendo-o consigo, intacto, e que "o mais singular em tudo isso" vinha a ser que "o principal culpado" na questão era "o bandido do barbeiro da rua Vosniesienskiy" — a narração sobre as circunstâncias da captura do nariz já surge no interior do conto como algo perfeitamente crível, não só para a chefatura de polícia como para cidade em geral, o que é deixado claro com a escolha que faz o policial para designar aquilo que lhe parece "o mais singular" (a identidade do principal culpado), colocando-a *no mesmo plano* da reação que lhe causara a forma (humana por inteiro, perfeitamente viva e íntegra!) com que o desaparecido se havia apresentado a seus olhos. Pois, respondendo à pergunta de Kolaiev de como o teriam achado, diz o policial que a descoberta se dera:

"Por um estranho acaso", tendo sido "apanhado já em caminho. Estava já sentado numa diligência, com a intenção de partir para Riga, e com o passaporte pronto, em nome de um determinado funcionário. *O mais estranho de tudo é que, a princípio, eu mesmo o tomei por um senhor. Mas, felizmente, eu estava de óculos e percebi logo tratar-se de um nariz.*" (grifo meu)

A despeito dessa informação, a devolução a seu dono ocorre como pode ser notado, e sem maiores explicações ou espantos, no formato e no tamanho do nariz que sempre tivera o assessor graduado, e, assim sendo, o sumiço de seu "disfarce" por ocasião da captura passa em branco no relato do funcionário da polícia, tal como na própria narrativa.

Todavia, o desfecho sobre o extraordinário episódio não havia se completado de imediato no ato da devolução, já que o nariz, de início, não aderia de forma alguma a seu antigo local entre as bochechas do assessor graduado, falha que só fez voltar o desespero ao dono, agravada com a visita, a atuação inútil e os prognósticos pessimistas do médico chamado a diagnosticar o caso. Contudo, certa manhã, ao despertar, Kovaliev reencontra seu nariz de sempre no devido lugar, como se de lá nunca tivesse saído.

Se ajuntamentos da população aqui e ali, comentários,

zombarias, manipulações comerciais e outros desdobramentos de vários tipos ocorriam na cidade em virtude dos acontecimentos, como teria reagido ela às características da captura do nariz nada se sabe, já que não são apresentadas ao leitor. Contudo, pelo retomada tranquila de Kovaliev em suas perambulações por Petersburgo, é como se em tempo algum tivessem acontecido.

Recordo — a partir dos poucos exemplos dados — o que foi mencionado anteriormente sobre os dois textos: o de que em ambos ocorrem infrações de *diversos tipos* na "ordem natural do mundo". Claro, a infração em si não seria recurso digno de menção para os unir, já que ela pertence à própria condição de tal gênero de ficção, à possibilidade mesma de sua existência. Porém, se tais violações sempre deixam uma porta aberta (ou fresta) ao cotidiano mais comezinho, para que o inusitado extremo (ou absurdo) manifeste-se por contraste, no caso dos relatos aqui examinados penso que há neles um reequilibrar-se contínuo, de forma viva e original, entre o que nos vem pela razão e o que a rompe, em uma mescla de infrações fracas e fortes, dentre as quais destaco, pela síntese que oferece, a figura dos dois narizes, guardando ambas, apesar de suas diferenças, uma correspondência vigorosa.

Em Gógol, a desaparição do nariz, com todas as desventuras decorrentes do acontecimento, leva o leitor a acompanhar os desdobramentos do caso com espanto, mas, de certa forma, com um espanto *já programado* pela maneira como se inicia: o leitor se pergunta como teria acontecido a perda ou roubo e o porquê; mais tarde, por onde seu dono continuaria respirando, diverte-se ao observar o assombro causado no barbeiro pela ocorrência, em sua mulher, em seu proprietário (dele, nariz), ora petrificados com o insólito, ora aceitando-o como plausível, *arrastando-o* mesmo para o nível de certos previsíveis infortúnios da vida. Mas eis que de forma inesperada o leitor se defronta em determinada altura da narrativa com uma ruptura violenta em tal ordem de observações e, principalmente, de expectativas. O que se dá quando o nariz é reconhecido de inopino pelo seu dono na figura de um conselheiro de Estado! O nariz *não está* com algum conselheiro de Estado. *É ele o conselheiro de Estado.*

Já em Lobato, o inusitado se inicia de forma aparentemente mais leve, com o nariz de Lúcia tranquilamente instalado no rosto de sua dona, que dele havia ganho o apelido de Narizinho por sua graciosa forma em direção ao céu. Perde porém de súbito sua condição humana — ao contrário do nariz do assessor graduado, que a amplia e *completa* — para assumir a de acidente geográfico. Assim, ambos os narizes, de maneira brusca e por caminhos diversos, mudam de escala, de gênero, de grau.

É certo que o nariz de Narizinho implica uma transformação menos drástica, já que ocorre a partir do ponto de vista de dois pequenos seres com trajes humanos, um peixinho e um inseto. Contudo, a *cercania* do caso e a forma como as duas criaturinhas dialogam e tiram conclusões sobre a natureza do que observam, é que dá ao episódio, dentro do próprio universo de fantasia desenhado por Lobato, seu grau de incongruência, de originalidade. O peixinho espanta-se ao se deparar com um morro que nunca havia notado naquele prado, de resto muito seu conhecido. Mas isso não é tudo. A diferença de tamanho entre o nariz de Lúcia e o dos observadores não vem a ser apenas grande como enorme. A ponto de o peixinho considerar a possibilidade de a família do inseto mudar-se para o interior das ventas da menina, julgando-as ótimas tocas para uma família de besouros. E como os pelos das sobrancelhas de Narizinho lembram-lhe barbatanas, sugere também que Mestre Cascudo leve algumas. Mestre Cascudo, já com um feixe de "barbatanas" debaixo do "braço", mede as supostas tocas com sua bengala, porém, com receio de que dentro delas more "alguma fera peluda", cutuca-as "bem lá no fundo", provocando, com sua atitude, "formidável espirro" da menina, o que o leva a abandonar o campo das investigações, porém reforçando com o ato, de sua perspectiva e da perspectiva do pequeno peixe, a ideia de morro, ou melhor, de monte; e monte de grandes proporções, que não se dirá então da própria Narizinho em seu todo: *uma vasta montanha!*

Todavia a enorme desproporção de tamanho entre Narizinho e os dois investigadores do esquisito morro sobre cuja matéria não chegam a nenhuma conclusão (mármore, requeijão, rapadura) logo mais é completamente ignorada quando Narizinho, com pena do peixinho cada vez "mais intrigado com aquela montanha que espirrava", senta-se na grama e revela sua identidade como a daquela que todo dia vinha dar comida a eles, os peixes do ribeirão. E o peixinho, que então se apresenta como o Príncipe Escamado, rei do Reino das Águas Claras, apenas se desculpa por não tê-la reconhecido logo, alegando que vista de dentro d'água ela lhe parecia muito diferente. ("diferente" como, a narrativa não esclarece, tampouco qual a relação entre a menina vista da água e a menina em terra firme, escalada como um monte).*

E, assim como em "O nariz", de Gógol (com seus componentes, todos eles da ordem da fantasia, do inusitado, com o nariz que aparece inexplicavelmente dentro de um pão, sem nenhum esclarecimento das condições de preservação que o mantêm intacto e limpo de sangue, com o rosto que respira normalmente destituído de nariz, com a descoberta da identidade do dono de tal rosto, de tal nariz...), a narrativa é assimilada e aceita em suas pequenas não explicações — o mesmo ocorre em vários aspectos do episódio sobre o nariz de Lúcia em *Reinações de Narizinho*, de Lobato, com peixe e besouro manifestando comportamento e vestimenta de humanos, e a boneca Emília apresentada mais adiante ao novo amigo príncipe "apenas" como "muda de nascença". E tal como o leitor de Gógol não interrompe a

---

* Os ilustradores do episódio mantêm a diferença de tamanho entre Narizinho e os pequenos seres, contudo, é óbvio, grandemente diminuída. Pois, se a sua dimensão original é condição para o início do episódio, a tentativa de reproduzi-la fielmente na ilustração — uma impossibilidade — provavelmente iria, na melhor das hipóteses, resultar em um monstrengo figurativo. Assim, o gracioso desenho dos dois bichinhos encarapitados no nariz de Narizinho, que ilustra muitas (cito de memória) das sucessivas edições do livro, dão bem, à sua maneira, a medida da parcial metamorfose que o absurdo sofre a caminho de sua "naturalização" (ou de suas sucessivas adaptações) na experiência de leitura. A 51ª edição da qual me sirvo exibe como ilustração de capa o momento em que Narizinho, sentando-se de inopino, assusta o Príncipe e Mestre Cascudo.

leitura de "O nariz" para se deter em cada infração (fraca) na "ordem do universo" à medida que a narrativa avança, assim também é pouco provável o leitor de *Reinações* interromper sua leitura para se perguntar, entre outras perguntas não respondidas, como ambos, menina e peixinho, caminham "de braços dados" como velhos amigos.

E, de modo análogo, assim como o leitor de Gógol aceita o rosto que respira sem o nariz perdido, o qual reaparece em lugar bem pouco aceitável para um nariz, e sem explicação plausível (também quanto à sua desaparição: a prodigiosa hipótese do barbeiro inepto tê-lo decepado do rosto de certo cliente), o leitor de Lobato assimila a diferença monumental de tamanho entre os participantes do episódio, aceitando-a como "natural" à medida que a história avança. Não se pergunta se a menina é que diminui de tamanho ou se o peixe-príncipe é que alcança a altura dela. *Ambos em verdade se "igualam" na aventura comum que vai ter início com a entrada no Reino das Águas Claras, sem se dar conta o leitor do hiato entre a abertura do episódio cuja estrutura esteve respaldada exatamente no desnivelamento de escala, e o trecho seguinte, no qual sua possibilidade vem a ser exatamente a sua perda.* Em Lobato, exemplos desse tipo multiplicam-se no conjunto de sua obra, e o que nela a distingue, quanto a isso, de outros autores dirigidos ao público infantil é o grande desembaraço com que o escritor abandona uma "coesão" estrita de tipos e temas para a realização de suas histórias, mantendo, porém, sempre muito presente, por meios que procuro identificar adiante, a forte credibilidade do que narra.

Em Gógol, de "O nariz", o abandono também de uma "coesão" sem desvios revela contudo realização de qualidade diversa à do episódio de abertura das histórias do sítio de dona Benta, cujas pequenas rupturas surgem com maior frequência à maneira de recurso facilitador, como foi dito antes sobre infrações "fracas". No conto russo, ao contrário, quase todos os elementos do tipo mencionado apresentam-se nítida e conscientemente orientados para o insólito, ainda que também nele alguns atuem como expediente (ou simples meio) para encaminhar a narrativa. *Examinados lado a lado, porém, convergem*, uma vez que tanto o conto quanto a narrativa infantil oferecem pontos em comum para a apreciação de como neles se resolve de modo admirável as artimanhas para se levar adiante os propósitos da fabulação.

As narrativas trazem também, ambas, como síntese entre o "mundo natural" no qual se situam e o universo de maravilhas que lhes fornece o sentido e o curso de suas histórias, a ideia de fenômeno, termo aliás mencionado em cada uma e que se integra perfeitamente à condição das duas: por um lado, o termo refere-se à ocorrência passível de observação, de interesse científico, de estudo; por outro, indica "prodígio", algo maravilhoso, fora do comum. O habitual e o insólito justapostos em um só espaço.

Em Gógol, é dito em certo momento, na época dos boatos sobre o nariz itinerante, que não seria, segundo alguns, na avenida Nievski, e sim no jardim Tavritchesky que ele seria encontrado e que já ali estava havia "um bocado de tempo". E que o príncipe persa Khorzev-Mirza, que então lá vivia, "admirava muito o estranho capricho da natureza". E, ainda, que "alguns estudantes da Academia de Cirurgia para lá se dirigiram. E mais: que "Uma ilustre e nobre dama" teria enviado "uma carta especialmente ao encarregado do jardim, pedindo [que] mostrasse aos seus filhos esse *raro fenômeno* e, se possível, o explicasse de modo compreensível e instrutivo aos jovens". (grifo meu)

Em Lobato, com o fim do episódio sobre a visita de Narizinho ao Reino das Águas Claras e a novidade que de lá trouxera — a aquisição da fala pela boneca —, o termo "fenômeno" é por sua vez usado quando dona Benta toma conhecimento do fato. Ao escutar pela primeira vez a voz da boneca, dona Benta grita em direção à cozinha: "Corra Anastácia! Venha ver esse *fenômeno*..." [...] "A boneca de Narizinho está falando!..." (grifo meu). Informação a que Tia Anastácia reage com absoluta descrença, retrucando que Narizinho caçoa mais é da avó. Porém, quando ela própria se inteira da veracidade da afirmação pela intervenção furiosa de Emília ao confirmar sua nova condição de falante — "Falo, sim [...] e hei de falar a vida inteira, sabe?" —, constata a realidade do acontecimento no "auge do assombro [...]".

Sem dúvida a credibilidade e o vigor que emergem de ambas as narrativas têm muito a ver com o forte acento realista imprimido à existência cotidiana de cada região onde ocorrem — espaços diversos dos quais suas figurações disparatadas emergem, e nos quais atuam.

No caso de Lobato em *Reinações*, mas estendendo-a para o conjunto de sua obra para a infância e de seus temas, a descrição tão viva da atmosfera de um sítio do interior de São Paulo nos inícios do século xx, com suas mazelas e encantos, ocorre por meio de uma autêntica cumplicidade estabelecida com o leitor infantil. Isso por Lobato a ele se dirigir sem tutelá-lo, "deseducando-o" ao lhe transmitir sem titubeios, sem rebuços, sem eufemismos, uma fala vigorosa, opinativa, material, fiel ao linguajar cotidiano do universo retratado, ainda que frequentemente ampliando-a e mesmo fundindo-a com eloquência à sua própria fala, por exemplo como quando ela se revela em *O Minotauro* oriunda de discussões em círculos culturais de São Paulo na conhecida rejeição do autor ao modernismo. (Porém, para o mesmo leitor oferecendo também, dentro de igual enfoque aventuroso, informação exata no domínio de programa escolar.) Fala que apresenta traços por vezes nada apreciáveis de seus heróis infantis, como preconceitos, espertezas, fraquezas, porém também neles apontando discernimento e coragem no continuado processo de com eles enturmar-se. Desse modo, nessa variedade, o acento opinativo do narrador, distribuído de forma aleatória ou dirigida, fornece ao próprio leitor, capturado pelo encanto da franca e leal cumplicidade, condições de criar o seu contraditório. O narrador não subjuga o leitor menor. Emancipa-o.

Em Gógol, o forte teor das relações entre a burocracia de Petersburgo na segunda metade século XVIII ou primeira do XIX* e aristocracia, burguesia, plebe manifesta-se

---

* Petersburgo permaneceu capital da Rússia de 1712 a 1918. Foi ainda chamada de "capital do Norte". O conto "O nariz", escrito em 1832 e reescrito em 1835, encerra-se com considerações do narrador, que abre o epílogo afirmando: "Eis a história que se deu na capital setentrional do nosso vasto Império".

tal como em Lobato, por uma exposição nítida, sem meias palavras, porém materializada por meio de designações da hierarquia social/funcional existente na cidade, do baixo ao alto escalão, apresentada por: trajes, comportamentos, qualificações. Pela paisagem viva e variada do pequeno comércio e de outras atividades da cidade conhecida através de anúncios, dos quais o leitor toma conhecimento no episódio em que o assessor graduado espera, na redação de um jornal, sua vez para anunciar a vergonhosa fuga do nariz. Porém, se a cumplicidade entre autor e leitor não vai, como em Lobato, além da usual para o bom rendimento da prosa, Gógol também cativa sua atenção de forma particular ao estabelecer com ele um acordo de convencimento de dupla face. Espanta-o pelos prodígios narrados, levando-o, contudo, a rir dos recursos necessários a seu andamento plantados vigorosamente no vaivém da cidade, com suas mesquinharias, vaidades, ambições. Da simultaneidade bifronte alcançada na apreciação do conjunto consolida-se o humor, forte liga que imprime "veracidade" à ficção e lhe desenha o perfil.

Julgo ainda que merece atenção apontar como, ao discorrer sobre os dois textos, à medida que o fazia, fui levada a considerar as condições de leitura, entre tantas outras, que os teriam reunidos a meus olhos como proposta crítica. Aos poucos fui me dando conta de que a percepção e o grande interesse despertados por certos aspectos que marcam o estilo de "O nariz" teriam tido como origem a leitura continuada da obra infantil de Lobato, da minha própria infância à idade adulta, quando então me ficou claro que o Lobato para crianças foi adquirindo em livro após livro crescente desenvoltura no seu modo peculiar de conquistar uma linguagem precisa e realista a partir de entrechos prodigiosos. Desconsiderava o autor frequentemente como procedimento de escrita a possível memória da criança que seguia as aventuras dos habitantes do sítio, pois em muitos episódios ou situações "esquecia" particularidades que os antecediam e com eles entravam em contradição, como exemplifiquei no episódio do descanso de Narizinho à beira do ribeirão. Em certo encadeamento de situações, é como se ele simplesmente reproduzisse com lupa e cores fortes a substituição rápida que a criança faz de cenários inventados quando brinca. Nas brincadeiras (e aqui excluo jogos) quadros imaginários são sucessivamente propostos, assimilados, vividos, descartados. Isso por vezes chegou a me incomodar um pouco, e conversando, já adulta, com um contemporâneo, disse-me ele que também sentira de igual forma. Porém o prazer da leitura permanecia imenso e eu procurava por minha vez "esquecer" a eventual desatenção do narrador para com minha memória quando ela cobrava seus direitos.

Contudo, hoje também percebo o outro lado da questão. A de que Lobato não conseguiria criar quadros de tão grande força e originalidade se neles obedecesse fielmente à coerência interna de seu traçado. À sua maneira, ironicamente, sua forma na literatura infantil sempre foi solidária com as rupturas figurativas que ele tanto criticou nas artes plásticas.

Por fim, lembro que as considerações sobre os dois textos não se alinham a nenhuma noção de absurdo retirada de forma precisa daquela aplicada à literatura em diferentes obras. (Em "O nariz", como obra "grotesca", "surrealista" etc.) Tampouco os termos "fantástico", "sobrenatural", "maravilhoso", ainda que aqui utilizados frequentemente no âmbito do que viria a ser o absurdo, com ele se confundiriam. Incorporados à linguagem comum, apenas procuraram acompanhar o desenvolvimento do universo aberrante figurado nas duas ficções, tendo como indicação nítida do percurso os dois narizes. Sobre os quais sempre se poderia fazer novas e desconfortáveis perguntas:

Como seria, por exemplo, o *nariz* do *nariz* transformista de Gógol? Quando Kovaliev o interpela na igreja de Kasan, rezando com grande devoção e vestido suntuosamente, teria tomado conhecimento desse segundo nariz, desdobramento do seu próprio?

O que levaria ainda a outra ordem de considerações:

Se tanto o conto de Gógol como o episódio infantil de Lobato oferecem pontos em comum para o parcial entendimento no uso do absurdo na prosa literária, ao revelarem ambos sua condição mutável e variada, realimentada por contínuos deslocamentos sem termo à vista, nos conduziriam por meio dela em última análise, de volta, transfiguradas, às formas adaptativas na apreensão do que para o humano em sua existência se apresenta como hiato, desconexão e/ou desconhecimento.

Posfácio

Prosa de fronteira

Augusto Massi

Num momento de forte internacionalização da cultura brasileira, Zulmira Ribeiro Tavares resolveu reunir textos antigos e novos num volume simbolicamente intitulado *Região*. Com este título seco, sugestivo, quase sociológico, a escritora os organizou em seis blocos e adotou a ordem cronológica. Os três primeiros já tinham sido publicados sob a forma de livro — *Termos de comparação* (1974), *O japonês dos olhos redondos* (1982) e *O mandril* (1988). Há dois textos semi-inéditos, "O Tio Paulista" e "Região", e o ensaio inédito "Dois narizes". Outro dado relevante: *Termos de comparação* e *O japonês dos olhos redondos* passaram por intervenções cirúrgicas e retornam mais enxutos.

A coletânea nos convida a repensar o conjunto da obra. *Região* abarca a quase totalidade de seus livros híbridos, aqueles que a escritora costuma batizar de "ficções", embora o leitor desavisado também possa encontrar neles ensaios e poemas. De certo modo, Zulmira está sinalizando que todos pertencem à mesma região ficcional. Em outras palavras, possuem vínculos estilísticos, guardam certo ar de família, transitam em torno de um núcleo poroso, casa aberta a parentes distantes, seres desgarrados, agregados. Em suma: podem viver sob o mesmo teto. Por isso tudo, a leitura da coletânea, por vezes, assume a configuração de uma obra inédita.

Desta perspectiva, é possível deduzir que tudo aquilo que ficou de fora pertence a outro universo ficcional, à região do romance ou da novela: *O nome do bispo* (1985), *Joias de família* (1990), *Café pequeno* (1995). Talvez, somente *Cortejo em abril* (1998) habite um espaço fronteiriço, podendo figurar tanto entre os romances e novelas como entre os textos híbridos. Tal ambiguidade está implícita na narrativa que dá título ao volume, oscilando entre a fatura de uma novela curta e a extensão de um conto longo.

A questão é importante. Desde *Termos de comparação*,* composto de contos, poemas e ensaios, a escritora já colocava em xeque a divisão tradicional dos gêneros. E, por um bom tempo, continuou propondo outras maneiras de embaralhar a matéria literária. Poucos devem se lembrar, mas a primeira edição de *O nome do bispo* trazia na folha de rosto, logo abaixo do título, "prosa de ficção". A expressão foi retirada das edições seguintes. Está claro, tanto para a

---

* À maneira de Murilo Mendes, que ao reunir pela primeira vez sua *Poesia completa,* excluiu um livro inteiro argumentando "Não sou meu sobrevivente, e sim meu contemporâneo", Zulmira decidiu não incorporar ao conjunto da obra *Os campos de dezembro* (1956), livro de poemas que marcaria oficialmente sua estreia.

crítica quanto para a escritora, que se trata de um romance, por sinal, um ótimo romance.

Embora sempre tenha tirado proveito do trânsito entre as formas, mais recentemente Zulmira vinha dando sinais de que abriria mão desse hibridismo. *Café pequeno* (1995) estampava, na própria capa, o termo "romance". *Vesuvio* (2011), composto apenas de poemas, foi saudado como um dos melhores livros do ano. A escritora teria entrevisto nos extremos da linguagem literária — romance e poesia — a cristalização de um estilo? A incorporação das fraturas e das impurezas finalmente teria se fundido numa única linguagem? Os poemas ficaram mais narrativos e os romances mais ensaísticos?

Quando Zulmira reintroduz em *Região* o conceito de "ficções", acrescido agora de um "etc." (voltaremos a ele), é preciso considerá-lo como um princípio ativo, substantivo e compositivo da obra. Mais: ele opera como fonte de aprendizado, laboratório de experiências, usina de reciclagem, tanto como traço marcante da fisionomia do narrador, sentimento íntimo da forma, construção de uma mitologia pessoal.

ENSAIANDO UMA BIOGRAFIA INTELECTUAL

Estamos diante de uma escritora reservada e modesta que concedeu pouquíssimas entrevistas e raramente discorre sobre sua vida pessoal. No entanto, alguns dados da sua biografia intelectual podem iluminar aspectos da sua ficção. Zulmira exerceu a crítica cinematográfica e, esporadicamente, crítica literária e de artes plásticas.* Seria importante reunir esses textos, eles dariam uma visão exata do tipo de curiosidade e inteligência que sempre nortearam essa pesquisadora do Departamento de Informação e Documentação Artística (Idart), da Cinemateca Brasileira e eventual professora de cursos de pós-graduação na Escola de Comunicações e Artes da Universidade de São Paulo (ECA-USP).

No depoimento "O filósofo conversador"**, dedicado à memória de Anatol Rosenfeld, Zulmira desvela, mais que um núcleo de amigos: "Conheci Anatol Rosenfeld na última década de sua vida. Ele me foi apresentado por Sábato Magaldi em sua casa, no ano de 1963, quando também conheci Jacó Guinsburg. Logo mais em 1964 comecei a participar do curso dado por Anatol na casa de Jacó. Estudava-se então Kant". A constante preocupação em esclarecer que não possui formação universitária encontra um interessante contraponto na maneira discreta como nos informa que leu Kant e Hegel, sob a orientação de Anatol, por um período de dez anos. Convenhamos, é um longo tempo de formação, equivalente de algum modo a uma faculdade de filosofia, em que a escritora deve ter lapidado sua consciência crítica, sua maneira de pensar.

---

* Para quem tiver curiosidade, indico *"Persona"* [sobre Ingmar Bergman], Suplemento Literário, *O Estado de S. Paulo*, nº 567, São Paulo, 2 mar. 1968; "Ironia e sentido" [sobre Waltercio Caldas], *Módulo*, nº 61, Rio de Janeiro, nov. 1980; e "Rembrandts e papangus" [sobre Domingos Olímpio], em *Os pobres na literatura brasileira*, organização de Roberto Schwarz, São Paulo, Brasiliense, 1983.

** *Sobre Anatol Rosenfeld*, organização de Jacó Guinsburg e Plínio Martins Filho, São Paulo, Com-arte, 1995.

Em 1974, ano em que Anatol Rosenfeld faleceu, veio à luz o primeiro livro da autora, com direito a prefácio de Roberto Schwarz e chancela da editora Perspectiva, comandada por Jacó Guinsburg. Esta trinca, com pesos e interlocução diferenciada, marcará a primeira etapa da sua vida intelectual. Durante alguns anos trabalha na Perspectiva, fazendo textos de divulgação e traduções, entre elas *O sistema dos objetos*, de Jean Baudrillard, e *Quatro mil anos de poesia*, coleção de literatura judaica, com Jacó Guinsburg, ambas lançadas em 1969.

Provavelmente Roberto Schwarz tenha sido o seu leitor mais agudo, responsável não só pelo prefácio de *Termos de comparação* como pelo posfácio *"O nome do bispo*: um romance paulista". Este último se tornou uma referência incontornável e, até hoje, pauta a recepção crítica em torno de Zulmira.

Mas, foi num terceiro ensaio, "Sobre as *Três mulheres de três pppês*",* no qual aproxima a prosa de Paulo Emílio Sales Gomes da ficção de Zulmira que Roberto Schwarz chegou a uma formulação mais aguda, cujo alcance crítico arma um sistema literário: "A prosa de ficção de Paulo Emílio é de ensaísta e não de 'artista' [...]. Se a prosa de ensaio é um compósito que torna narrável o mundo moderno e seu teor acrescido de abstração, ela é também um indício de desconjuntamento. Atrás da fluência ensaístico-narrativo-paulista está a permanente disposição de tudo

---

* Roberto Schwarz, "Sobre as *Três mulheres de três pppês*", em *O pai de família e outros estudos*. São Paulo, Companhia das Letras, 2008.

relacionar e explicar, com os meios próprios da cultura geral, de que são parte as especialidades amadorísticas, os esquemas científicos, os boatos universitários, as convicções ocultistas, a formação humanística etc. Resulta um amálgama cuja modernidade está precisamente na nota falsa". Na montagem deste quadro, Zulmira e Paulo Emílio* abriram caminho para a construção de uma prosa ensaística--narrativa-paulista.

CAMPO DE PROBLEMAS, CIDADE DE IMPASSES

A hipótese esboçada aqui, de forma muito abreviada, parecerá delirante a alguns, canhestra a vários outros, mas não custa nada arriscar o sobrevoo. São Paulo só passa a figurar no mapa literário do país com os modernistas. Afora Álvares de Azevedo — segundo Antonio Candido, "o primeiro, quase o único antes do modernismo, a dar categoria poética ao prosaísmo cotidiano"** — foi o impacto da ficção de Mário de Andrade, Oswald de Andrade e Antô-

---

* Vale lembrar que, entre 1980 e 1986, Zulmira foi responsável por um estudo crítico publicado em *Cinema: trajetória no subdesenvolvimento*, de Paulo Emílio Sales Gomes, São Paulo, Paz e Terra, 1980; *Crítica de cinema no Suplemento Literário*, de Paulo Emílio Sales Gomes, 2 volumes, São Paulo, Paz e Terra, 1982 (pesquisa e introdução ao primeiro volume); ela ainda assina dois ensaios em *Paulo Emílio: um intelectual na linha de frente*, organização de Carlos Augusto Calil e Maria Teresa Machado, São Paulo/ Rio de Janeiro, Brasiliense/ Embrafilme, 1986. Tamanha afinidade pede um estudo à parte.
** Antonio Candido, "Álvares de Azevedo, ou Ariel e Caliban", em *Formação da literatura brasileira: momentos decisivos 1750-1880*, Rio de Janeiro, Ouro sobre Azul/ Academia Brasileira de Letras, 2006.

nio de Alcântara Machado que redesenhou o território da ficção nacional. Esta inesperada centralidade literária que, ainda hoje, aborrece numerosos estudiosos do modernismo, durou pouco. Na década seguinte, instalou-se um prolongado hiato. Curiosamente, as primeiras gerações formadas pela Universidade de São Paulo representaram uma ruptura desse processo criativo. Por outro lado, esses jovens críticos foram responsáveis para que as conquistas estéticas do modernismo fossem reconhecidas como um ponto de virada.

A ficção paulistana só teria continuidade em vozes e figuras isoladas, dotadas de ótima realização técnica mas, de registro mediano no tocante à invenção, caso de Lygia Fagundes Telles, que se fez presente com *Ciranda de pedra* (1954), *Verão no aquário* (1963) e *As meninas* (1973). Um ponto alto foi a estreia de João Antônio com *Malagueta, Perus e Bacanaço* (1963), firmando-se nas décadas seguintes com *Leão de chácara* (1975) e *Dedo-duro* (1982), mas uma parte significativa de sua obra desenvolveu-se em atmosfera carioca. Foi preciso quase cinquenta anos para que *Lavoura arcaica* (1975), de Raduan Nassar, e *Três mulheres de três pppês* (1977), recolocassem São Paulo no centro da vida literária.

O deslocamento de energia criativa direcionada para a atividade crítica provocou uma espécie de atrofia da ficção paulista que contrasta fortemente com a produção de outros estados do país. No mesmo período, os escritores mineiros criaram uma linhagem poderosa: Aníbal Machado, Cyro dos Anjos, Murilo Rubião, Pedro Nava, Sérgio Sant'Anna, Adélia Prado, sem mencionar Guimarães Rosa. A diversificada ficção gaúcha vingou com Erico Verissimo,

Dyonélio Machado, Moacyr Scliar, Caio Fernando Abreu, João Gilberto Noll, para citar poucos exemplos. Sem falar do Rio de Janeiro, que abrigou Marques Rebelo, Clarice Lispector, Rubem Fonseca. O mesmo poderia ser dito da Bahia ou do Paraná, que vêm conseguido renovar as linhas de força de sua ficção.

Zulmira começa a publicar tendo atrás de si décadas de impasses. É interessante constatar como toda a geração da revista *Clima* buscou escrever ficção camuflada sob a forma do ensaio. Apesar do forte estímulo de Mário de Andrade, que comenta detalhadamente seus contos, Gilda de Mello e Souza, a maior vocação de escritora de todo o grupo, só retomaria a veia ficcional no fim da vida, deixando inédita uma bela novela: *Mobília do quarto*. Os dois últimos livros do crítico teatral Décio de Almeida Prado, *Peças, pessoas, personagens* (1993) e *Seres, coisas, lugares* (1997), flertam abertamente com a prosa memorialística. Talvez Antonio Candido tenha sido aquele que mais resistiu à tentação ficcional. Mas, pouco a pouco, o hábil narrador foi se infiltrando nos ensaios, e o veio memorialístico encontrou o manancial rítmico do grande contador de histórias, impregnando aulas, conferências, estudos. Eles começaram com uma digressão sentimental em torno de Oswald de Andrade, ganharam impulso com *Teresina etc.** (1980) e *Recortes* (1993), e chegaram à reflexão exposta em "Crítica e memória", de *O albatroz e o chinês* (2004).

---

* O "etc." utilizado por Antonio Candido em *Teresina etc.* é fonte de inspiração para Zulmira batizar este *Região* com o subtítulo de *Ficções etc.*

Os ensaios biográficos que Paulo Emílio Sales Gomes escreveu sobre Jean Vigo e Humberto Mauro abriram caminho para a prosa livre de *Três mulheres de três pppês* (1977) e do póstumo *Cemitério* (2007), ambos próximos da ficção de Zulmira. O caldo poderia engrossar se evocarmos incursões como "As aventuras na Pauliceia",* de Anatol Rosenfeld, ou "Contra o retrocesso",** de Roberto Schwarz, perambulações pela ponte suspensa do conto.

Esta ênfase num registro literário paulista pode soar um bocado caipira. Entretanto, é fundamental para entendermos a noção de universalidade buscada por certos escritores que relativizam a grande cidade como única via de acesso à modernidade. Não podemos ignorar que a experiência do interior adquire uma dimensão central e formadora. Para ficarmos no melhor exemplo, toda a obra de Raduan Nassar, visceralmente universal e moderna, mantém certa distância dos centros urbanos. Mas, alinhavo outros trabalhos notáveis dentro desta corrente: a cidade de Sorocaba em *Resumo de Ana* (1998), de Modesto Carone, São João da Boa Vista em *Ugolino e a perdiz* (2003) e *Rocambole* (2005), de Davi Arrigucci Jr., e a cidade de Santos, em *História dos ossos* (2005), de Alberto Martins. Contraponto saudável ao cosmopolitismo de bolso tão celebrado pelos escritores da nova geração.

Os mesmos embates entre reflexão ensaística e criação literária constituem o pano de fundo de *Filantropo* (1998),

---

* Em *Anatol 'on the road'*, organização de Nanci Fernandes, coordenação e notas de Jacó Guinsburg, São Paulo, Perspectiva, 2006.
** Roberto Schwarz, *Novos Estudos Cebrap*, nº 39, São Paulo, jul. 1994.

de Rodrigo Naves, com maior ênfase em considerações éticas; também estão na base da estrutura híbrida e em constante processo de formação do *Ensaio geral* (2007), de Nuno Ramos. Sem querer restringir a autonomia de cada trabalho, é perceptível a existência de uma trama comum que entrelaça toda essa produção. Certamente, Zulmira e Paulo Emílio não influíram de forma direta e nem sequer estão por detrás de todos esses escritores. Porém, sem que tenham tomado consciência do fato, muitos deles se beneficiaram tanto dos impasses como dos avanços consolidados por Zulmira e Paulo Emílio. O passo histórico fundamental é que, a partir da década de 1980, se configura um sistema em torno do qual podem gravitar diversas obras.

ATUALIDADE E RECEPÇÃO CRÍTICA

Zulmira dispõe de uma fortuna crítica razoável. Se os dois textos de Roberto Schwarz, aqui citados, acabaram por constituir um horizonte de leitura, Berta Waldman num belo ensaio, "Na mira das 'vergonhas' encobertas",* avança ao expor os espelhamentos da identidade lúdica e escatológica de *O nome do bispo*. Assim como Gilda de Mello e Souza em "As migalhas e as estrelas",** ao tecer comentários sobre *O mandril*, descobre um tecido contraditório de

---

* Berta Waldman, "Na mira das 'vergonhas' encobertas", Folhetim, *Folha de S.Paulo*, 16 jun. 1985.
** Gilda de Mello e Souza, "As migalhas e as estrelas", Ideias, *Jornal do Brasil*, Rio de Janeiro, 29 out. 1988. Recolhido em *A ideia e o figurado*, São Paulo, Editora 34/ Duas Cidades, 2005.

equivalências: "A ideia de que os opostos não são irreconciliáveis, irredutíveis, mas ligados por uma secreta analogia — e por isso podem ser convertidos — atravessa toda a relação sarcástica que Zulmira mantém com a linguagem, explicando em parte o uso que costuma fazer do belo e do feio, do raro e do desprezível. Para ela, como no conto maravilhoso, esses domínios não são exclusivos, e é possível passar livremente de um a outro — a fera se transformando em príncipe ('O mandril'), as sobras do dia em estrelas ('Lixeiras afáveis')".

Por conta do lançamento e relançamento de algumas obras, uma nova geração de críticos voltou se debruçar sobre a produção literária de Zulmira. Passados quase vinte anos, o escritor e crítico Bruno Zeni, na sua meditada análise d'*O nome do bispo*,[*] viu atualidade no romance. *Joias de família* foi revisitada por Ana Paula Pacheco,[**] que apesar de apontar restrições, considera que o livro resiste em pé. Numa ótima resenha de *Café pequeno*,[***] Samuel Titan Jr. faz reparos ao processo de construção e andamento do romance. Mas ressalto dois pontos que não foram considerados: a notável pesquisa histórica, rara entre nossos escritores, e suas possibilidades como roteiro cinematográfico.

Tais críticas, elogiosas ou restritivas, colocam na ordem do dia a questão da atualidade da prosa de Zulmira. De

---

[*] Bruno Zeni, "História e fantasmagoria no século XX paulista", *Novos Estudos Cebrap*, nº 69, São Paulo, jul. 2004.

[**] Ana Paula Pacheco, "O fundo falso da subjetividade", *Novos Estudos Cebrap*, nº 77, São Paulo, mar. 2007.

[***] Samuel Titan Jr., "São Paulo não esquece!", *Folha de S.Paulo*, 8 nov. 1997.

modo geral, sua fortuna crítica é composta de comentários individualizados, livro a livro, raramente postos em diálogo ou confronto com o restante da obra. Deste ponto de vista, a publicação de *Região* é oportuna, pois o extenso intervalo temporal coberto pelos textos, de 1974 a 2007, nos permite vislumbrar questões articuladas no interior da obra.

SINGULARIDADES DE UMA ESCRITORA PAULISTA

Um dos modos de reconhecer a originalidade da prosa de ficção de Zulmira é alinhavar suas recusas. A primeira envolve uma tarefa dificílima: rastrear as influências nacionais ou estrangeiras que ordenaram seu estilo. De imediato, não me ocorre nenhum nome. Essa autodidata soube progredir de forma sóbria e disciplinada, evitou dar saltos mirabolantes ou buscar efeitos fáceis. Segunda, manteve distância do que habitualmente denominamos literatura feminina, embora transmita nas entrelinhas profunda consciência do que há de melhor na militância feminista. Terceira, resistiu às ofertas da literatura de entretenimento, inclusive aquela que desfrutou de maior prestígio entre seus contemporâneos: a literatura policial.

Outra maneira é sublinhar os traços que lhe conferem singularidade. O primeiro deles, talvez o decisivo, seja imprimir à literatura um pensamento político, capaz de articular diversas esferas da vida cotidiana. Raríssimos escritores brasileiros manifestam interesse em discutir política, incorporar ao repertório de suas narrativas questões de classe, partidos, preconceitos etc. Este apreço pela política não pode ser confundido com militância ou engajamento direto, mas visto como fonte de prazer, pitada de provocação, malícia e interesse genuíno pela discussão.

Nos últimos tempos, Zulmira enveredou por narrativas claramente enraizadas em nossa história política. A construção cinematográfica de *Café pequeno* remonta às tensões da década de 1930. Pesquisa histórica e memória pessoal recriam na moviola estilhaços do Estado Novo: uma festa de aniversário, um comício da Aliança Nacional Libertadora, um estouro de boiada e a figura de Getúlio Vargas. Em *Cortejo em abril*, a morte de Tancredo Neves é pano de fundo da conversa travada entre um arquiteto e um homem que irá consertar sua máquina de escrever. A certa altura da narrativa, Getúlio Vargas e Tancredo Neves são enovelados: "[...] o que pensar dele [Tancredo] para Presidente? É verdade que havia o caso anterior, antigo, do dr. Getúlio Vargas, cuja figura também não combinava com os altos encargos e a envergadura das estátuas, e do qual até hoje se falava pelos cotovelos e pelos contrários, não se tirando nada a limpo completamente. Ele foi amigo do Getúlio, ocupou cargos nos tempos dele, mas antes lhe fez oposição, na ditadura, informava o Arquiteto, e o Tudo fazia sim com a cabeça, sabia que era um dado a mais para não se pôr de lado, sim, dava importância a informação".

As escolhas dos marcos históricos coletivos balizam a trajetória individual desta paulistana, nascida em 1930, de cujas lembranças irrompem um longínquo estouro de boiada ou a visão nítida de Getúlio Vargas, que, ainda menina, viu na casa de um tio rico. (Imagens também não saem da vida para entrar na história?) Mas o processo de criação de Zulmira desloca o primado da testemunha ocular para a recriação do narrador, mediação entre diferentes visões, distanciamento e racionalização do fato.

O segundo traço é quase um desdobramento do primeiro: a história familiar. O escritor e crítico Luís Alberto Brandão focou a questão com sensibilidade no ensaio "Porosidades – o imaginário da tradição: Zulmira Ribeiro Tavares".* No entanto, desconfio que o emprego que ele faz do conceito de "tradição", no caso da escritora, soa quase como positividade, embora relativizado pela noção de "ex-tradição". Em geral, ela recorre à tradição familiar para ironizar ou expor fissuras numa ideologia crivada de preconceitos. Alinhada com Machado de Assis, a genealogia será para Zulmira uma das portas de entrada na ficção realista. Terreno cultivado pelas espiadelas na Genealogia Paulista, célula-tronco da teoria das edições humanas: tios vingam, filhas murcham, avós empacotam, primas segredam etc. Em sua ficção, o romance familiar só se interessa pela identidade coletiva na medida em que esta pode ser desmascarada.

O terceiro traço que a singulariza é justamente uma agudeza para o que está oculto, reprimido, dissimulado. Variações deste procedimento podem ser permutados pela "psicologia da fraude" lembrada por Berta Waldman ou o "fundo falso da subjetividade" levantado por Ana Paula Pacheco. Eles proliferam no interior das narrativas sob a forma de mal-entendidos, enganos, deslizes. O ponto alto

---

* Luís Alberto Brandão, *Grafias da identidade: literatura contemporânea e imaginário nacional.* Rio de Janeiro/ Belo Horizonte, Lamparina/ Fale (UFMG), 2005.

desta topografia de topete, estranhamento que nos devolve à raiz do que é familiar, ficou imortalizado em *O nome do bispo*, na revelação da face mulata sob as feições inglesas de Tio Oscar. Evocação lírica, escavação críptica.

PERCORRENDO A REGIÃO

As primeiras observações que me ocorreram após a leitura de *Região* estão diretamente relacionadas ao espaço. Livros e textos foram diminuindo, sofreram um processo de redução. A princípio, a constatação parece não se aplicar apenas à produção de Zulmira. Em "Escalas & ventríloquos", Flora Süssekind identifica uma progressiva miniaturização da ficção brasileira contemporânea. Mas, não deixa de ser significativo que um dos exemplos dado pela crítica recaia justamente sobre "a rarefação das palavras, que 'vão indo' e 'não voltam', no último texto de *Cortejo em abril*, numa espécie de problematização direta, mas em escala reduzida, do seu próprio processo narrativo".*

No âmbito da geografia ficcional, ela não ultrapassa as fronteiras do estado de São Paulo. Seus enredos transitam num território circunscrito, cuja distância máxima tangencia o interior e o litoral — Campos do Jordão, Tatuí, Santos, São Vicente — cuja gravitação gira em torno da capital, desdobrada nos bairros Higienópolis, Ibirapuera, Jardins. Na esteira dos trabalhos de Franco Moretti, podemos

---

* Flora Süssekind, "Escalas e ventríloquos", Mais!, *Folha de S.Paulo*, 23 jul. 2000.

dizer que a prosa de Zulmira proporciona um alto grau de legibilidade dos espaços físicos, que, por sua vez, se traduzem em formas históricas como o grupo familiar, relações de classe, raça, trabalho etc.

A precisão e o rigor descritivo se impõem como uma das peculiaridades de Zulmira. Espaços urbanos são esmiuçados pelos narradores, sempre preocupados em oferecer uma descrição minuciosa dos bairros, ruas, parques, casarões, praças, estações do ano etc. A experiência de morar na região é próxima do ofício do antropólogo que registra tudo em seu diário de campo.

Região nos permite lançar um olhar em perspectiva, percorrer as linhas de força, identificar os temas comuns, revisitar as imagens recorrentes ao longo da obra de Zulmira. É impressionante ver como pequenos pontos vão se ligando no mapa, montando um roteiro, sugerindo como a autora projetou a sua longa viagem em torno de uma ideia fixa. Por exemplo, a conhecida obsessão de trazer à luz o que estava oculto se insinua desde suas primeiras narrativas, chegando mesmo a especular no conto "O japonês dos olhos redondos" em torno de uma "significação subjacente". Em "O homem do relógio da luz" retorna ao "significado oculto", à "significação ambígua". Representam as primeiras tentativas da escritora de explorar uma região desconhecida, que só terá contorno definitivo quando ela terminar de percorrer toda a extensão do território imaginário, cujo solo histórico será *O nome do bispo*.

Outro tema que adquire relevo são os países baixos da escatologia. Salta aos olhos o progressivo amadurecimento da escritora no tratamento dado ao assunto, presente ora indiretamente em "A curiosa metamorfose pop do sr. Plácido", ora resvalando no grotesco em "Primeira aula prática de filosofia", até alcançar um registro complexo em *O nome do bispo*.

Passando dos temas aos personagens, diria que Zulmira, à sua maneira, criou antidetetives especializados em crimes especulativos, tipos aos quais retorna de tempos em tempos. O protagonista de "A curiosa metamorfose pop do sr. Plácido", primeiro conto de *Termos de comparação* (1974), será revisitado em *O mandril* (1988), no conjunto sobre Plácido: "Plácido e as mentiras", "Plácido, o mau fisionomista' e "Plácido, o abstêmio". A fatura desses textos lembra principalmente o espírito provocador das *Histórias do sr. Keuner*, de Brecht, como também a forma moderna de *Plume* (1938), de Henri Michaux, ou *Palomar* (1983), de Italo Calvino.

A tendência à serialização parece ser um desdobramento da miniaturização, mesclada agora ao ensaismo. Os textos não crescem no sentido do enredo, da extensão da trama, do fluir cinematográfico, operam por redução, repetição, instantâneo fotográfico. Do conto único passamos à série, à repetição do mesmo personagem; deste, passamos à proliferação de séries dedicadas a novos personagens como o Tio Paulista: "O Tio Paulista e a Mata Atlântica, "O Tio Paulista e um algo a mais", "O Tio Paulista e as almas".

Passando do eixo da permanência para o da mudança, podemos dizer que o esforço descritivo, fortemente ancorado no realismo, tem como função dar lastro aos sucessivos deslocamentos e à extrema mobilidade de suas narrativas mais recentes. Em outras palavras, no longo percurso que vai de *Termos de comparação* a *Região* houve uma acentuada migração do realismo para formas mais experimentais. Elas alteraram sensivelmente a composição dos protagonistas que cada vez mais abandonam a condição de tipos para se projetarem na esfera de personagens.

Os livros iniciais voltados para a crítica de uma burguesia decadente — só ocasionalmente aparecia uma Arbésia Maria de Jesus (em *O nome do bispo*), escurinha e pigmeia do interior de Pernambuco — ou de uma classe média intelectualizada (advogados, poetas, tradutores, publicitários etc.) foram substituídos por novos perfis. Rompidas as linhas do sangue, os laços de parentesco, adentramos num novo campo de forças composto de personagens mais transitivos, que circulam entre o anonimato da cultura de massas e a linha da pobreza: o Consertador de Tudo (em *Cortejo em abril*), o sem-teto ocasional (em "Região"), o travesti Radiância (em *Vesuvio*). Nas obras mais recentes, a rua volta a ser o espaço privilegiado da experiência.

No conto que dá título a este volume, um morador de rua narra sua breve relação com Orfília — nova Macabéa? outra Arbésia? — moça saída de Catende, interior de Pernambuco, funcionária de uma loja dos Jardins. O interesse, a graça e a delicada ironia com que ele a trata contrasta abertamente com o conflito vivido por ela no trabalho. A trama toda é construída em torno de uma palavra pronunciada em inglês que resulta na demissão de Orfília. A sabedoria do misterioso narrador nos conduz por regiões onde o fantástico roça o realismo, onde o demoníaco anda de mãos dadas com a imaginação. É claro que a humilhação e a vergonha estão presentes no trabalho de dobradeira (dobrar um bocado), mas essas luzes acesas, essas manecas, essas confrarias, essa grande árvore, botam a gente comovido como o diabo.

Engatando com a atmosfera meio mágica do conto "Região", Zulmira encerra o volume com o ensaio "Dois narizes", numa feliz aproximação entre "O nariz" de Nikolai Gógol e o episódio inaugural de *Reinações de Narizinho*, de Monteiro Lobato. A sensação é semelhante a de quem caminha até o final da rua e ao retornar, embora em sentido contrário e pelo outro lado da calçada, reconhece o trajeto primitivo. O ensaio diz muito sobre suas preocupações atuais: o fantástico só é crível ou legível quando imprime um forte acento realista à nossa existência cotidiana.

De *O mandril a Região* Zulmira abriu sua prosa a seres híbridos, fronteiriços, inacabados e precários. Eles foram reintegrados à vivência cotidiana por narradores digressivos, bons ouvintes e adoráveis conversadores. Prova de que a prosa e a poesia de Zulmira vêm ficando mais permeáveis, matizadas, sensíveis não apenas à morfologia de classes, mas aptas a penetrar regiões porosas a uma cidadania partilhada, de onde irradia certo calor humano. Muito próxima dos relatos orais que ela tanto admirou em Anatol Rosenfeld: "Fiquei sempre bastante seduzida, por exemplo, com as descrições que, entre outras, fazia dos bordéis interioranos, onde assinalava, o bom trato, o calor humano que lá recebia, 'a lealdade' que as mulheres esperavam de seus fregueses habituais e, tudo isso, a par de relações comerciais claramente definidas por ambos os lados e por ambos valentemente reivindicadas quando a ocasião o exigia. Em um homem de esquerda, analista também no que diz respeito ao comportamento social na vida das pequenas cidades do interior, o elemento de alegria que retirava de suas andanças (o arroubo de juventude que as enformava na memória) prevalecia no caso, não de forma a anular-lhe o senso crítico mas a lhe permitir descobrir como traços amenos de congraçamento familiar, de contentamento, de sociabilidade, persistiam e afloravam em situações claramente definidas de antemão, e marcadas, como de fato eram, pela miséria."*

Zulmira está nos devendo uma novelinha sobre os bordéis interioranos.

---

* *Sobre Anatol Rosenfeld*, organização de Jacó Guinsburg e Plínio Martins Filho, São Paulo, Com-arte, 1995.

ESTA OBRA FOI COMPOSTA POR ACOMTE
EM MERIDIEN E IMPRESSA PELA GRÁFICA BARTIRA EM OFSETE
SOBRE PAPEL PÓLEN SOFT DA SUZANO PAPEL E CELULOSE
PARA A EDITORA SCHWARCZ EM DEZEMBRO DE 2012